Katis
마검이야기

카티스

9
완결

카티스 9

방지연 판타지 장편 소설

초판 1쇄 찍은 날 § 2001년 8월 25일
초판 1쇄 펴낸 날 § 2001년 9월 1일

지은이 § 방지연
펴낸이 § 서경석
펴낸곳 § 도서출판 청어람
편집 § 문혜영 · 허경란 · 박영주 · 김희정 · 권민정 · 장상수
마케팅 § 정필 · 강양원 · 김규진

등록번호 § 제1081-1-89호
등록일자 § 1999. 5. 31
어람번호 § 제1-0138호

주소 § 경기도 부천시 원미구 심곡1동 350-1 남성B/D 3F ㈜420-011
전화 § 032-656-4452 팩스 § 032-656-4453
e-mail § eoram99@chollian.net

값 7,500원

ISBN 89-5505-061-5 (SET) / ISBN 89-5505-149-2 04810

Katis
마검이야기

카티스

9
완결

라스트 키워드

방지연 판타지 장편 소설

도서출판
청어람

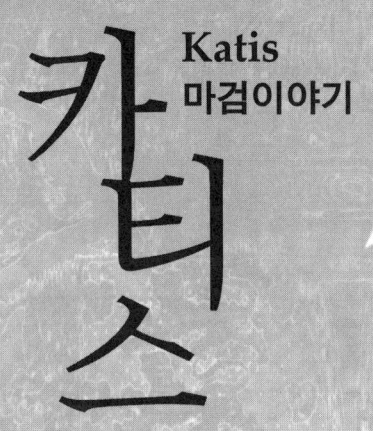

Katis
마검이야기

키티스

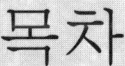

목차

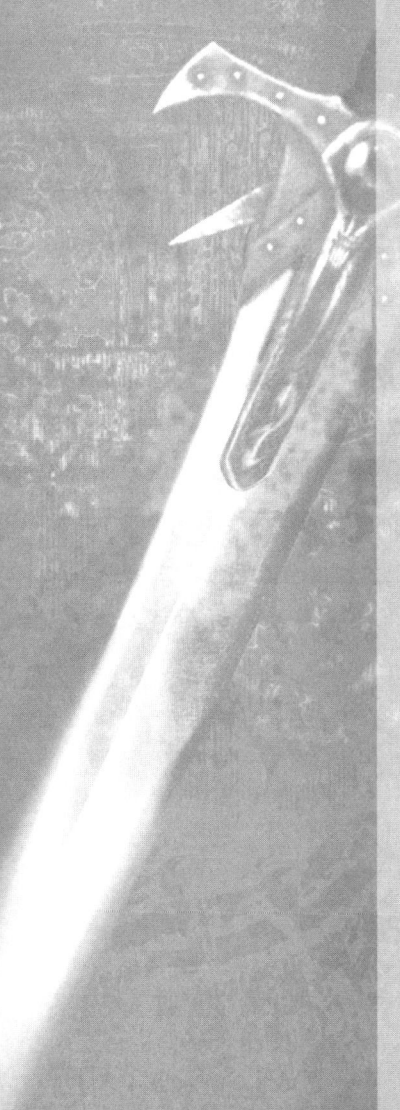

Chapter 35

광인(狂人)의 영혼게임

알타크나, 시카디온의 나라이기도 했던 그곳.
아시르인과 라그니가 세계를 지배하고 있을때
인간이 다스렸던 유일한 나라,
그곳은 유일한 인간의 나라라 불리는 신비한 곳.
결국 서로 다른 길을 걷게 했던 그 나라는 지금 세계수 이그드라실의
검은 뿌리를 지탱해 주는 양분으로써 그곳에 존재하고 있다.
세계수 이그드라실의 가지는 계속해서 뻗어 나갔고
그에 따라 이직까지도 영혼 게임은 계속되고 있다.
아니, 시작은 지금부터일지도 모른다.

Katis 카티스

이질리스의 죽음은 이미 예상되어진 일이었다.

내가 그곳에 갔던 것은 다름 아닌 이질리스를 죽이기 위해서였기 때문이다. 하지만 나조차도 내게 그런 감정이 남아 있으리라고는 생각지 못했다. 나는 나 자신을 과대평가하고 있었던 것인지도 모른다. 나라는 존재가 그 정도로 그것에 집착하고 있었을 줄이야. 사소한 감정적인 문제로 아픔을 느끼는 존재, 그것이 바로 나였다.

나는 무거워진 몸을 이끌고 조금씩 앞으로 걸어가기 시작한다. 입술이 바싹 타서 목이 마른 데다가 입 안을 감도는 비릿한 냄새 때문에 역한 느낌이 들었다. 숨이 탁탁 막혀왔지만 누군가 내 앞에 있었기 때문에 내색하지는 않았다.

"다친 건가?"

"당신이 상관할 일은 아니야, 바나 프레이. 아니, 아스가르드."

바나 프레이는 로키의 명령으로 나를 감시하고 있었다. 하지만 내가 언제나 그의 시야 안에 있었던 것은 아니다. 만일 내가 그의 시야에서 빠져나올 수 없었다면 마수 펜리르의 힘을 손에 넣는 일 따위는 하지 못했을 테니까.

내가 성으로 돌아왔을 때 나의 몸은 엉망진창이었다. 꺾여진 날개는 요르문간드의 힘으로 복구할 수 있을 것이다. 고독하고 고풍스러우면서도 견고한 성벽이 나를 반겨주었다. 어두운 성뿐만이 아니라 아스가르드의 모습도 나를 반겨주고 있었다. 나는 심각한 얼굴로 그를 외면한다.

"이제 본성을 드러내고 있는 건가?"

어둠 속에서 나타난 그의 모습과 그의 목소리는 나의 신경을 곤두서게 했다.

"단지 조금 아픈 것뿐이니 신경 쓰지 마시죠."

폐부까지 느껴지는 고통으로 인해 나는 약간 얼굴을 찡그리고 있었다. 생과 사의 갈림길에서 죽음을 선택한 자의 능력은 짐승 펜리르의 수호를 받고 있는 나에게 이 정도까지 피해를 입힐 수 있었던가. 그것이 바로 삶에 대한 집착이라고 하는 것인지도……. 이질리스는 자신의 목숨을 태워서라도 소중한 사람을 지키고자 했던 시구르드와 같은 마음이었을까.

만일 이질리스가 가지고 있던 집착이 나에게도 남아 있었다면 나도 그렇게 강한 힘을 낼 수 있었을까. 나는 나 자신에게 질문을 던져 보았다.

현재의 삶에 대한 지독한 회한이 밀려왔다. 오랫동안 사는 종족들은 언제나 이와 같은 아픔을 겪어왔을까. 내 몸 안에 흐르고 있는 짐승의 피가 발작을 일으키듯이 몸속에서 꿈틀거리고 있다.

그렇다. 이미 정상이길 포기했던 것이 몇백 여 년이나 지났다.

그동안 살아올 수 있었던 것은 단 한 가지를 원했기 때문이었다. 그것이 일순 흔들렸던 것은 사실이지만 아직까지도 나는 소원을 이루고 싶다. 어쩌면 부질없을지도 모르는 그것을.

"나에게 볼일이 있는 겁니까, 아스가르드?"

나는 비꼬듯이 그에게 묻는다. 고통 때문이 아니었다면 조금 더 상냥하게 대했을지도 모른다. 하지만 저 아스가르드에게만은 나도 밝은 표정을 짓기 힘들었다. 옛날 기억이 되살아나기 때문이다. 옛날의 모습을 그대로 한 채 내 앞에 서 있는 그를 볼 때마다 가끔 그가 죽이고 싶을 정도로 미워진다. 아니, 그때의 나 자신이 생각나는 것이 싫다.

"힘들어 보이는군. 이그드라실의 마검인 네가 혼신의 힘을 다한 마검의 일격 앞에서 그 정도까지 타격을 받을 줄은 몰랐어."

그의 말대로였다. 만일 나에게 짐승의 힘이 없었다면 그대로 소멸해 버렸을지도… 아니, 그런 일은 없었을 것이다. 나는 웃는 것도 화를 내는 것도 아닌, 복잡한 표정을 지어버렸다. 그것도 다 고통 때문이었다.

아직 상처는 낫지 않았다. 이질리스에게 당했던 상처는 쉽사리 낫지 않겠지만 시간이 흐르면 곧 아물 것이다. 나는 그를 무시하고 계속 걸어가기 시작한다. 아스가르드가 그런 나를 응시하고 있었다.

"너……."

그는 손을 뻗어 나의 어깨를 짚으려고 했다.

"내게 손대지 마!"

나는 지나치다 싶을 정도로 그의 손을 세차게 밀쳐 냈다. 내가 생각해도 이상할 정도의 과민 반응이었다. 아스가르드는 놀란 표정으로 나를 응시한다. 아무래도 바나 프레이의 모습을 보면 그때가 떠오르기 때문일까.

"……?!"

그의 놀란 얼굴을 보며 나는 고개를 숙였다. 이렇게 과민해 봐야 좋을 것이 없다. 그는 로키가 보낸 나의 쇠사슬과 다를 바 없는 자가 아니던가. 나는 고개를 들고 아스가르드 쪽으로 얼굴을 향한다.

"아니, 아무것도 아닙니다."

나는 억지로 웃음을 지었다. 갑자기 행동을 바꾼다는 것이 오히려 더 어색해 보였을 것이다. 바나 프레이, 아스가르드의 표정이 순간 이상하게 보인 것을 보면 정말 어색했던 듯하다. 연기로 얼굴을 가리지 못한 것은 고통 때문이다. 확실히 그럴 것이다. 나는 태연한 얼굴로 그에게 엷은 미소를 보냈다.

"상관하지 마십시오. 그보다 로키님께 가보시는 것이 어떨까요? 그분도 적지 않은 타격을 입었을 텐데요. 저 같은 것에 신경 쓰시는 것보다는 차라리 그쪽이 더 생산적일 겁니다."

약간 사무적인 말투로 나는 그에게 의견을 건넸다. 고통스러운 것을 감출 수 없는 것은 아마도 그 고통의 폭이 크기 때문일 것이다.

더 이상 기다릴 수 없는 거겠지. 나에겐 이질리스와 같은 집착이 없으니까.

아스가르드는 나의 뒷모습을 보고 있었지만 신경 쓰지 않았다. 어차피 그 남자의 역할은 그런 것일 테니까. 그의 모습이 사라져 버렸고 나는 계속 성안으로 들어간다. 한창때의 성과는 다른 모습이었다. 이미 세계수에게 잠식되어 버린 알타크나의 본궁은 이제는 음침하기까지 하다. 시녀들도, 하인들의 모습도 보이지 않는다. 심지어는 알타크나의 여왕인 시긴의 모습도 보이지 않는다.

그 적막함 속에서 나는 걸음을 계속했다. 고독이 드리워진 그 길을 걷는 것은 익숙했지만 상처가 조금씩 아파오는 것이 느껴졌다. 내 몸 안에서 요르문간드의 존재가 빠져나가는 것이 느껴졌다. 그녀의 반라의 모습은 유령처럼 투명하게 눈앞에 드러났다.

"괜찮으세요?"

그녀 자신의 날개도 꺾여서 괴로울 텐데도 불구하고 그녀는 나를 걱정해 주었다. 하등 그녀의 고민하는 얼굴을 볼 자격이 없는 존재인데도 불구하고 그녀는 에이아와 똑같이 부드러운 표정을 지은 채 하얀 손으로 나의 가슴을 쓸어주었다. 부드러운 흰 손과 손을 뻗으면 만져질 것 같은 작고 섬세한 얼굴의 그녀가 나에게로 다가온다. 그녀의 숨결이 나에게 전해져 와서 그녀가 살아 있다는 것이 강하게 어필되었다.

"불쌍한 사람… 꺾여진 날개를 가진 사람… 방황하지 말고 제자리를 찾길 바래요."

그녀의 목소리가 나의 마음에 스며드는 것일까. 그녀는 나의 마음을 가장 잘 알고도 가장 잘 알지 못했다. 나는 상처 입은 그녀를 바라보았다. 투명할 정도로 하얀 그녀의 모습은 지금 당장 죽어도 이상하지 않을 정도였다.

미드가르드의 뱀 요르문간드, 그것은 나를 속박하는 존재였다.

그 말 이외에는 적당한 표현이 없을 정도로 그것은 나를 속박하고 있었다. 바르하시온은 나를 속박하는 가장 크나큰 사슬 두 가지를 나에게 안겨주었던 것이다. 하나는 미드가르드의 뱀인 요르문간드였다. 나는 그녀와 함께 있었고 그녀의 도움을 빌렸지만, 언제나 그녀를 똑바로 볼 수 없었다. 그녀와 똑같은 얼굴을 가지고 있었던 그녀, 나의 에이아가 얼마나 나에게 많은 것을 주었는지, 얼마나 나를 사랑했을지, 그 모든 것이 기억나기 때문이다.

그리고 또 한가지는 인정하고 싶지 않지만 의식적으로 내가 그것을 쫓고 있었다. 나는 에이아의 환상을 카티나에게서 볼 수밖에 없었고, 그것은 그가 에이아의 동생인 아르스리르의 혈육 카티스라는 존재이기 때문이었다. 자유라는 이름의 그가 미드가르드를 옭아매는 또 하나의 뱀과 다를 바 없었던 것이다. 그 때문에 나에겐 이질리스에 대한 정도 남아 있지 않았던가. 요르문간드의 사슬은 강했지만 카티스라는 사슬은 좀 더 깊었다.

"이제 괜찮습니다."

나는 작은 목소리로 대답했다. 그렇게 말하면서도 약간 호흡이 거칠어져 있는 것은 사실이었다. 그녀는 나의 마음을 비집어보고 그 안을 들여다본 것일까. 메말라 버렸다고 생각했던 눈물이 눈가에 핑 돌았다.

"후회하고 있는 건가요?"

아니, 후회 같은 것은 하지 않습니다…….

나는 대답은 하지 않았지만 마음속으로 그렇게 생각했다. 그것이 내가 해줄 수 있었던 가장 큰 선물이었을 것이다. 만일 이질리스가 아직까지 살아 있었다면 이그드라실의 모든 것에 흡수당해서 그 영혼조차도 자유롭지 못하게 되어버릴 테니까. 그렇게 된다면 결과적으로 그에게 영원히 치유될 수 없는 깊은 상처만 남겨주었을 것이다.

이그드라실에 갇힌 마검의 영혼이 얼마나 고통스러운지 누구보다도 나 자신이 잘 알고 있는 사실이었기 때문이다. 누구도 아닌

나 자신이 그러하니까.

"그렇게 헤매지 말아요, 상냥한 분."

나는 부드러운 그녀의 목소리에 대답하지 않았다. 일부러 그녀에게는 눈길도 주지 않았다. 만일 그녀와 나의 눈이 맞닿아 버리면 나는 돌이킬 수 없는 후회를 해버릴 것이 뻔했다.

"아뇨, 헤매고 있지 않습니다."

아마도 요르문간드는 슬픈 표정을 지었을 것이다. 내가 자신의 생각대로 행동하지 않아서일까. 아니면 또 다른 생각이 그녀의 마음을 송두리째 흔들어놓아서일까.

아무래도 좋다. 이제 시간이 얼마 남지 않았다는 것을 그녀는 알고 있을 것이다. 이그드라실이라는 마검이 아무리 거대한 마검이라고 해도 그 힘이 영원히 지속되지는 않을 것이다. 그것이 이 세상의 법칙이니까.

"어딜 가는 거죠? 그 몸으로 더 이상 움직이는 것은 위험해요!"

"괜찮아요. 해야 할 일을 하러 가는 것뿐이니까요."

나는 나에게조차 익숙하지 않은 어색한 미소를 그녀에게 지어 보였다. 가슴이 저려오는 것은 요르문간드 때문만은 아니었다.

나는 그 길을 걷기 시작한다. 어차피 형식적으로라도 바르하시온을 만나야만 했다. 나를 보고 있는 것이 아스가르드만은 아니었고 이 성 어디에라도 나를 감시하는 눈은 있을 수 있기 때문에 나는 신중을 기했다.

나는 바르하시온이 있을 연구실로 향했다. 본래대로라면 요르문간드의 날개를 이용해서 날아갔겠지만 지금은 그럴 수 없는 상황이었다. 나는 서서히 그곳으로 걸음을 옮기고 있었다.

바르하시온, 당신이 무엇을 보고 있는지 나는 알고 있다. 그렇기 때문에 에이아를 죽인 당신인데도 불구하고 당신이라는 굴레 아래서 당신의 말대로 행한 것이다. 위선이라는 이름의 가면(假面) 아래에서.

바르하시온과 나 사이… 어떤 사이인가 하면 처음부터 그는 나를 당신의 도구로써만 생각하고 있었을 테지만, 그는 나에게 제2의 생(生)을 준 사람이었다. 하지만 그것에 대해서 나는 탓할 수 없었다. 내가 선택했던 삶임이 틀림없었으니까. 그가 에이아를 죽도록 만든 것은 변하지 않는다. 아니, 그녀를 죽게 내버려 둔 것은 그뿐만이 아니었다. 그 속에는 나도 포함되어 있을 것이다.

바르하시온은 영원히 나에겐 용서할 수 없는 사람이다. 그때의 증오는 아직까지도 내 가슴에서 차가운 불꽃처럼 서서히 타오르고 있다. 그동안 지내왔던 오랜 시간은 그것을 잊도록 하는 데에 아무런 도움조차 되지 않았던 걸까.

내가 바르하시온의 연구실에 도착하는 데는 꽤 오랜 시간이 걸렸다. 날개를 낮게 하기 위해서는 바르하시온의 손이 닿아야만 했기 때문에 나는 그녀를 안고 걸어야만 했다. 되도록 그녀의 얼굴을 보지 않으면서 나는 그의 연구실로 향한다.

나는 다른 사람과는 달리 그곳에 마음대로 통행할 수 있는 허가를 받은 사람이었다. 내가 그 안으로 들어갔을 때 즐비되어진 이상한 물건들을 볼 수 있었다. 바르하시온은 그 사이에 있었다. 언제나처럼 광기 어린 얼굴로 실험 도구들을 바라보면서 가설을 세우고 검증을 하는 그 과정을 반복하고 있었다.

나는 그런 그의 앞에 섰다. 바르하시온은 나의 존재에 대해서도 전혀 내색하지 않은 채로 킬킬거릴 뿐이었다.

"당신 앞에서 웃는 것은 조금 어색하군요. 이미 오랜 시간이 흘렀는데도 불구하고 말입니다."

나는 모처럼 그 남자에게 솔직한 심정을 토로했지만 그는 킬킬 웃음 지을 뿐이었다. 손 안에 들어 있는 실험관은 어느 마검의 힘을 정제한 액체였는데 그는 그것으로 세계수 이그드라실의 뿌리에 어떤 실험을 하고자 했다.

어차피 그의 귀에는 내가 하는 어떤 말도 들리지 않을 것이다. 그의 주위엔 도저히 어떤 용도인지 알 수 없는 많은 이상한 물건들이 즐비해 있었다. 점성질이 강해 보이는 액체에 들어가 있는 큰 심장은 마치 인간이 아닌 거대한 마수의 것 같았다. 아직까지도 그 박동을 멈추지 않는 것으로 보아 실험은 계속되고 있는 것이리라.

그리고 세계수 이그드라실에 대한 실험은 곧 결실을 맺을 수 있을 것이다.

바르하시온의 주위에는 보통의 인간으로서는 도저히 이해할 수 없는 생명체들이 숨을 쉬고 있는 것 같은 느낌이 든다. 그가 만들어낸 것 가운데 하나인 에이아를 꼭 닮은 요르문간드도 그런 것 가운데 하나인 것이다. 나는 요르문간드의 치료를 그에게 맡길 생각이었다. 요르문간드의 뱀과 같이 긴 다리를 땅에 내려두었고, 나는 그녀를 그에게 부탁했다.

"크흐흐흐흐……"

형편없이 일그러진 얼굴로 새로 입수한 물건을 마치 보물 단지나 되는 것처럼 바라보고 있는 그 남자는 누가 보아도 광인(狂人)과 같아 보였다. 그랬다. 저 남자는 지금까지 그래 왔던 것이다. 한쪽의 화상으로 끔찍하게 타버린 얼굴이 그의 분위기를 더 더욱 광인으로 몰고 갔다.

"당신의 말대로 행했습니다, 바르하시온."

나는 악의없는 느긋한 목소리로 노래 부르듯이 말했다.

"하지만 안타깝게도 사검 이질리스를 손에 넣지 못했답니다. 저의 불찰입니다."

"후후후… 사검 이질리스라……."

그는 건을 만지던 손길을 멈추지 않은 채 모처럼 느긋한 목소리로 말했다. 나는 그가 피 냄새를 맡게 될까 걱정되어 신중함을 기했다.

"아쉽지만 하는 수 없지."

그의 눈에 비치고 있는 것은 무엇일까. 아내였던 엘시드라에 대한 복수인가, 아니면 마검 전체에 대한? 그의 욕망은 이미 과학자로서의 모든 것에 먹혀 버린 것인지도 모른다. 증오도, 복수도 연구와 결과에 대한 욕망이 하나가 되어 오로지 그것에 미쳐 버린 것 같다.

"흐흐흐, 하지만 결국 완성할 수 있을 테지?"

"물론입니다. 요르문간드의 치료를 부탁드리겠습니다."

나는 퉁명스럽게 대답했다. 어차피 나를 위해서 지금까지 그의 말을 들었다. 아니, 실제로 들은 일은 없었던 건지도 모르겠다. 나는 그의 말을 듣고 있는 나 자신이 허상인지, 아니면 실상인지도 구분이 가지 않는 상태이니까.

"앞으로 로키는 어떻게 하실 겁니까?"

나는 이미 대답을 알고 있는 질문을 그에게 던졌다. 그는 크흐흐 기분 나쁘게 웃기만 할 뿐 별다른 말은 하지 않았고, 나는 그 기이한 것이 잔뜩 즐비되어 있는 바르하시온의 개인 연구실에서 발걸음을 옮겼다. 어차피 더 이상 이곳에 볼일은 없다.

바르하시온에 대한 인사는 형식적인 것이 아니던가. 나는 광인의 모습을 뒤로했다. 그는 여전히 연구에 미쳐 있는 채로 요르문간드의 상처를 치료하기 시작했다.

나는 고개를 돌려 그 방을 나섰다. 그 다음에 해야 할 일을 처리하기 위해서였다. 그 일을 위해서라면 내가 입은 상처쯤은 아프지도 않다. 이질리스가 목숨을 잃은 것은 모두 나의 이기심에 대한 발로였지만 한 가닥의 양심이기도 했다.

그래, 비난을 받는 것엔 이미 익숙해져 버렸다.

어차피 몇백 년을 살아오면서 이미 익숙해져 버린 일이 아니더냐.

위선과 거짓, 배신, 그것이 내 삶의 전부가 아니었던가.

내 안에 있는 짐승의 피가 미쳐 버린 것이라고 생각해 버리면 되는 것이다.

나를 바라보고 있을 그림자도 어둠 속으로 사라져 버렸다. 나는 무표정한 인형처럼 걷기 시작한다.

어차피 오랜 기간 동안 익숙해졌잖아. 남의 탓으로 돌려 버리는 것은. 그러니까 이젠 상관없어.

내가 들러야 할 곳은 한 군데였다. 일단 이그드라실의 마검이 흡수해야 할 산 재물이 필요했다. 어차피 그것은 몇 가지의 피를 필요로 하기 마련이다.

나는 차가운 표정을 지으면서 몇 년 동안 드나들었던 익숙한 방으로 허락없이 침입했다. 그런 식으로 그곳을 방문하는 것은 무척이나 쉬운 일이었다. 이미 예전부터 잘 알고 있는 길이었기 때문에 어린아이에게 어떤 것을 빼앗는 것처럼 안이한 일이었다.

물론 쉽게 통과하리라고 생각지는 않았다. 예전에 그녀의 곁에 내가 있었듯이, 지금 그녀의 곁에는 라타토스크라는 소년이 있지 않은가. 내가 방에 들어섰을 때 살기를 가지고 나를 노려본 것은 다름 아닌 그 소년이었다.

"무슨 일로 방문한 거지?"

소년의 빛나는 눈이 나를 불쾌한 눈으로 바라보고 있다. 라타토스크는 이미르의 곁에 있으면서도 언제나 나를 경계하고 있었다. 그것이 저 다람쥐 소년의 직감이었을까. 만일 그런 것이었다면 칭찬의 박수라도 쳐주고 싶은 심정이다.

라타토스크는 경계의 눈초리로 나를 꿰뚫었고, 나는 그에 대응해서 빙그레 웃어 보인다. 그러나 라타토스크의 손 안에선 천으로 술의 기운을 넣어 만든 활과 화살이 나를 겨냥하고 있었다. 역시나 뛰어난 직감이었다. 라타토스크는 속으로 숨긴 살기를 느끼고 있었던 것이다.

그래, 필사적으로 지키고 싶은 것이 있겠지. 나도 그랬었어. 그냥 아픈 추억이 돼버렸지만. 나는 마음속으로 그렇게 생각하면서 입가에 쓴웃음을 지었다.

"단지 로드의 모습이 보고 싶었을 뿐이야. 그렇게 경계할 필요는 없잖아?"

나는 솔직하지 않은 말로 그 소년을 바라보았다. 아무리 저런 어린애라고 해도 나의 말을 믿어줄 리는 없었다. 라타토스크, 내가 없는 동안에 이미르의 곁에서 보좌한 소년. 실제로 이미르와 관계가 있는 것은 아니었지만 예전에 그녀에게 도움을 받은 후 자신의 목숨보다도 더 소중하게 이미르를 지키고 있는 경호원 같은 존재였다. 그런 그가 나와 이미르를 만나게 해줄 리는 없었다. 이렇게 몇 마디 주고받는다는 것 자체가 쓸데없는 짓일까.

"거짓말하지 마. 넌 이미 변했어. 이미르를 보좌했다는 그 마검의 모습이 아니라고!"

"네가 나에 대해서 어떻게 알아? 내가 로드를 보좌했을 때 너는 없었어."

그렇게 말하는 나의 얼굴은 웃고 있었지만 그것이 진심 어린 미소가 아니라 빈정거리는 것이라는 걸 라타토스크는 잘 알고 있었으리라.

"이미르에게 들어서 알고 있어! 게다가 적어도 예전과 같은 기운이 아니라는 것은 알고 있단 말야!"

내게 흐르는 살기(殺氣)를 그 꼬마는 느끼고 있다. 멈추지 않는 짐승의 기운과 나의 욕망을 그는 약간이나마 눈치 채고 있었던 것이다. 아니, 그것도 아니라면 나의 상처에서 흐르는 피 냄새를 맡고 불길하게 생각하고 있는 것인가.

"좋아, 예감이 뛰어난 것에 대해서 칭찬해 주지."

"너, 이 자식… 정말로?!"

나에 대한 두려움을 확인한 라타토스크는 뾰족한 귀를 곤두세우고 언제라도 뛰어들 것처럼 보인다. 손 안에 있는 천은 원호를 그리며 곧 소년의 손 안에서 활시위가 되었다. 그것이 그 꼬마 라그나의 능력이었다. 천을 순식간에 활과 같은 모습으로 구현화시켜서 무기로 만든다. 그 무기로 나를 위협해서 자신이 지키고자 하는 것을 지키려고 하겠지. 하지만 나는 그녀의 존재가 필요했다. 앞으로 라타토스크가 방해될 것은 뻔한 일이었다. 나는 라타토스크라는 존재를 차치하고서 흰 베일이 드리워져 있는 침대를 바라본다. 그 안에 이미르의 반쪽이 있을 것이다. 완전체는 아니지만 저 정도라면 상관없지 않은가.

"이미르에게는 손끝 하나 대지 못해!"

라타토스크는 나를 보며 이빨을 드러낸다. 꼬마 녀석이지만 맹랑하게 보였다. 활시위를 나에게 향하고 있는 그 녀석의 모습은 꽤나 비장했다.

내가 라타토스크에 대해서 잘 알고 있는 것은 아니었지만 소문은 들은 일이 있다.

카티스가 봉인당한 후 이미르는 혼자가 되었다. 알타크나의 성은 이미르에게 즐거운 추억을 안겨주었을 리가 없었다. 그렇게 외로운 나날들을 보내다가 이미르는 한 소년을 구해주었다고 한다. 라타토스크는 본래 라그나로 장난감 노예처럼 팔려갈 뻔했다고 한다. 이미르가 라타토스크를 구해준 이유를 라타토스크는 잘 알지 못했지만 소년은 끌려가던 자신을 구해준 아름다운 마법사에게 반하여 충성을 맹세한 후 그녀의 곁에서 보좌하게 되었다는 것쯤은 쉽게 얻을 수 있는 정보였다. 그것은 내가 카티스와 함께 백여 년의 시간을 보내는 도중에 있었던 일이다.

확실히 라타토스크는 이미르에게 충성을 다했다. 이미르는 라타토스크를 주종 관계가 아닌 편안한 상대로서 대했지만 라타토스크는 의외로 그녀에 대한 보호자 의식이 있었던 것 같다. 영원히 그녀를 지키고 싶었을 것이다.

살아가면서 당연히 알 수 있는 것이지만 이상이나 꿈이 반드시 이루어지는 것은 아니다. 나는 목숨을 걸고 지켜야 할 존재 때문에 부질없이 자신의 목숨을 잃는 일도 많이 보아왔다. 또한 목숨을 버리면서까지 지켜주고 싶었던 존재가 그런 자신을 위해 목숨을 버리는 경우를 보는 것도 어려운 일은 아니었다.

하지만 그렇다고 해서 반드시 행복이라던가 자유라던가, 그들이 지키고자 하는 것들을 지키는 경우는 오히려 드물었다. 충성스러운 자가 빨리 죽듯이 행복했던 나날들도 쉽게 깨져 버린다. 믿고 있던 자가 배신하듯이 세상은 너무나 쉽게 전복되어진다.

라타토스크의 두 눈에는 강인한 신념이 담겨 있었다. 라타토스크에게는 목숨을 버리게 되더라도 이미르를 지키겠다는 의지가 있었다. 그것은 일전에 자신의 목숨까지 불태워서 나에게 상처를 입혔던 이질리스의 신념과 비슷한 것이었다.

라타토스크가 그토록 필사적으로 이미르를 지키고자 하는 데는 다 이유가 있었다. 현재 저곳에 있는 이미르가 힘을 사용하지 못하는 껍데기에 불과하다는 것 때문이었다. 이미르는 반쪽인 그녀의 몸만 이곳에 있을 뿐 그녀의 정신은 카티스의 옆에 있었다.

그렇기 때문에 필사적으로 그녀의 몸을 지키고 싶겠지. 어리석은 꼬마.

"하지만 앎에 대한 대가는 죽음이야. 알게 되면 죽을 수밖에 없는 거지. 그건 너도 알고 있겠지, 꼬마?"

"내 이름은 꼬마가 아니라 라타토스크다! 그리고 죽긴 누가 죽는다는 거야?! 난 이미르를 두고 죽지 않아!"

라타토스크는 자신을 살려준 주인을 위해서 최선을 다해왔다. 위험을 감수해서 레스베르그와 그의 아들 니드호그의 사이를 이간질하면서까지 그 꼬마는 이미르를 지키고 싶었던 거다. 그래, 나도 지키고 싶은 것이 있었어. 하지만 결국엔 지키지 못했지.

"절대로 나는 이미르를 남겨두고 죽진 않아!"

라타토스크가 희미한 빛의 활시위를 당겼다.

푸슛, 소리와 함께 화살이 나를 향해서 날아오고 있었다. 그러나 나에게는 짐승, 펜리르의 힘이 있지 않았던가. 나는 오른손으로 펜리르의 힘을 펼쳐서 화살을 막아냈다.

형체를 거의 알 수 없을 정도의 흐릿한 빛의 화살을 쏘아대면서 그 꼬마는 발악하듯 소리쳤다. 그렇다. 남겨두고 죽는 것은 이기적인 일이다. 남겨진 자는 더 괴로울 테니까. 차라리 그녀보다 먼저 죽어버렸다면, 그녀를 만나지 않았더라면… 아니, 지나간 일이기 때문에 더 이상 후회는 할 수 없다.

그 이기적인 일을 나는 내가 아닌 다른 사람에게도 시킬 것이다. 나 혼자만의 욕망을 위해서 그렇게 할 것이고, 앞으로도 후회할 생각은 없다.

나에게 꼬마 다람쥐의 활을 피하는 것은 간단한 일이다. 필사적이긴 하지만 감정적인 그 꼬마의 힘을 제압하는 것은 감정을 삭여버린 나로선 쉬운 일이었다. 이질리스를 죽이는 데도 거리낌없었던 나다. 그때 약간의 흔들림이 있었던 것은 사실이지만 그것이 내 욕망을 꺾을 순 없었다.

에이아와 똑같은 얼굴을 가지고 있는 요르문간드의 말대로 나는 꺾인 날개를 가진 사람인지도 모른다. 태어날 때부터도 그러했으니까. 큰 날개는 축복의 상징이라고 알고 있던 우리 종족들 사이에서조차 거리끼고 있었던 검고 커다란 날개를 나는 가지고 있었던 것이다. 어린 나의 몸에 그 커다란 날개는 부담스러웠을 뿐 아니라 우리 종족에게 있어서 검푸른 날개는 불길한 색이었다.

그렇다.

동족의 죽음과 함께 깨끗하게 날개를 잘라 버렸던 등에서 다시금 날개가 솟아 나온 것은 그들의 죽음을 밟고 일어섰기 때문일 것이다.

크라겐이 나의 아버지를 찾아왔을 때 이미 정해져 있던, 아니, 훨씬 그 이전부터 정해진 운명의 길이었던 것 같다. 내가 태어났을 때부터 우리 종족은 이미 그 멸망이라는 길을 걷고 있었던 것이다. 누군가 내가 아니더라도 또 하나의 그 길을 대신 걸어야 했을 순리였던 것이다.

그 쓸모없던 날개가 자라 나와 나의 몸을 덮었다.

만일 그때 에이아를 만나지 않았다면 아마도 영원히 날 수 없었을 것이다. 그러나 그런 식으로 내 몸에 있던 날개조차 본래 장식품과 다를 바 없었다. 바르하시온은 나에게 내가 자신의 굴레에서 벗어날 수 없다는 것을 암시시킨 하나의 모조품에 불과했던 것이다.

날 수 없는 날개는 나에 대한 속박과 같았다. 속박된 자는 결코 자신이 원하는 것을 이룰 수 없다. 한순간의 꿈과 같은 시절들이 지나가고 나는 자유의 상징이었던 날개를 잃었다. 날개를 잃었고, 또 에이아를 잃었다.

어차피 한번 돋아났던 날개가 또다시 돋아나는 일은 없을 터였고, 등의 상처도 아물어서 더 이상 로크 족으로서가 아닌 보통의 인간처럼 행동해야만 하는 제약을 받았다. 내가 바르하시온의 이 그드라실 계획에 수긍해서 받을 수 있었던 것이 바로 지금의 날개 요르문간드였다. 바르하시온 딴에는 나의 행동을 규제하기 위해서 만들어낸 로키와 카나의 유전자를 받은 생명체였으며, 지금도 훌륭히 그 구실을 다하고 있는 것이다. 나, 미드가르드를 속박하는 존재인 요르문간드.

하지만 어디까지가 진실이고 어디까지가 거짓일까.

내가 살고 있던 세상, 에이아가 사라져 버렸던 그때부터 모든 것이 가식된 것으로 가득 차 있다는 것을 알고 있는데 어째서 모든 것은 혼동되고 있는 것일까.

나는 검을 들었다. 눈앞에서 라타토스크는 처절하게 이미르에게 다가가려는 나를 막고 있다. 내가 이미르에게 해를 끼치려는 것을 알고 있듯이 필사적으로 나를 막는다.

"이미르, 도망가!"

손 안에 있던 검에 묵직한 느낌이 느껴졌을 때 절규하는 라타토스크의 목소리가 망상의 벽을 한순간 깨뜨렸다. 끈적끈적하고 역겨운 냄새가 나는 액체가 나의 얼굴에 튀었다.

"미드가르드는 예전의 그 녀석이 아니야! 어서 도망가, 이미르!"

인형처럼 앉아 있던 이미르의 눈동자 속에 라타토스크의 피투성이가 된 얼굴이 비쳐졌다. 라타토스크는 눈에 눈물이 흐를 정도로 울부짖고 있었다. 하지만 마법사의 정신은 카티스의 옆에, 이곳은 그녀의 몸만이 있다.

혼자서는 아무것도 할 수 없는 그 몸에 대해 소리쳐서 뭐 하겠다는 거냐, 라타토스크.

그러나 꼬마 다람쥐는 계속해서 울부짖었다. 하지만 그 생명의 불도 곧 꺼져 버릴 것이다. 나의 손 안에 있는 나의 검이 녀석의 심장을 관통했으니까.

"살고 싶어했잖아… 살고 싶다고 했잖아……. 죽는 것은 싫다고… 잠꼬대까지 했잖아? 망설이지 말란 말야!"

"곧 죽을 주제에 어리석은 짓은 하지 마."

검을 거칠게 빼어 들며 라타토스크의 몸을 한쪽으로 내던졌다.

반고깃덩어리가 되어 움직이지 못하는 꼬마의 눈은 여전히 인형 같이 아름답고도 움직임이 없는 이미르가 머물러 있는 장소로 향해 있었다.

라타토스크의 눈동자는 자신이 섬긴 그녀를 향했고, 이미르의 눈동자가 우연히 라타토스크의 눈과 마주쳤다. 그래, 남겨지는 것이 비통하겠지. 나도 그랬어.

당신에게 그런 아픔을 남기고 싶지는 않았지만 대의명분을 위해서라면 어쩔 수 없어. 하지만 미안하다는 말은 하지 않아. 왜냐면, 그 따위 말로 용서가 될 일이라면 하지도 않았으니까.

"이미르……"

마지막으로 남길 말이 무엇인지 나는 알고 있었다. 하지만 그 말을 듣고 싶지 않았던 나는 라타토스크가 더 이상 말을 하지 못하도록 칼을 들어 마저 숨통을 끊어주었다.

그 순간 이미르의 눈동자에 일대 파란이 일었다. 전혀 생각도, 감정도 없는 인형과 같았던 그녀의 눈가에 이슬과 같은 물방울이 맺혔다. 그것은 눈물이었다. 수많은 사람들의 죽음을 보아와서 익숙하게 돼버린, 나에겐 더 이상 나오지 않게 돼버린 그것이 그녀의 눈가에 방울방울 아롱졌다.

그 눈으로 사물을 보고 있어도 뇌로 전달이 되지 않고 단지 인형처럼 바라보고 있는 그녀의 육신이 라타토스크의 죽음에 반응하여 눈물을 흘린다. 그걸 죽음으로 인한 기적이라고 말해야 하는 건가. 하지만 비웃음도 나오지 않았다.

아름다운 마법사의 입은 움직였지만 아직 그녀의 정신이 돌아온 것은 아니다. 그러나 그녀의 주위에 뜨거운 불길이 솟아올랐다. 뜨거워 보였지만 그것은 얼음처럼 찬, 그러면서도 모든 것을 태워 버릴 정도의 힘을 가지고 있는 주르트르의 불길이었다.

"주르트르……!"

나는 그 죽음의 마검의 이름을 불러본다.

정말로 주르트르의 힘이었을까. 불길 때문에 넋을 빼놓고 있던 그 순간 인형처럼 그 자리에 앉아 있어야 할 이미르의 몸이 사라져 버렸다. 흔적도 없이 사라져 버린 것이다. 이것도 라타토스크의 죽음에 의한 기적인가.

나는 눈살을 찌푸렸다. 이미르의 육신이 사라져 버린 것이 의외의 일이었던 것은 아니다. 어차피 곧 돌아올 것이다. 그녀를 잘 알고 있는 나는 그렇게 생각했다. 이미 생명을 잃은 라타토스크의 사체(死體)를 뒤로하고 나는 다시 목표한 바를 쫓아가기 시작했다.

나의 몸 안으로 어떤 것이 스며들었다. 그것은 부드럽고도 이질적인 생물로 몇백 년 간 함께 있었던 익숙한 존재이기도 했다.

바르하시온이 치료해 줘서 이제는 다 나은 건가.

에이아와 꼭 닮은 요르문간드는 이미 나에게 돌아와 있었다. 이제는 인위적인 날개도 나에게 돌아왔다.

나는 힘들게 발걸음을 옮겼다. 아직 할 일이 남아 있었기 때문에 나는 한자리에 머물러 있을 수 없었다. 나는 태엽 감긴 인형처럼 움직이기 시작한다.

*　　　　*　　　　*

세계수 이그드라실은 만들어진 존재였다. 바르하시온에 의해서 만들어진 마검의 힘을 가지고 세계를 지탱하는 거대한 나무, 다시 말하면 그것은 거대한 인공 생명체였다.

엄밀히 말하면 인공 생명체이기도 하면서 그것은 인공 생명체가 아니라고 할 수 있었다. 그것의 힘은 그동안 알타크나에서 손에 넣은 마검들의 힘으로 이루어져 있었다. 일전에 마검 사냥꾼들에게 잡혀간 라휀의 마검 라기온도 아마 그 거대한 나무 안에 들어가 있을 것이다. 그곳에서 이그드라실의 양분으로써 충실한 역할을 하고 있을 것이다. 나도 애당초 그것에 대해서 잘 알고 있지 않았던가.

이그드라실 계획을 애당초 시작했던 것은 바르하시온이었다. 그는 자신의 아내 엘시드라와 마검에게 배신감을 느껴서 세계수 이그드라실이라는 마검에 대한 계획을 세웠다. 그러나 그의 이그드라실의 계획이 배신감에서 비롯되었다지만, 나중에는 그것이 무엇을 위해서인지 알 수 없게 되어버렸다. 그는 이미 아무것도 느끼지 못한 채 실험에만 미쳐 있는 실험광이 되어버렸다고 할 수 있을지도 모른다.

그런 그와 결탁한 것은 로키. 로키는 원래 라그나 라그나드였으나 아시르 인이 된 특이한 케이스의 남자였다. 그런 그가 이그드라실의 계획에 가담한 이유는 나도 잘은 모르지만, 그가 계획에 가담하면서 재정적으로나 권력적으로 큰 도움을 주었기 때문에 이그드라실의 계획을 계속해 올 수 있었다.

거대한 규모에 막대한 자금을 필요로 하는 그 계획을 실현시킨 것이 로키와 그의 아내 카나, 바르하시온, 이 셋이라고 말해도 거짓은 아니다. 실제로 더 많은 아시르 인과 라그나들의 힘이 투여되었겠지만 그 셋의 힘이 가장 컸고, 이 알타크나가 이 정도로 자리 잡을 수 있었던 것도 그 때문이었다. 모든 것은 그들 자신의 신념과 욕망에서 비롯되었다.

거짓과 진실은 한 장 차이. 정의와 불의도 마찬가지이다.

자신에게 있어서의 진실이 다른 사람에게 진실이라는 법은 없
다. 이그드라실 계획은 그 양면성을 정확하게 노린 것이라고 할
수 있을 것이다.

바르하시온과 로키, 그들은 각각 다른 목표를 가지고 이 계획을
계속해 왔고, 그 외 다른 사람들 역시 자신의 욕망과 결탁하여 그
를 따르게 된 것이다.

어쨌거나 자신에게는 대의명분과 진리이며 정의인 것이다. 그들
의 계획이 이제 마지막 결실을 바라보고 있었다. 실험의 결과도
결과지만 실험 자체에 미쳐 있던 바르하시온을 더 이상 멈추기는
쉽지 않다.

휘르와 카나, 로키, 그들은 자신의 욕망을 위해 바르하시온의 이
그드라실의 계획을 가담했다. 정확하게 말하면 이 알타크나의 여
제(女帝) 시긴 알타크 역시 로키의 꾐에 넘어갔다고는 하지만 자
신의 욕망이 있었기 때문에 가능했던 일이다. 나도 그런 사람들
가운데 하나라는 것을 결코 부인하지 않는다. 그리고 특이하게도
이미르는 이 계획의 전반적인 모든 것을 알고 있는 희생물이었다.

그녀는 그것을 알면서, 괴로워하면서 자라났고, 그것을 피할 수
없는 숙명으로 여기고 있었다. 그녀의 의식이 그런 식으로 자리
잡은 것은 이미르의 성장 과정에서의 교육 때문이기도 했다. 많은
사람의 죽음을 보며 자라온 이미르, 그녀는 알고 있을 것이다. 자
신이 결코 굴레에서 헤어 나올 수 없는 존재라는 것을. 만일 원래
는 그랬던 것이 아닐지라도 그렇게 그녀의 사고방식은 확고했을
것이다.

그렇기 때문에 돌아올 것이라고 나는 확신한다.

"미드가르드!"

나를 불러 세운 것은 젊은 남자의 목소리였다. 이제 갓 청년이 된 것 같은 앳된 목소리였다.

"이곳에 계속 계셨습니까?"

"로키님과 함께 있었습니다만……."

그는 이그드라실의 마검 니블하임의 주인인 휘르였다. 인간이지만 로키의 힘으로 인해 나이를 먹지 않게 되어 저 정도의 젊음을 유지하고 있는 그는 아주 오랜 옛날부터 알타크나의 세력가문이었던 에틴Etin 가문의 장남이었다.

그는 벌써 몇백 년을 살아오면서 에틴가를 지탱해 오는 실질적인 세력가였고, 그의 선조는 특이한 능력을 가지고 있는 이름있는 장인이었다. 그 자신은 모르겠지만 그가 니블하임의 주인으로 선택된 것은 그가 인간이기 때문이었다. 가문의 명예와 알타크나의 발전을 위해서라는 고지식한 목표를 가지고 있는 휘르라는 인간을 이용하는 것은 로키나 바르하시온에겐 쉬운 일이었다.

그가 이 계획에 가담한 이후 알타크나는 더 강해졌고, 그의 가문이 더 부흥한 것은 사실이다. 지금까지 자기 자신도 만족하고 있는 듯하다. 그는 로키의 힘을 빌어서 백여 년을 살아왔지만 젊음을 유지하고 있는 것도, 이그드라실 계획에 가담한 것도 절대 후회하지 않는 듯했다. 그것이 그의 정의이고 신념이며 목표였으니까.

"로키님을 만나는 것은 정말 힘들군요."

그는 내가 지금 어느 곳을 향하고 있는지 모르는 상태였고, 나를 불러 세운 것도 다른 이유 때문일 것이다. 만일 내가 지금부터 하려는 일이 무엇인지 그가 알았다면 아마도 경악했을 것이다. 나는 아직도 고통으로 새하얗게 되어버린 얼굴을 웃음으로 가리면서 그의 말에 수긍했다.

"이그드라실이 완전하게 되는 마지막 스퍼트니까요. 그렇게 바쁘신 것도 당연한 겁니다."

나의 그럴듯한 대답에 휘르는 고개를 끄덕였다. 전신을 검은 옷으로 빼입고 있는 그의 모습은 누가 보아도 어린 청년으로만 보였다. 그의 검인 니블하임도 이 계획의 진실을 알고 있을 터인데도 그는 마냥 순진해 보인다. 겉으로는 그렇게 보여도 백여 년을 살아온 인간. 라그나의 백 년과 인간의 백 년은 다른 법, 그는 수상한 낌새를 오래전부터 눈치 채고 있는 듯했다.

"미드가르드, 실례되는 질문을 해도 됩니까?"

그는 사뭇 진지하게 물었다.

"네?"

"당신은 어째서 마검이 된 것이죠? 이그드라실의 마검이 특별한 힘을 가지고 있다는 것은 잘 알고 있습니다. 로키님께서 항상 그렇게 말씀해 주셨으니까 알 수 있었지요. 하지만 그 이드라실의 마검은 대체 왜 존재하고 있는 것인지 들은 일이 없습니다. 뭔가 당신들의 존재 이유가 있을 법하다고 생각하고 있었습니다. 당신들 마검들은 세계수에 어떤 영향을 끼치고 있는 거죠?"

그의 질문에 나는 예상했던 것처럼 웃었다. 지금까지 이그드라실의 마검의 존재에 대해서 의아해하지 않는다면 오히려 이상한 일이다.

"그런 건 니블하임에게 물어보셨으면 좋았을걸요."

"그는 입을 열지 않습니다."

그의 말이 극히 없는 마검, 그것이 니블하임이었다. 아마 명목상의 마스터인 휘르에게도 그는 입을 거의 연 일이 없을 것이다.

"그가 원래 그런 성격이라는 걸 잠시 잊었군요. 전 저의 의지로 마검이 되었습니다. 마검이 되어야만 할 수 있는 일이 있으니까요."

나는 본래 인간이었다. 그것이 휘르와 나의 유일한 공통점이다. 그와 나는 다른 생각을 가지고 살아왔고 신분도 달랐다. 나에게 왕가의 번영과 가문의 번창이라는 대의명분 따위는 존재하고 있지 않았다. 다만……

"그렇다면 불사의 왕은 지금 어디에 있습니까?"

"불사의 왕은 아마 지금쯤은 시리스 왕녀의 옆에 가 있을 겁니다."

"역시 그렇군요. 그가 변덕이 심한 것은 미리 짐작하고 있었습니다. 하지만 그는 우리에게 피를 주었습니다. 그의 피가 이그드라실을 발동하는 데 원동력이 되었고 그것에게 힘을 주었습니다. 마검들만의 힘으로는 불가능한 것이었으니까요."

"무슨 말을 하고 싶은 거죠?"

나는 휘르의 꼼꼼한 질문에 태연스레 대꾸했다. 상처가 쑤셔왔기 때문에 일부러 의연한 모습을 보여준 것이기도 하다.

"하지만 저는 그의 힘이 이그드라실에 어떤 영향을 끼친 건지 알 수 없습니다."

"불사의 왕의 힘, 그의 피는 불사의 힘을 주는 것은 아닙니다. 그는 전설상에 나오는 '영원 불멸의 새'가 아니니까요. 하지만 그 피는 정화와 조화를 가져다 줍니다. 물론 그의 몸이 마각족이라는 고대 라그나 라그나드의 최강 종족이었다는 것만으로도 그의 피는 효력이 있습니다만, 불사의 왕은 강하고 그 강한 힘이 다른 물체에게 힘이 되기도 하고 역효과를 내기도 한다고 널리 알려져 있죠."

나는 일부러 친절하게 설명해 주었지만 그 설명을 듣는 휘르의 표정은 밝지 못했다. 그렇게까지 바보는 아니었던 것 같다. 하지만 아직 알면 곤란할 텐데.

불사의 왕에게는 그의 피를 얻을 수 있었다는 것으로 족하다. 로키도 변덕스러운 불사의 왕이 나중에는 카티스에게 붙을 것이라는 것을 예상했을 테지만 한순간의 그의 변덕을 이용했을 뿐이었다.

마찬가지로 불사의 왕도 그것을 알면서도 협력했던 것이다. 그의 피는 이그드라실에 없어서는 안 될 존재이기도 했고, 널리 알려진 그대로의 효력을 발휘하기도 했고, 결국 무(無)로 돌아간다는 뜻을 알리는 것이기도 했다. 그는 원래 불사의 능력을 가진 인간이 아니었지만 오랜 옛날에 많았던 영원불멸의 새의 몸을 입어 불사의 몸이 되었다고 전해진다. 원래는 불사가 아니었던 그가 불사의 왕이라고 불린 것은 그가 불사의 존재이기도 하고 아니기도 하다는 것을 의미하는 것이다.

"이제 답변이 됐습니까, 휘르?"

휘르는 마지못해서 끄덕였다. 윤곽이 잡히지 않는 모양이었다, 이그드라실에 대해서. 그리고 로키와 카나에게 카티스라는 존재가 필요한 이유를 그는 알 수 없었다. 그것은 극히 소수의 사람들만이 알고 있는 계획의 일부였고, 그 가운데 최초의 실패작이 바로 밸더였다.

때로는 실패작이 가장 성공한 것이 될 수도 있고, 성공했던 것이 모두 실패로 돌아갈 수도 있는 법이다. 나는 그것을 목표로 삼고 있었다. 그것만이 나에게 필요한 것이라고 생각되니까. 예전과는 다른 생각이었다.

"그럼, 저는 로키님의 명령이 있어서 가보겠습니다, 휘르."

"…네."

휘르는 간결하게 대답했다. 나는 또각또각 발소리를 내며 걸어가다가 다시 그에게 고개를 돌렸다.

"깜빡 잊었었는데, 바르하시온님께서 휘르, 당신을 부르고 있었습니다."

나는 그의 손에서 빛나는 검은 마검, 니블하임을 응시하며 조용하게 말했다.

"바르하시온님께서?"

나는 고개를 끄덕였다.

"알겠습니다. 감사합니다."

휘르는 고개를 갸웃거리며 나의 말을 받았다. 나는 입가에 평소때와 다름없는 미소를 띠고 그와 떨어졌다.

최초로 해야 할 것은 라그나의 피. 이그드라실은 피를 갈구하고 있다. 이 세계수는 가넬 족처럼 적은 양의 피가 아니라 다량의 피를 원하고 있었으며, 지금 이그드라실에게 가장 필요한 피는 라그나의 피였다.

나는 어두워진 하늘로 날개를 펼쳤다. 요르문간드의 꺾여진 날개는 이미 자체 치유되어 마치 아무 일도 없었던 것과 같은 상태였다. 요르문간드의 부드러운 날개가 나를 바람에 실어주었다. 붉은 독수리의 땅과 멀지 않은 곳으로 나는 향했다. 그곳엔 첫 번째 희생될 자가 있으니까. 그의 영혼은 이그드라실이 원하는 좋은 제물이 될 것이다.

까마귀가 우는 소리라도 들린다면 꽤나 어울릴 것 같은 음습한 분위기다.

세계수 이그드라실이 자라난 후 이 세계는 빛을 잃었다. 아예 사라져 버린 것은 아니지만 으레 어두워지는 밤이 되면 주체할 수 없는 암흑 속으로 이 세계는 떨어져 버리고 만다. 바로 지금이 이러한 때. 평소에는 보이지 않았던 어둠의 생물들이 스멀스멀 기어나와 활개를 치는 시간이었다.

"좋은 밤이야."

나는 흥얼거렸다. 이그드라실에게 제물을 바치기에는 더할 나위 없이 좋은 밤이다. 저 밤하늘에 만월다운 둥근 달이라도 걸려 있었더라면 더 좋았을 테지만, 그랬다면 이런 티끌 하나 없는 밤하늘은 존재하지 않았을 것이다.

"크르릉……."

내 몸 안에 있는 마수 펜리르의 경고음이 들려왔다. 누군가의 존재를 의미하고 있는 것이겠지만 나는 그곳에 있는 사람이 누군지 잘 알고 있었다. 어둠 속에서 세계수 이그드라실의 굵고 긴 가지에 매달려 있는 한 마리의 독룡을 볼 수 있었기 때문이다. 그는 이미 정신을 차리고 있는 것 같았고, 내가 자신에게 다가가는 것도 눈치 채고 있었다.

그러나 그는 움직일 수 없는 상태였다. 내가 미리 손을 써서 포박해 두었으니 당연한 일이었지만.

"어때, 여긴 너무 재미없지?"

나는 빙그레 웃으면서 그를 올려다보았다. 그는 대답 대신 나를 노려보았다. 녹색 머리카락은 그 빛을 잃었지만 금빛 눈은 여전히 살기를 머금고 있었다.

헝그리 하이브의 건에 맞은 이후 날개가 상해서 날기도 힘들 것이라는 것도 잘 알고 있었다. 하지만 그대로 달아나 버리기라도 하면 내가 곤란해지니까 약간 묶어둔 것뿐이다. 니드호그가 입을 열지 않는 것을 보니 말까지 못하게 해버렸었다는 것이 기억났다. 나는 사뿐히 날아 올라가서 그의 입을 봉해놓은 재갈을 손수 풀어 주었다.

"빌어먹을 녀석!"

니드호그는 입이 풀어지기 무섭게 나에 대한 저주의 말을 퍼부었다. 원래 말이 많은 녀석은 아니기 때문에 그다지 욕지기를 해댄 것은 아니지만 독기 어린 눈으로 녹색의 독을 퍼부을 것 같은 분위기다. 하지만 유감스럽게도 니드호그의 손은 자연스럽지 못했다.

"피를 뒤집어썼군."

약간 잔인한 표정. 아마 라타토스크의 피 냄새를 맡은 모양이다. 피 냄새 하나는 귀신 뺨치게 잘 맞출 수 있는 녀석이니까.

그렇기 때문에 가장 라그나에 어울리는 자. 특별히 선택한 것은 아니다. 마땅한 기회를 포착했을 때 가장 손쉽게 손에 넣을 수 있었을 뿐이다. 원망이라면 얼마든지 들어줄 수 있으니까.

"거짓말을 했군, 검 쪼가리."

니드호그는 퉤 침을 뱉으면서 말했다. 피가 섞여 있는 것으로 보아 녀석은 내상이 있었다. 자생 치료를 할 수 없는 데다가 치료를 받지 못했으니 그런 것도 당연하지. 아마 그 헝그리 하이브의 건 때문에 날개도 엉망이 되어 있을 것이다. 내가 약간의 물리력을 사용해서 그의 날개를 꺾어버린 것도 사실이었다. 나 역시 본래 날개가 있는 종족인지라 어딜 부러뜨리면 날 수 없을지 잘 알고 있기 때문에 무척이나 속시원한 일이었다.

"그래, 이제 어떻게 할 거지? 내가 잔인한 말을 내뱉는 것을 보려고 입을 풀어준 것은 아닐 텐데."

"그 말이 정답."

"그래서, 웃지만 말고 말해. 네놈의 심장을 파버리고 싶으니까."

"이 나무는 영혼으로 되어 있어. 마검들의 영혼이라고 할까. 물론 알겠지, 이그드라실 계획의 참모습이 어떤 것이었는지. 아, 모르나, 니드호그?"

"……"

"넌 그냥 네 마음대로 행동했으니 잘 모를지도 모르지. 원래 잘 알고 있는 것도 다섯 손가락 안에 꼽는 일 아니겠어?"

"닥치고 말이나 계속하시지."

니드호그가 이빨을 드러내고 으르렁거렸다.

"너무 성급하게 굴지 마. 다 알게 되어 있으니까."

세계수 이그드라실의 네 개의 마검의 상징, 아마 그것을 니드호그도 알고 있을 것이다. 나, 미드가르드는 인간의 영혼으로 만든 마검이다. 아스가르드는 바나 프레이, 즉 고귀하다고 생각하는 아시르 인의 영혼으로 제작한 마검, 니블하임과 요툰하임(우트가르드)은 라그나를 두고 만든 것이지만 각각 그 성질이 다르다. 한쪽은 인간에 가까운 반마족인 니블하임, 다른 한쪽은 라그나 라그나드를 이용한 우트가르드인 것이다.

그들의 주인이 이그드라실의 마검을 가져야만 하는 특별한 이유는 없다. 하지만 그 힘을 컨트롤 할 수 있는 마땅한 사람이 필요했고, 그에 대해 카나와 로키, 휘르와 이미르가 그 역할을 하게 된 것이다.

여기까지는 니드호그도 잘 아는 사실일 것이다.

"이그드라실은 지금 피를 필요로 하고 있어."

"나무가 자라난 지금 이미 그 이그드라실이 완성된 게 아니었나?"

니드호그는 히죽 웃었다. 내색은 하지 않고 있지만 니드호그는 자신의 신세가 통탄스러운 것 같았다. 호전적인 독룡은 풀어주면 금방이라도 나에게 달려들 것이다.

"이그드라실은 완성된 것은 아니야. 너도 알다시피 많은 마검들의 영혼이 세계수에 흡수당했지."

그런 방식을 채택한 것은 바르하시온이었다.

세계수 이그드라실은 마검의 영혼을 먹고 자란 나무이고, 그 많은 마검의 힘을 지니고 있는 만큼 강대한 힘을 지니고 있으며, 이그드라실의 형제들인 나와 다른 마검들이 그 힘의 일부를 사용해 왔던 것이다. 다시 말해 이그드라실은 다른 마검들의 힘을 응축시켜 둔 그릇인 셈이다. 그리고 그와 동시에 세계수 이그드라실 역시 거대한 마검인 셈이었다.

"세계수는 이 세상을 지탱하고 있는 나무야. 아시르 인도, 인간도 라그나의 중심에 섰다고 할 수 있어. 그렇게 되기 위해선 그들의 피가 필요해."

"뭐?"

니드호그는 불안했는지 입술을 잘끈 깨물었다. 그는 나의 의도를 파악했는지 날개를 푸드덕거리면서 한시라도 빨리 그곳에서 멀어지려고 했다. 그러나 무용지물, 그것은 불가능한 일이었다. 나는 이미 그를 포박하고 있었으니까.

"그중 하나가 너야, 니드호그. 특별히 라그나 중에 고른 건 아니지만 원망하고 싶다면 이렇게 된 너 자신의 운을 탓하는 게 좋을 거야."

"빌어먹을!"

니드호그가 나를 노려보았다.

"귀찮아 보이는 설교는 이제 그만 하도록 하지. 세계수 이그드라실을 더 이상 기다리게 하면 실례잖아?"

나는 빙그레 웃었다. 세계수 이그드라실은 조용했지만 나는 그 소리를 들을 수 있었다. 이 숲, 아니, 이것은 숲이라고 할 수 없었다. 원래 이곳은 바르하시온이 세계수를 처음으로 만들었던 장소였고, 맨 처음 손에 넣었던 마검의 영혼을 가두었던 곳이다.

마검의 영혼을 단단한 껍질 속에 가두어 버리는 그 힘의 원천인 이그드라실, 첫 번째로 마시게 할 피는 라그나, 가장 밑바닥에서 살아갔던 그 미천하고 불쌍한 종족의 피인 것이다.

"풀어줄게. 하지만 다른 건 알아서 하는 게 좋을 거야, 니드호그."

나는 손을 쓰지 않고도 펜리르의 힘을 사용해 니드호그의 포박을 풀었다. 영혼을 가지고 놀았던 광인은 이곳에서 그것을 지켜보고 있겠지.

마검의 영혼을 가지고 놀면서 그는 희열을 느꼈을까.

영원한 늪에 가두어진 그들은 꿈을 꿀까. 또는 꿈도 없는 칠흑과 같이 검은 잠을 계속하고 있는 걸까. 아니면 역시 바르하시온의 생각대로 끊임없이 괴로워하고 있을까.

나는 니드호그가 달려드는 것을 사뿐히 피하면서 뒤로 물러섰다. 내가 손가락을 올리며 신호를 보내자 이그드라실의 줄기들이 니드호그를 에워쌌다. 자신에게 들어온 먹이를 놓칠 리가 없다.

"이 자식이 나를 가지고 놀고 있는 건가!"

니드호그는 입술을 깨물었다.

"그 근육 덩어리 녀석 이외에도 나를 황당하게 하는 녀석이 있을 줄이야!"

니드호그는 자신의 처지를 인식하지 못한 채 투덜거렸다. 아니면 독룡 특유의 여유겠지. 나는 웃었다. 요르문간드가 내 몸에서 빠져나왔다. 그녀의 눈으로 나는 상황을 지켜볼 수 있었다. 요르문간드에게 그곳을 맡겨둔 후 나는 빠져나왔다.

어차피 니드호그가 세계수 이그드라실을 빠져나가는 것은 무리다. 그것은 광인의 지혜로 만들어진 피의 산물이니까.

이그드라실에게 골라준 먹이는 과연 이그드라실의 마음에 들까. 나는 신경 써서 골랐는데. 잔인한 것을 원하는 존재에게 잔인한 말로를 주고픈 생각은 없었지만 이그드라실에 있는 한 영원히 죽지도 살지도 못하는 상태가 될 것이다.

니드호그는 날갯짓을 해보았다. 그러나 헝그리가 쏜 데다가 엎친 데 덮친 격으로 내가 꺾어준 날개는 그의 생각대로 움직여지지 않았다.

"쳇, 나무들의 포옹 따위는 기쁘지도 않은데."

니드호그가 손톱을 세우며 쓴웃음을 입가에 띠었다. 잔인한 것을 좋아하는 데다가 호전적인 성격인 니드호그는 적어도 자신이 죽을 때만은 끝까지 저항하고 싶은 모양이다. 뭐, 저런 식으로 저항하다 죽어간 마검이 많은 것은 나도 알고 있다. 이그드라실에 갇히지 않기 위해서 끝까지 저항하는 마검들도 적지 않았고, 결국 그 영혼들은 괴로워하다가 이그드라실 안에 갇혀 버리고 만다. 아마도 그 니센하임의 수호 마검인 모로스 아즈라일도 이 나무의 어디엔가 영혼이 갇혀져 있을 것이다.

나뭇가지들이 점점 좁혀져 온다. 니드호그의 얼굴에 당황스러운 기운이 떠올랐다. 피하려고 하지만 피할 수 없었다. 그것이 이그드라실의 힘이기에 꼼짝없이 니드호그는 저곳에서 죽게 될 것이다.

툭!

믿을 수 없는 일이었다. 니드호그의 생명을 갈구하던 그 나무줄기들이 멈추었다.

나무줄기를 타고 붉은색의 액체가 대지를 감쌌고, 니드호그의 근처에서 레스베르그의 모습을 발견할 수 있었다.

기구하군. 그토록 싫어하는 아들을 위해 죽어줄 만한 레스베르그는 아니었다. 그들에게 부자(父子)의 정은 없다. 그러니까 운이 나쁘다고 해야 할까.

이그드라실은 내가 선택했던 제물 중 하나를 택했다. 붉은 독수리 레스베르그는 먼저 세계수의 양식이 된 것이다. 선택은 하지 않았다. 단지 운이 나빴을 뿐이다.

레스베르그의 몸은 이곳저곳 상흔이 보이는 것으로 보아 피의 제물로서 낙찰된 듯해 보인다. 그러고 보니 내가 니드호그뿐 아니라 레스베르그도 이쪽으로 보냈던 것이 기억났다. 둘 중 하나를 제물로 사용하고자 했던 것이 내 계획이었는데 먼저 그쪽의 운이 좋지 않았던 것 같다. 아니면 니드호그의 운이 지나치게 좋았다던가.

"레스베르그?"

니드호그는 쓰러져 있는 레스베르그의 모습을 보면서 눈을 크게 떴다.

언제나 자신만만하던 붉은 레스베르그는 말 그대로 붉은색으로 물들어 있었다. 아직 숨이 붙어 있는 것으로 보아 이그드라실이 그의 영혼을 아직 빼앗지는 않은 듯하다. 하지만 그것도 잠시간 뿐이다. 곧 그의 영혼도, 피도 이그드라실의 양분으로 스며들게 될 것이다.

"이 빨강 독수리가… 왜 이곳에……?"

"망할 후레자식… 이로군."

레스베르그는 이미 자신감을 상실한 모습이었다. 더 이상 말을 하지 않는 것 같지만 절대 다른 부자(父子)지간과는 다른 모습이라고 할 수 있었다. 그 둘 사이에는 연민도, 정도 오가지 않았다. 단지 분한 감정만이 니드호그에게 남아 있을 뿐이었다.

"젠장, 내가, 내 손으로 고통을 주고 싶었는데……!"

니드호그는 입술을 잘끈 깨물었다. 자신의 손으로 그를 처치하지 못한 것이 꽤나 분했던 모양이었다.

"그거… 유감이군……."

그 말을 마지막으로 그는 더 이상 말을 할 수 없었다. 극심한 고통이 수반했고, 이그드라실의 가지들이 레스베르그의 몸을 감쌌기 때문이다. 그의 몸은 동글게 검은 막이 형성되며 이그드라실의 검은 구멍 안으로 빨려 들어갔다. 만족한 듯이 자신의 가지를 펴는 이그드라실을 멍하게 바라보고 있는 자는 날개가 꺾여 버린 니드호그였다.

그래, 어차피 둘 다 라그나 아닌가. 난 상관없는 일이다. 날개가 꺾인 니드호그가 어디론가 사라져 버리든 말든 알 바 없다.

나는 이미 예상하고 있었던 일을 보았고, 알타크나의 성으로 발걸음을 돌렸다. 요르문간드는 그곳에 있다가 아마 바르하시온이 있는 곳으로 돌아갈 것이다. 내가 그렇게 그녀에게 일러두었으니까.

내가 검은 코트 자락을 휘날리며 다시 본궁 안으로 들어섰을 때 은흑발의 로키가 나를 기다리고 있었다. 그리 기쁜 얼굴은 아닌 걸 보면 무언가 눈치 채고 있는 걸까. 살기가 엿보였지만 나는 그를 피할 생각이 없었다.

"너는 뭘 하고 오는 거냐?"

"레스베르그가 죽었습니다. 이그드라실이 먹어버린 것 같았습니다."

내가 남의 일처럼 말하자 로키는 예상하고 있었던 것처럼 별다른 표정의 변화 없이 고개를 끄덕였다. 그러나 안심하기엔 일렀다. 그는 맹수와 같은 눈으로 나를 노려보고 있다.

"미드가르드, 허튼 생각은 하지 않는 것이 좋아."

나는 빙그레 웃었다. 허튼 생각은 하지 않는다. 어차피 그가 추구하는 바와 내가 추구하는 바는 일치될 수 없는 것이니까.

"당신이 원하는 것이 내가 원하는 것인걸요."

배신하는 것에 대해 거리낌없는 내 말을 믿을 로키는 아니었지만 평소의 페이스대로 나온 것에 대해 약간 안심하고 있는 듯했다. 로키의 행동은 딱딱했지만 더 이상 추궁하지는 않았다.

"저는 바르하시온의 뜻에 따르고 있는 것뿐입니다."

로키는 더 이상의 말 없이 알타크나의 성안으로 발걸음을 옮겼다. 하지만 여전히 의심을 가시지 않은 채 내 주위에 자신의 그림자를 남겨둔 것도 나는 잘 알고 있었다.

그의 그림자는 레스베르그와 같은 붉은 독수리 일족 가운데 하나였지만 지금의 나의 상대도 되지 못할 라그나였다. 그가 나를 쫓아오기 시작한다. 나는 일부러 발걸음을 조금씩 늦추었다.

"저에게 할 말이라도 있는 겁니까?"

나는 싸늘하게 뒤를 돌아보였다. 의례용의 미소도 이제는 입가에 띠지 않는다. 이미 고통도 잊은 지 오래였다.

"시치미 떼지 마!"

그는 레스베르그를 섬기는 자였던가. 한 쌍의 붉은 날개는 그것을 증명해 주고 있었다.

"너는 예전과는 달라. 앙그라보다님께서도 그걸 이미 눈치 채고 계시다"

불안한 듯 식은땀을 흘리고 있는 그는 나에게 훈계조로 말한다. 아무래도 레스베르그가 어떻게 죽었는지 알고 있는 모양이로군.

"허튼짓은 하지 않는 것이 좋아, 마검 미드가르드."

어차피 속고 속이는 거짓된 세상.

어떻게 되든 사태는 뒤집어질 수 있고 그것은 이미 계산 안에 있었다.

내 안에서 짐승의 포효 소리가 들려왔다. 그 거울과 같은 눈동자에 펜리르의 거대한 형상이 비쳤다.

"페, 펜리르……! 저 마수가 어떻게 이곳에?!"

그 남자는 펜리르의 거대한 입에 당황한 채 공간 사이를 넘어가려고 했다. 죽여 버리면 앙그라보다가 금세 눈치 채겠지만 펜리르의 뱃속에 있으면 아마 모를 것이다. 어차피 내가 있는 곳 가까이에서 나를 지켜보고 있는 셈이니까.

그래, 하지만 결국 죽어버리는 거다. 사검 이질리스가 사라져 버린 것처럼, 라타토스크의 죽음처럼. 모든 것은 피로 뒤덮여 버렸고, 그것은 내가 바라던 일이었다. 내가 원하는 길로 가기 위한 한 걸음, 이제 얼마 지나지 않아 이그드라실은 완성될 것이다. 그렇다면 나는 손에 넣을 수 있을까.

광인(狂人)이 마검의 영혼을 이용해서 만들어낸 거대한 마검 이그드라실, 세계수이자 끝과 시작을 알리는 나무.

그것을 만든 광인 바르하시온…

하지만 과연 누가 광인이었을까.

나, 아니, 바르하시온, 아니면 이곳 알타크나에 있는 모든 것들, 아니면 이 세상?

수다쟁이 검과 공갈 검 XII : 雪幻—Winter dust

나는 증오하고 있었던 것이다, 그녀를.
그녀가 나를 두고떠난 것을 증오하고 애달파했다.
어차피 돌아오지 않으리라는 것쯤은 이미 알고 있다.

Katis 카티스

추위. 이그드라실이 감싸인 이 검은 하늘에도 눈이 내리고 있다니… 자연이란 정말 대단한 존재라는 생각이 들었다. 눈의 결정은 마치 꽃송이처럼 시리도록 차가우면서도 아름답다. 이미 검게 변해 버린 하늘을 올려다본다. 이미 내릴 대로 내린 눈은 마치 야광처럼 빛나며 황량하게 메말라 버린 대지를 감쌌다. 황량하게 되어 버린 모든 것을 가리려고 하는 듯이, 티끌 하나 없이 깨끗한 그 길은 일부러 망가뜨리고 싶을 정도로 아름다웠다.

손을 뻗으면 차가운 눈이 손 위에 내렸다. 아름답고 깨끗한 색, 모든 것을 덮어버리려는 이기적인 존재.

나는 후~ 하고 하얀 입김을 불었다. 세계수 이그드라실이 땅 위에 있는 모든 것을 감싸 버린 후에는 낮인데도 불구하고 어두워 사물을 겨우 분별할 수 있을 정도였지만 이 아름다운 눈이라는 존재는 계속 길을 밝혀주고 있는 것 같았다. 실제로 그렇지는 않은

데도 불구하고. 마치 그것은 하나하나 추억, 환상이라는 빛을 발하면서 땅 위에 내려앉는다.

잊어버린 꿈을 꾸게 되는 것이 그 때문일까. 잊고 싶었던 기억들이 머리 속에서 하나의 영상이 되어 떠오른다. 나는 또다시 환상을 보게 되어버린다.

나는 너를 증오한다.

계속 너의 환상을 보아왔으니까.

나를 남겨 버리고 가버린 너의 이기심을 증오한다.

내 앞에 있는 모든 것을 망가뜨리고 싶다. 너의 환상을 산산조각으로 만들어 버리고 싶을 정도이다. 새하얀 얼굴로 나를 보며 웃어주는 그녀의 얼굴은 슬픔을 머금고 있었다.

이젠 나에게 다가오지 마. 너를 증오하니까.

나는 입가에 쓴웃음이 띠는 것을 감추지 못하며 입술을 깨물었다. 그녀의 하얀 팔이 내 몸을 감쌌다. 환상일까. 아니면 그것은 실체화되어진 그녀의 잔재일까.

아니면 역시 그리움에 묻혀 버린 내가 만들어낸 영상일까.

나는 약한 인간이었다. 이기심을 버리지 못하는 약한 인간. 그래서 그녀의 죽음을 인정할 수밖에 없었던 것이다. 남겨진 자의 슬픔과 고독은 경험하지 못한 자는 알 수 없을 정도로 애처롭고도 처절하다. 그것은 몇백 년 동안 나의 가슴을 할퀴고 지나갔으며 지금도 역시 마찬가지였다.

아직도 눈은 내리고 있다. 마치 모든 것을 뒤덮어 버리고 싶다는 듯이 거세게 그것은 하늘에서 땅 아래로 내리고 있다. 처음에는 풀풀 날리던 그것이 어느새 커다란 눈꽃 송이가 되어 야광처럼 빛나는 흰 대지를 만들어냈다.

나는 하늘에서 내려온 그것이 땅을 뒤덮는 것을 확인했다. 시리 도록 차가운 그 안에서 나는 오래도록 그것을 맞고 서 있었다.

그것은 기적일까. 거대한 세계수 이그드라실의 사이에서 눈꽃이 피어 나오는 것은 과연 기적이라고 말할 수 있을까.

눈에 쌓여 하얗게 변해 버린 땅처럼 피로 물들여진 내 손도 눈 이 쌓이면 하얗게 되돌아갈 수 있을까.

나는 고개를 저었다.

절대 그렇진 않을 것이다. 대지가 바뀌어도 세계수 이그드라실 이 있는 한 나의 붉은 손이 깨끗한 상태로 되돌아가는 일은 없을 것이다.

그녀의 모습이 슬픈 잔영처럼 내 눈동자에 남았다. 밝은 푸른 색 머리카락은 눈꽃과 함께 흩날리고 하얀 얼굴은 죽은 사람처럼 고요하다. 게다가 언제나 붉었던 그녀의 입술은 말할 수 없이 창 백했다. 장밋빛 뺨은 이미 그 빛깔을 잃은 지 오래였다.

그녀는 나에게 흰 팔을 다시 한 번 뻗었지만 따스한 체온, 온기 는 느껴지지 않았다. 그것은 내가 눈 속에서 만들어낸 환상이니까 온기를 가지고 있지 않은 것이 당연한 거다.

나는 펼쳐진 두 손, 눈이 쌓인 두 손으로 나의 양 눈을 가렸다. 눈이 녹으면 물이 되어 흘러내릴까, 그것이 눈물처럼 보일까.

추워. 나를 감싸줘.

증오해, 너를.

부숴 버리고 싶었어, 모든 것을. 그래서 이그드라실의 마검이 되 길 자처했었지.

하지만 그것이 어느새 너를 향한 증오가 되어버렸어.

증오할 정도로 사랑해.

나는 모처럼 감상적이 되어 있었다. 메말라 버린 눈물도, 눈꽃의 액체도 전혀 조화를 이루지 못했다.

마지막 순간의 너의 말이 잊혀지질 않아.

"앞을 봐, 나를 위해서."

아무것도 보이지 않아. 내겐 모든 것이 어둠으로 보이는걸.

마지막 마검은 지금 그것을 보고 있을까, 마검이라는 존재가 완전히 사라져 버린 그때를.

이질리스, 넌 좋았니?

그래도 이그드라실의 양분으로 흡수되지 않아서 다행이라고 생각한다.

날 원망하지 않았나? 붉은 눈의 그 녀석은 한없이 나를 원망하고 있을 텐데.

나는 피식 입가에 실소를 띠었다. 어차피 후회란 없을 텐데도 나는 되묻고 싶었다. 이미 사라져 버린 마검 이질리스에게, 그리고 나 자신에게.

그래, 네가 간 그곳은 좋더냐. 소멸되어진 너, 마검에게 두 번의 생애는 존재하지 않으니까.

에셀휜, 유디엔, 너를 항상 걱정하던 그들의 소원을 들어준 건가?

하지만 남을 지키기 위해 남겨두고 떠나가는 것이 이기적이라는 생각은 해본 일이 없나.

순간적으로 차가운 눈이 눈가에 닿아 흘러내렸다. 눈은 내 얼굴에 닿자마자 나의 체온 때문인지 그것은 서서히 물로 화했다. 이질리스의 모습이 환상과 같이 나의 눈앞에 아른거렸다. 그리 오랫동안 사귀어온 친구도 아니고 나와 같은 입장에 있는 마검도 아니었다. 그러나 함께, 그 녀석과 함께 있었던 나의 또 다른 모습을 보여준 존재였다.

죄책감, 그런 것은 이미 버린 지 오래되었지. 검은 하늘에서 너의 모습이 사라져 버렸다는 것을 나는 안심하니까.

"힘껏 날아가는 거야."

그녀는 그렇게 말했었지만 이젠 날개도 나지 않아. 그러니까 날 수 없어.

난 미드가르드의 뱀에게 의지하지 않는 한 날 수 없는 존재니까. 그녀가 없으면 난 암흑 속에서도, 눈 속에서도 너의 환영만 보게 되어버리는걸.

눈이 오자 모든 것이 젖어버렸다. 눈발은 바람에 따라 흩어지고 있었다.

그녀의 환영도 눈 속에서만 보일뿐. 체온도 감정도 느껴지지 않는 그녀의 모습을 뒤로하고 나는 알타크나의 성으로 되돌아왔다.

이젠 모든 것이 시작되고 모든 것이 끝난다.

세계수 이그드라실은 시작을 알리기도 하고 끝을 알리기도 하는 존재.

마검의 생명을 흡수한 거대한 마검. 힘의 결정체인 그것은 모든 이들의 도구이자 주체적인 존재인 셈이다. 나는 서서히 발걸음을 옮길 생각이었다. 나를 바라보고 있을 또 하나의 그녀를 향해서 미소 지을 거짓됨이 필요하다.

그녀는 나를 바라보고 있다. 환상 속의 그녀와는 정반대의 검은 머리카락의 매혹적인 성숙한 여성, 카나 앙그라보다는 나에게로 다가온다. 이전히 기척은 없다.

"미드가르드, 네가 눈을 그렇게 좋아하는 줄 몰랐는데?"

그녀는 키득키득 웃으면서 하얀 눈으로 자신의 손을 적시면서 입가에 다소 잔인한 미소를 띠어 보인다.

"눈은 너무나 하얘서 마음에 들어. 언젠가 더럽힐 수 있으니까."

그 누구보다 매혹적이고 마성(魔性)의 아름다움을 지닌 그녀의 눈동자는 나를 향하고 있다. 자기 자신만의 진실을 말하는 눈동자.

"그리고 모든 것을 가려주지."

그녀의 입술이 나의 입술을 덮쳐 왔다. 그것은 짧지도 길지도 않은 순간의 일이었다. 머리카락이 젖어서 뚝뚝 떨어지는 물 따위는 아랑곳하지 않고 그녀는 내 목에 길고 하얀 팔을 감았다. 하얀 목과 가슴이 약간 소매 사이로 드러났다. 그녀는 입술을 떼고 그 흰 손으로 내 얼굴을 매만진다.

"넌 마치 눈 같아, 미드가르드. 그렇게 섬세하기도 하고 더럽혀져 있지."

"전 당신의 도구가 아닙니다."

그녀의 목소리에 나는 메마른 목소리로 답했다. 나의 대답을 들은 카나는 떠나갈 듯한 큰 목소리로 웃었다. 그 목소리 역시 매혹적인 목소리였다.

"알고 있어. 눈도 도구는 아니니까."

그녀는 감은 팔을 풀고 나를 놓아주었다. 나는 옷자락을 펄럭이며 그녀를 뒤로했다. 그녀는 적이 아니다. 그렇다고 아군도 아니다.

적어도 나는 그렇게 생각하고 있었다.

"네가 보고 있던 환영은 정말 아름답더군. 내가 원하는 것은 네가 원하는 거야."

모든 것을 손에 넣을 수 있었던 그녀가 나와 같은 것을 원한다고? 그것은 당치도 않았다. 라그나 라그나드, 최고라는 위치에 있었던 그녀의 종족은 이제 그녀밖에 남지 않았다. 그것도 그녀의 손에 모두 죽어갔다. 카나는 자신이 최고가 되기 위해서 동족을 죽이는 것도 서슴지 않는 그런 여자였다.

자신이 원하는 것은 무슨 짓을 해서든 손에 넣는다. 그것이 그녀의 방식이었다.

그런 그녀가 나와 원하는 것이 같다고 하는 것은, 그녀가 무슨 짓을 해서든 손에 넣는 그 행동과 나의 이러한 행동이 비슷해 보였기 때문일까. 아무래도 좋았다. 이제 눈은 멈추었다.

죽음도, 행복도 모두 가려 버리는 그 눈은 이제 모든 것을 덮어 버리고 사라져 버렸다.

나는 더 이상 그녀의 환상을 보지 않아. 보고 싶지 않아.

특별히 이곳에 내가 있을 자리가 있었던 것은 아니다.

하지만 어딘지 발길이 닿는 곳으로 가고 싶었다.

나는 걷기 시작한다. 어깨 위에 떨어지는 눈을 털어낼 생각도 하지 않고 나는 무작정 걷기 시작한다. 이제 그녀의 얼굴을 지우고 싶었다. 그녀의 환상을 지우고 환영 속에서 나를 건져 내고 싶었다.

"미드가르드!"

꿈을 깨기 위해서일까, 우연한 곳에 후냐가 있었다. 가무잡잡한 살결에 간편하고 보이쉬한 옷을 입고 있는 그녀는 뭔가 일을 하고 있었던 듯 손에 잔뜩 연장 같은 것을 들고 있었다. 그녀는 나를 자신의 방으로 안내했다. 젖어버린 내 모습이 보기 좋지 않았던 것 같다.

"왜 이렇게 젖어버린 거야?"

그녀의 방에 들어간 나는 그녀에게 쓰러지듯이 안겼다. 풋풋한 향기가 나는 소녀, 나만을 바라보지만 나는 그녀만을 바라볼 수 없었다. 후냐는 확실히 생기 넘치는 소녀였지만 동생 이상으로도, 이하로도 생각할 수 없었다.

"그러기에 내 말 듣고 아무 데나 나가지 말라고 했잖아."

언제나 발랄한 그녀의 목소리가 경쾌하게 들렸다. 나는 그녀가 침실로 쓰고 있는 곳에 허락없이 누웠다. 웃어도 울어도 이젠 더이상 소용없었다. 나는 손등으로 눈을 가린 채 가만히 누워 있었다. 침대가 젖는다고 화를 내려고 했던 후냐도 내 상태가 이상하다는 것을 눈치 채고는 의아한 표정을 짓는다.

"왜 그래? 무슨 일이 있는 거야? 그 뱀은 없네."

나는 대답하지 않고 눈을 감았다. 젖어서 차가웠지만 그런 머리카락을 후냐는 손으로 쓰다듬었다. 약간 심각한 얼굴을 하고 후냐가 나에게 묻는다.

"괜찮아, 미드가르드?"

"잊고 싶어."

나는 중얼거렸다. 잊으려 해도 잊혀지지 않는 눈의 환상은 나의 머리를 어지럽힌다. 더 이상 나는 그녀를 바라볼 수 없었다. 후냐는 나의 옆에 앉았다.

"잊어버려."

후냐는 나에게 속삭였다. 나는 눈을 가렸던 오른손을 들고 그녀를 바라본다. 사뭇 진지한 얼굴로 나를 바라보았다. 어떻게 잊을 수가 있겠는가. 후냐가 나에게 다가와 귀에 대고 속삭였다.

"사랑해."

나도 사랑해. 하지만 그건 나를 위한 사랑이었어.

나는 아무런 말 없이 진지한 그녀의 얼굴을 바라보았다. 나는 서서히 몸을 일으켰다.

태어날 때부터 보아왔다. 하지만 난 무엇을 보고 있었을까. 거짓인 세상, 환영과 잔영, 그것이 나를 얽매고 있었다.

진정한 사랑, 그런 것은 이미 느끼지 못하게 된 것이 너무 오래되어 버렸다. 나는 대답하지 않고 한참 후에야 그녀에게 되물었다.

"후냐, 일이 끝나고 고향으로 돌아가게 되면 고향에서 가장 보고 싶은 사람이 누구지?"

"별로 만나고 싶은 사람은 없어. 시스, 그 녀석의 일이 걱정되긴 하지만……."

후냐는 둘러대듯이 말했다. 너라면 너의 아버지 킬딘이 없는 자리를 잘 메울 수 있을 거야. 나는 그녀의 손길을 뿌리치고 일어섰다. 지금 내 등에 날개는 없지만 곧 요르문간드는 나에게 돌아올 것이다.

그래, 각자에겐 각자의 자리가 있는 거야.

각자의 역할이 있고, 후냐에게도 후냐만의 자리가 있을 것이다.

이제 눈은 그쳤다.

곧 시작이고 후회는 하지 않을 것이다.

그렇지 않아, 사카디은? 당신도 후회하지 않았으니까.

눈은 이제 그치고 이미 환영은 보이지 않아.

하지만 에이아, 너만은 아직도 증오하고 있어. 나를 남겨두고 간 것을.

　그래서 너를 잊을 수 없는 거야. 나를 혼자 남겨두고 간 넌 너무
이기적이었거든.

Chapter 36

마건(魔Gun)-死의 의미

죽음은 퍼멸
죽음은 영원한 인식
죽음은 또 다른 시작

Katis 카티스

애당초 내가 죽음에 대해서 공포를 가지고 있었던 것은 아니다. 피조물이라면 언젠가는 죽는다. 그게 천 년이 되었든 만 년을 살아왔든 결국에는 죽어버리게 된다. 그렇게 볼 때 나는 나 역시 언젠가는 죽는다는 것을 당연하게 생각했다. 그러나 그것이 나에게 많은 영향을 끼치리라고는 생각해 본 일이 없었다.

다른 사람의 죽음이 가장 나에게 충격을 안겨주었던 것은 내가 기억하는 한 사카디은이 최초였을 것이다. 이전에는 죽이는 것과 죽는 것에 대해 별다른 생각이 없었다. 내가 죽더라도 어느 누구도 슬퍼하지 않을 것이고, 내가 남을 죽이더라도 남을 위해 슬퍼해 줄 여력이라는 것은 존재조차 하지 않았다. 그런 감정이 나에게 있다고도 생각해 본 일 없었다. 이질리스의 죽음 이후로 나는 그것을 생각하고 있었던 걸까.

누가 죽더라도 시간은 흘러가고 바람은 분다.

내가 죽더라도 시간은 흘러가고 물은 흐른다.

어떤 것의 죽음이라도 많은 영향을 끼치거나 사물을 변하게 할 순 없는 것이다.

적어도 나는 그렇게 생각해 왔다.

소중한 것의 죽음이라면 나를 변화시킬 충격을 안겨줄 수 있다?

하하, 그런 것이 나에게 존재하리라고는 절대로 생각할 수 없었다.

이질리스가 나의 감정에 큰 위치를 차지한다는 것은 인정할 수 없는 사실이다. 젠장할, 빈자리가 크다는 것을 느끼게 한 것은 사카디온이라는 남자 이후로 처음 있는 일이었다. 젠장, 나라는 놈은 감정에 치우치는 생활을 해왔던 걸까.

잘 알 수 없다. 어느 것이 진정한 나인지.

이미르에게 복수를 하기 위해 여행을 시작하던 것이 나.

이질리스를 잃고 괴로워하는 것이 나.

아니면 인간을 죽이며 그 살과 피를 맛보며 쾌감을 느끼는 것이 진짜 나인 것일까?

수다 검 녀석이 배신한 것을 증오하면서 복수심에 불타는 것이 야말로 나란 말인가.

아니면 그 모든 것이 결집된 것이 진정한 나라고 할 수 있는 걸까.

마검이라는 존재가 이토록 나에게 충격이라는 것을 안겨줄 수 있으리라고는 생각도 해보지 못했다. 너무 허탈해서 웃음밖에는 나오지 않는다.

무스펠하임의 불꽃에서 마검은 창시되었다고 한다. 그 무스펠하임을 만든 것은 영원불멸의 새, 불새라는 이름을 가진 종족의 수

장이었다고 한다.

불멸의 불꽃 안에서 마검은 태어났고 그들은 자유를 가지게 되었다. 그러나 그것은 영원한 자유가 아니었다. 물건과 생명체, 그 두 사이를 뛰어넘지 않은 마검은 생명체에 종속되게 되었다고 한다.

이 정도는 나도 그냥 상식으로 알고 있었다. 마검도 마찬가지이다. 인간과 마찬가지로 자유를 갈망하고 죽음을 바란다. 어쩌면 그 죽음이라는 것 자체가 가장 완성된 자유의 형태일지도 모른다. 그러나 그것은 도피가 아니다. 죽음은 절대로 도피가 될 수 없는 법이다. 그런데도 태어나면서부터 죽음을 갈구하는 것, 그것이 인간이다.

좋으나 싫으나 인간은 죽음을 향해 나아가게 된다.

그렇다면 죽을 수 없는 존재는 오히려 죽음을 그리워하고 있을까.

아니면 다른 것에 대한 욕구 불만을 대신으로 죽음을 향해 걸어가고 있을까.

그러면서도 자신의 힘을 주체하지 못했던 것인지도 모른다. 내 눈앞에 서 있는 그 남자는 죽음도, 삶도 잊어버린 채 단지 바라보고 있을 뿐이었다.

그 남자의 손에 있는 것은 태초의 마검, 무스펠하임이었다. 그는 원래 인간이나 아시르 인도, 라그나도 아닌 다른 고대의 존재였다고 일컬어진다. 그가 검에 종속된 것은 그의 의지였다고 하지만 고대의 신화나 전설 따위에는 그다지 관심이 없는 나로서는 그냥 그런가 하고 넘어갈 만한 일에 불과했다.

그 남자의 검인 태초의 마검 무스펠하임은, 불꽃을 다루는 그 마검은 다른 모든 마검을 낳았다. 모든 마검의 아버지이자 창시자 무스펠하임. 그는 에즈의 마검이기도 했고, 그와 함께 마검의 종말과 시작을 지켜본 최초의 마검이기도 했다.

"바람이 부는군."

시리스의 인사에도 불구하고 에즈와 무스펠하임은 그다지 큰 반응을 보이지 않았다. 단지 그의 눈이 나와 밸더에게 잠시 머물렀을 뿐이다. 바라보는 데 익숙하지만 그들은 머무르는 데 익숙하지 않았다. 항상 보아온 에즈였지만 지금 이 순간만은 평소의 그와는 달라 보였다.

"별로 기분 좋은 바람은 아니지만."

그는 딱딱하게 혼잣말을 내뱉었다. 잠시 동안의 고요는 그로 인해 깨어졌다.

"왜 그러고 있어? 어서 재회의 기쁨을 나눠야 하는 거 아냐?"

아크가 일부러 몸짓을 크게 하면서 활발하게 말했지만 주위는 쉽게 활발해지지 않았다. 놀란 녀석들이 말을 잃고 무스펠하임과 에즈를 번갈아 바라볼 뿐이었다. 그러나 정작 에즈의 시선은 리프의 솜씨인 건에 향해 있을 뿐이었다. 그는 호기심 어린 눈으로 그것을 바라보더니 탄식을 했다.

"그렇군. 역시."

"……?"

에즈는 어이없어하고 있는 리프에게 다가가 건을 빼 들고는 그것을 유심히 바라본다. 하도 갑작스러운 일이어서 리프는 입을 벌린 채 그런 에즈의 행동을 응시할 뿐이었다.

"이런 원리였군."

에즈는 알겠다는 듯이 기다란 불 뿜는 막대기인 건을 핑글 돌려서 리프에게 돌려주었다.

"상당히 원시적인 방법이긴 하지만 꽤 재미있는 생각이로군. 어차피 시대는 흐르게 되기 마련이니까."

무슨 뜻인지 알기 힘든 말을 중얼거리면서 에즈는 아크에게 눈을 돌렸다. 마치 아크의 제안을 받아들이겠다는 듯이 그는 눈동자에 의지를 담고 고개를 끄덕인다. 아크를 조용하게 바라보고 있는 아뉴의 얼굴도 심상치 않다. 아크와 에즈 사이에 어떤 거래라도 오간 것일까.

검은 나무가 해를 다 가리고 있음에도 불구하고 은은하게 빛을 발하는 횃불은 그들을 어둠 속에서 지켜주었다. 에즈와 무스펠하임의 머리카락이 주위를 밝혀주는 것같이 아름답게 타오르기는 했지만 적당히 그 모습을 형용할 수 있을 만한 단어가 생각나지 않는다. 인간의 어휘는 한계가 있다는 말이 사실인 것 같다.

"마검의 창시자와 영원불멸의 새, 당신들에게 질문이 있습니다."

시리스의 목소리를 들은 에즈의 시선이 무표정하게 그녀의 얼굴에 머물렀다. 그 표정에는 시리스를 바라보는 어떤 감정도 첨가되어 있지 않았다. 지금 생각해 보니 그는 항상 그랬다. 에즈에게 어떤 감정을 읽는다는 것은 너무나 힘든 일이었다.

"인간의 아이, 나에게 무슨 말이 하고 싶은 거지?"

"당신은 마검이 사라지는 것을 보기 위해 이곳에 오신 겁니까?"

마검의 창시자와 그들의 의무는 마지막까지 바라보는 것. 주체할 수 없이 큰 힘을 가진 소유자들은 바라보는 것과 약간의 조력 이외에는 아무것도 할 수 없는, 어떻게 보면 라그나나 아시르보다 더욱더 무력한 존재일지도 모른다.

마검의 창시자라 불린 무스펠하임과 에즈 역시 마찬가지이다. 그들은 여행을 계속할 뿐이다. 모든 것을 보고 눈으로 확인해서 그 망막에 영상을 담아두기 위해서.

에즈는 대답이 없었지만 그녀의 질문에 에즈 대신 입을 연 자가 있었다.

"마검이 생겼을 때부터 인간은 힘을 가지게 되었습니다. 그로 인해 라그나와 아시르 인이 생겨나게 된 것이죠."

그렇게 말한 것은 다름 아닌 이미르였다.

"마검의 힘을 받은 사람들이 특별한 힘을 손에 넣게 된 것이죠. 그리고 힘이 되지 않고 남은 것들은 아시르 인과 라그나, 또는 인간에 종속되는 어리석은 마검이 되어버린 겁니다."

이미르는 웅성거리는 사람들의 목소리에도 아랑곳하지 않고 그들에게 말을 계속했다.

"마검의 힘이 사라졌다는 것은 아시르 인과 라그나들이 사라져 가고 있다는 것을 의미하죠. 하지만 아직 남아 있는 것은 있습니다. 그들의 힘에 의해 만들어진 마검은 나무의 형태로 인간을, 자신의 힘을 갈취한 인간들이나 다른 종족의 생명과 피를 빨아먹으며 이렇게 자리 잡게 되었습니다."

마검의 힘으로 인해 인간은 인간이 아니게 되어버렸고, 아시르 인이나 라그나가 될 수 있었던 것이다. 그 힘을 약간이나마 받은 옐 족이나 라쉬엘 족 등 다른 종족들도 많았지만 라그나와 바나 아시르 인과는 비교할 수 없는 힘의 차이가 있었던 것이 사실이다.

"그들은 어쩌면 우리들에게 복수를 하고 있는 것일지도 모릅니다. 바르하시온 공작, 아니, 그 남자는 그것을 이용하고 있었던 겁니다. 인간의 욕망을 먹어버린 이그드라실이라는 거대한 마검이 자신의 이상을 이루어줄 것이라 생각하고 있어요. 그것이 파멸이든 공포든 간에 어떠한 형태로든 말이에요."

이미르의 조용한 말에 사람들은 더 말을 하지 않았다. 선택받은 종족이라고 생각해 왔던 아시르 인이나 두려움의 대상이었던 라그나가 그들과 똑같은 인간이었다는 것은 믿지 못할 사실이었던 것이다. 이미르의 말은 그 정도로 충격적인 것이었다.

물론 나도 적절히 놀라긴 했지만 그렇다고 다른 사람들에 비할 바가 아니다. 많은 것에 관심없는 나이기에 이 세상은 원래 모두 하나였다는 말이 있으니까 그다지 놀랄 필요가 없다고 생각했다. 하지만 지금은 엄연히 그것들에는 차이가 있었다.

"이그드라실은 죄악 그 자체입니다. 그리고 쓰러뜨리지 않으면 이 알타크나뿐만 아니라 세상에 있는 모든 생물들이 그것에게 먹혀 버리겠죠. 마검의 힘에 눌린 세계가 되어버리겠죠. 그것은 몇백여 년 동안 알타크나의 밑에 뿌리를 내리고 있었고, 그동안 많은 마검의 혼을 먹어치운 후 그 힘을 키워 이렇게 구현화된 것이에요. 바로 바르하시온이 계획한 대로 말입니다."

이미르가 말을 마쳤을 때 또다시 그곳은 조용해졌다. 시리스도, 에즈도 일순 아무 말도 하지 않았다.

이곳에 있는 인간들이 알타크나는 마검 이그드라실의 근거지가 되었으며 그런 거대한 마검이 생명을 빼앗고 있었다는 말에 놀라고 있다. 이제 그들은 더 이상 웅성거릴 힘조차 남아 있지 않았다. 이미르는 조용해지자 다시 그 입을 열어 이야기를 계속하기 시작한다.

"그리고 이곳에 이그드라실을 세울 것을 승낙하고 주장했던 것은 다름 아닌 저의 양부였습니다."

그녀가 알타크나의 마법사라는 사실을 아는 사람은 적었다. 그리고 그녀의 양부가 누구인지 아는 사람도 거의 없었다.

이미르가 솔직히 고백했을 때 그녀를 비난하고 싶어하는 사람도 적지 않게 눈에 띄었다. 인간이라는 옹졸한 생물은 갈 길이 없거나 실패를 하면 어쨌거나 남의 탓으로 돌리기 위해 노력해 버리고 마니까. 그러나 이미르는 주저하지 않고 입을 열려고 했다. 그러나 그녀가 입을 열려고 했을 때 굵직한 목소리가 들려왔다.

"그자는 인간들 가운데서 최초의 왕이라고 불리웠던 사카디은이었지. 인간들에겐 사카드 아르시안 알타크라고 알려져 있는 그의 본명이지."

그 목소리는 애꾸, 오스키의 것이었다. 그는 검은 어둠 사이에서 검은 까마귀의 날개 틈으로 나오며 이야기를 하고 있던 이미르의 말을 이었다. 저 오스키가 왜 나타난 걸까. 그는 자신이 나와 함께 가야 한다고 생각하고 있었다. 여전히 나를 데리러 온 것일까.

나는 아직도 혼란스러웠다. 사카디은에 대한 이야기가 나오니까 피로감이 느껴졌다. 사카디은, 그는 나를 키웠던 인간의 이름이 아니던가. 내가 잊지 못할 죽음을 맞은 사카디은. 그는 이질리스 이전에 최초로 죽음이라는 것을 맛보게 해준 상대가 아니던가.

사카디은이라는 이름만 알고 있었을 때는 알지 못했었다. 그러나 오스키, 그가 인간들이 그를 지칭하는 이름을 불렀을 때 나는 그를 지칭했던 여러 노래가 생각났다. 인간들의 영웅이자 그들의 받침대이기도 했던 그를 표현했던 문장들이 생각나 버렸다.

사카드 아르시안 알타크.

알타크나의 왕!

인간으로서는 이해할 수 없을 정도로 큰 힘을 가진 이변의 소유자.

인간의 땅을 풍족하게 만들었고,

그들의 위치를 확고하게 만들어준 인간들의 은인(恩人).

그러나 세간에 그 모습을 보이지 않았던 은자(隱者).

최강의 힘을 가졌지만

젊은 나이에 아침 이슬과 같이 증발해 버린 남자.

그것들이 기억난 순간 마치 시간이 멈춰 버린 것처럼 사물은 정지했다.

새소리도, 바람 소리도, 풀잎의 소리도 들리지 않았다. 다만 어둠의 고요함이 집어삼킬 정도로 커다랗게 나와 다른 인간들의 존재를 감싸 안고 있을 뿐이었다.

"사카디은⋯⋯."

나는 그 이름을 불러보았다. 사카디은에 대해 특별한 기억이 있는 나에게 그 이름은 끝없는 미궁의 열쇠와 같이 느껴졌다.

시리스는 안색 하나 변하지 않은 얼굴로 고개를 끄덕였다. 그녀는 이미 사카디은에 대해서 알고 있었던 것 같았다. 사카디은의 존재와 그의 의지를. 그래서 그처럼 나에게 사카디은에게서 전해들은 어떤 것을 알리려고 하는 듯한 행동을 보였던 것일까.

사카디은이 알타크나의 왕이었든 아니든 나는 관심없다. 중요한 건 그 남자의 죽음이 나에게 영향을 끼친 단 하나의 사건이라는 것이다. 아니, 이질리스의 사건도 있었던가. 이질리스가 생각나자 나는 나도 모르게 주먹을 세게 쥐었다.

"사카디은은 저의 숙부예요. 어머니인 시긴은 사카디은 알타크의 여동생이죠."

시리스는 속삭이듯이 말했다. 보통의 인간에 비해서 옐 족은 오래 살기 마련이다. 그렇기 때문에 아직 사카디은의 여동생인 시긴이라는 여자가 여왕으로 등극되어 있다는 사실을 알게 되었다. 하도 로키니 바르하시온이니 그런 이름만 들어서 알타크나가 여왕에 의해 지배되어지는 나라라고는 생각지도 못했다.

"사카디은, 저의 숙부는 마치 안개처럼 모습을 감추었다는 말을 어머니에게 들었어요."

그는 나와 함께 있었다. 라그나즈로 나를 데리러 온 후 언제나 함께였다.

어리석은 인간들이 그가 증발해 버렸다느니 신이 되었다느니 쓸데없는 소리를 하고 있을 때, 그는 내가 보는 앞에서 처참하게 죽었다.

자유로워지라는 말을 남기고.

젠장.

이질리스의 죽음 때문에 골통이 빠개질 것 같은데 거기에 사카디은의 이야기까지 들으니 가슴이 답답해져 왔다. 제길, 젠장할!

나는 입술을 깨물며 가만히 시리스의 얼굴을 지켜보았다. 이미르 계집애의 양부가 사카디은이란 말인가. 대체 그놈은 얼마나 많은 애들을 키우고 있었던 거야. 자기가 고아원 원장이라도 되는 줄 알았나 보지?

"그가 원한 것은 인간들이 자립하는 세상이었어요."

시리스는 조용하게 말했다. 시리스와 리프, 그리고 그것은 다른 인간들의 신념이기도 했다. 사카디은이 그것을 원했다면 왜 마검의 힘을 빌리려고 했을까에 대해 인간들은 웅성거렸다.

"하지만 마검의 힘을 빌리는 것은 우리들의 취지에 맞지 않잖아."

리프의 말에 시리스는 고개를 가로저었다. 알고 있지만 말로는 설명하기 힘든 듯 미간에 약간 주름이 잡혀 있었다. 나는 짜증이 났다. 아까부터 계속 사카디온의 이야기를 하는 것도 신경질나는데 그것에 대해 추궁하는 인간들이나 어떻게 대답해야 할지 막막해하는 시리스나 둘 다 꼴 보기 싫었다.

"시끄러워! 그런 건 상관없어. 사카디온이 어떻게 생각했는지, 그런 것 따윈 알 바 없어. 이그드라실만 쓰러뜨리면 되는 거 아냐? 그냥 불태워 버려!"

내가 소리치자 어리석은 인간들은 조용해졌다. 솔직히 한심하기 그지없었다. 이그드라실, 망할 놈의 나무를 눈앞에 두고 사카디온에 대해서 왈가왈부하는 그 꼴들도 마음에 안 든다. 저런 나무 따위 태워 버리면 그만이 아닌가! 그리고 난 후에 이질리스를 죽였던 그놈에게 복수하러 가는 거다.

"마검은 불에 타지 않아, 꼬마."

내 신경을 긁어놓은 것은 다름 아닌 여행자 에즈의 마검 무스펠하임이었다. 겨우 불이나 내뿜는 검 쪼가리 주제에 날 더러 꼬마라고 말하다니.

"마검의 힘에 대해서는 너도 잘 알고 있겠지? 이론상으로도 마검은 마검에 의한 상해만이 가능하다. 지금 인간들이 가지고 있는 어떤 무기로도 그것에게 상처를 입히거나 쓰러뜨릴 수 없어. 더군다나 저런 만들어진 마검과 같은 경우엔 그것이 당연하지. 이그드라실, 거대한 마검은 모든 마검의 힘이 응집된 결정체지. 쉽사리 없애는 것은 불가능해. 그러니까 함부로 말하지 말라고."

바보 취급당한 것은 화나는 일이었지만 일단 가만히 있었다. 조용하던 인간들이 또다시 웅성거리기 시작했다. 저 오스키라는 놈이 나타나고서 그 상태는 더 심화된 것 같다.

"마검보다 더 뛰어난 어떤 것이 없으면 불가능하다는 이야기인가."

대화에 끼어든 오스키는 한쪽 눈을 빛내며 불꽃의 무스펠하임을 응시했다. 무스펠하임의 시선도 그 애꾸 녀석 쪽으로 향했다.

마검보다 더 뛰어난 것.

그런 존재가 있으리라고는 생각되지 않았다.

리프가 만든 건Gun이라는 존재도 마검보다 뛰어나지는 않다. 원거리용 무기라는 데서 오히려 활과 비슷하지 않은가. 화약을 사용한다는 것이 특징이지만 반면 총알을 장전하는 데 오랜 시간이 걸리는 단점이 있다. 아마도 주문을 외워야 하는 마법사와 같은 핸디캡이 있지 않은가 싶다. 주문을 암송할 때 패주기만 하면 큰 타격을 입힐 수 없는 그들과 똑같이 총알이 떨어지면 건은 무용지물이 되는 것이 아닌가.

마검 이상의 존재를 만들 수 있는 인간은 아마 없을 것이다. 마검들이 모조리 사라진 이상, 더 이상 마검이 남아 있지 않은 이상 저 존재를 쓰러뜨릴 수 없다고 마검 무스펠하임은 그렇게 말하고 있는 것인가!

그러나 시리스는 확신에 가득 찬 얼굴로 오스키를 바라보았다. 그녀의 얼굴에 희색이 돌고 있다.

"마검은 남아 있다고 생각해요! 아직 마검인지 아닌지 모르겠지만."

지푸라기라도 잡는 심정으로 시리스는 애원하는 눈동자로 에즈와 무스펠하임을 향한다. 에즈와 무스펠하임은 이미 짜기라도 한 듯이 말없이 그녀를 바라볼 뿐이다.

"알고 있겠죠, 당신도? 최초이자 최후의 아시르 인 오스키."

"……."

검은 날개 속으로 그의 얼굴은 사라졌다. 두 마리의 새들이 그의 얼굴을 가린 것이었다. 그들은 유넬과 유민이었다.

"그가 죽음을 쫓는 이유를 알고 있겠죠? 그는 죽을 수 없는 거예요."

그라고?

대체 그는 누구를 가리키는 거지?

그러나 시리스는 확신하는 얼굴로 고개를 돌렸다. 그녀의 시선이 닿는 곳에 밸더가 있었다. 밸더는 굳게 입을 다문 채 허망한 눈으로 그녀를 바라보고 있다. 오스키의 등장도, 시리스의 목소리도, 그로서는 아무런 감흥도 느끼지 못하는 것 같았다. 공허한 푸른 눈동자는 마치 어두운 공간에 있는 고독을 흡수해 버리려 하고 있는 듯한 허무 그 자체였다.

"그는 태어나지도 않은 어린아이와 같으니까 아직 죽을 수 없는 것이 당연했어요. 태어나지 않은 이상 죽을 수도 없는 것이 이 세계의 법칙이니까요."

그거야 당연한 말이다. 생명이 없는 것이 죽을 수는 없는 거니까. 그렇다면 그녀는 그 생명이 없는 존재를 밸더라고 지칭하고 있는 걸까. 시리스는 언제부터 밸더의 존재에 대해서 깨달은 걸까. 그녀가 밸더를 좋아하기 때문일까. 아니면 저 여자, 순진한 얼굴을 하고 있지만 실은 능구렁이로, 알면서도 모른 척하는 사카디은의 모든 것을 이어받은 것이 아닐까. 사카디은의 조카라니까 그럴 수도 있겠다는 생각이 들었다.

그러나 밸더는 시리스의 말에도 동요가 없었다. 그의 허망한 눈에 조금 더 어두운 그늘이 졌을 뿐이다. 고요한 바람이 불어왔다. 이곳은 이그드라실이 뻗어나온 가지로 둘러싸인 공간이었음에도 낮고 차가운 바람이 불어오고 있었다. 세계수 이그드라실에 둘러싸인 막사 안 역시 바람이 새어 들어왔다. 겨울이라는 것을 알리듯이 그것은 차고 시린 바람이었다.

그 바람을 맞으면서 오스키는 검은 날개에 얼굴을 가린 채 생각에 잠겼다. 원래 모든 것을 알고 있었던 건방진 에즈와 무스페는 특별한 말 없이 가만히 있었고 아크가 재미있다는 듯 깔깔거리며 웃고 있을 뿐이다. 그런 아크를 주인으로 둔 아뉴 놈도 불쌍하긴 하다. 음.

에즈는 검은 날개에 얼굴을 묻고 있는 고요한 오스키에게 시선을 돌린다.

"그는 시대를 잘못 탄 바람이야. 하지만 세월은 흐르고 그의 시대가 오겠지. 안 그런가, 오스키?"

"물론입니다."

에즈의 말에 오스키는 마지못해 공손하게 말했다. 뭔가 저 녀석도 찔리는 것이 있어서 이 주위를 배회하는 것 같은데 그것이 아시르 인의 부흥이니 뭐니 하는 고리타분한 명분 아래 있는 무엇이 아닐까 하는 막연한 추측을 하고 있었지만 아마도 그가 그곳에 집착하며 배회하고 있던 것은 밸더라는 존재와도 관계가 있었던 것 같다. 나는 지금까지 오스키가 나를 쫓고 있다고 생각했는데 그런 것만은 아니었던 것 같다.

"밸더, 기억해요, 오스키를?"

"……."

"기억해 봐요. 당신은 기억하고 있을 거예요."

"…저 남자……."

밸더는 눈을 찡그렸다. 기억이 날 듯 말 듯 한 모양이다. 밸더는 시리스의 말에 기억해 내려 하고 있었다. 어지간히 시리스 말을 잘 듣는 놈이다.

"으으……."

그는 머리가 아픈 듯 머리를 움켜쥐었다. 예전처럼 밸더는 극심한 두통에 시달리고 있는 것일까. 시리스가 안쓰러운 눈길로 밸더를 바라보고 있다.

"그는 오스키의 아들이지. 그것도 마검과의 사이에서 태어난 존재다."

모든 궁금증을 풀어버리려는 듯 에즈가 조용하게 말했다. 밸더의 푸른 눈동자의 동공이 점점 커졌다. 그 말에 충격이라도 받은 걸까.

"하지만 아시르 인과 마검 사이에서 태어난 아이는 불필요한 존재였어. 그래서 오스키는 저 존재를 영원한 잠 속으로 빠뜨렸다. 그것도 로키의 도움을 얻었었지. 그렇지 않은가, 오스키?"

"……."

밸더도 오스키도 둘 다 꿀 먹은 벙어리처럼 말이 없었다. 무슨 말인지 모르는 어리석은 인간들이 웅성웅성 속삭이는 소리가 들려왔다. 저놈들도 나처럼 머리에 쥐가 나는 것을 느끼고 있나 보다. 제길, 그만 좀 해대라. 난 머리로 생각하는 것보다 손이 먼저 나가는 것을 더 좋아한단 말이다.

그러나 내 바람과는 달리 잠시 동안 정적이 주위를 감쌌을 뿐이었다. 우연히 말을 하지 않은 시간이 겹쳐진 것뿐이었지만 이상하게도 그 시간이 꽤나 오랜 것처럼 느껴졌다.

밸더가 멍한 눈으로 오스키를 바라보았고, 오스키는 검은 날개 사이에서 성한 한쪽 눈을 내밀었다. 부자 상봉인가? 그렇다고 해도 의외로 살벌한 만남이다. 오스키의 표정에서도 정이라고는 눈곱만큼도 찾아볼 수 없었다.

"이제 그 지긋지긋한 설명은 끝난 거냐?"

나는 더 이상 기다릴 수 없다는 듯이 그 자리에서 일어나 손을 우둑거렸다. 좀이 쑤시는 긴 이야기 따위는 이제 관심없다. 밸더가 어떤 놈이든 뭐 하든 나는 알타크나의 저 썩어 빠진 나무를 해치워 내가 당한 굴욕을 갚아주고 싶을 뿐이었다. 이질리스의 죽음에도 원한이 많았고, 건방진 미드가르드 놈의 행동에도 불만이 많았다. 그 가증스러운 놈이 이질리스를 죽이고도 멀쩡하게 살아 있다면 당연히 그 숨통을 끊어줘야 하는 것이 아닌가!

"아직은 무리예요, 카티스. 당신 마음대로 될 수 없다는 것 잘 느꼈을 거 아닌가요?"

시리스의 눈은 이질리스를 잃은 나를 원망하고 있었다. 애당초 이질리스로는 되지 않는다고 말했던 시리스의 조언이 기억났다. 나는 입술을 깨물었다. 이질리스의 빈자리가 너무 크게 느껴졌기 때문이다. 만일 이질리스가 내 손 안에 있었다면 이 정도까지 무력하다는 생각은 들지 않았을 것이다. 바보 같은 녀석, 누가 죽음을 선택하라고 했던가.

이질리스를 생각하며 입술을 깨물었더니 피가 배어 나올 것 같았다. 날카로운 송곳니가 입술의 표면을 찢고 있었다.

"젠장, 그래서 기다리란 말인가? 우습군. 죽음을 기다리는 인간들처럼 날더러 기다리라고? 그럼, 저 빌어먹을 나무가 언제 말라 죽는다냐? 기다린다는 건 웃긴 거야!"

"카티스……."

이미르가 나를 말리기 위해 올려다보았다. 이질리스 놈 때문에 감정이 격해 있는 것은 사실이었지만 무엇보다 얽매이는 것을 싫어하는 내 성격 때문이었다. 더 이상 저 고리타분하고 재미없는 이야기를 듣고 있고 싶지는 않았다.

"성격 급한 것은 여전하군."

상황에 걸맞지 않게 무뚝뚝한 에즈 녀석이 웃었다. 붉은 머리카락은 그놈이 어깨를 들썩일 때마다 찰랑거렸다. 언제나 표정없는 저 녀석이 웃다니, 별일이 다 있군.

"좋아. 밸더가 시대를 잘못 타고 생명을 얻지 못한 바람이라면 넌 이런 시대이기 때문에 생명을 받을 수 있었던 놈이니까."

웃었다고는 하지만 에즈의 메마른 목소리가 이어진다. 그가 입을 열자마자 다른 놈들의 시선은 에즈의 손으로 향했다. 그 녀석의 손이 약간 움직였기 때문이기도 했고, 그놈이 차가운 얼굴에 약간이나마 미소를 보였기 때문이기도 했다. 평소엔 목석 같은 놈인데.

"불사의 왕이 보고 싶어하는 것도 그것인 것 같고."

"당연하잖아."

말이 떨어지기 무섭게 아크가 방실거리며 긍정을 표했다. 그에 반해 아뉴는 쓴웃음을 지었다. 아크의 성격을 잘 알고 있기 때문인 것 같다. 리프를 포함하여 어리둥절해하는 인간들이 많았지만 시리스와 이미르는 고개를 끄덕이며 입가에 미소를 띠었다. 저 녀석들, 뭘 생각하고 있는 걸까.

그러나 오스키만은 달랐다. 고집스러운 얼굴로 자신의 주장을 굽히지도 않았고 에즈와 아크가 계획한 어떤 것을 들을 자세도 되어 있지 않았다.

"나는 인간과 아시르 인이 같았다고 생각하지 않는다."

오스키의 말에는 강한 반발심이 섞여 있었다. 아시르 인이 같은 인간이 아니었다면 선택받은 인간이라고 주장하고 싶은 듯한 눈치다. 늙은이들의 고리타분한 주장처럼 들린다고나 할까. 여하간 난 그런 것은 질색이었다. 아시르 인이 최고라고 생각하는 녀석들이 꼭 있는데 오스키 놈은 그런 부류인 것 같다. 라그나는 저주받은 존재라고 그들은 우기지만 실제로 내가 보기에는 아시르 인에 비해서 라그나들은 축복받은 존재라고 생각한다.

"그런 비교 따윈 어리석은 거예요."

이렇게 말하며 오스키를 진정시킨 것은 이미르였다.

역사는 수레바퀴와 같은 것이다라고 고명하신 학자 놈들이 말했다. 권위있는 놈들은 안주하려고 들지만 밑바닥 인생들은 더 나은 삶을 위해 발버둥치는 것이 당연하다. 그런 놈들은 노력해서 권위있었던 녀석들을 내치고 자신들이 그 자리에 오른다. 그들이 바로 권위자가 되는 것이다. 또 자신들과 마찬가지로 희생자가 나타나게 되는 것은 당연한 이치이다. 이것을 역사의 순환론적 구조라고 학자라는 놈들은 말하는데 그것이 이 세상이 존립할 수 있는 법칙이기도 하다.

마검 이전엔 다른 것이 있었을 테고, 그것을 마검이라는 무기가 대체했을 것이다. 그리고 또 마검 이외의 다른 무언가가 마검의 시대의 막을 내리고 새로운 시대라는 것을 열게 될 것도 이미 예정되어진 사실일까.

이를테면 저 거대한 마검이라고 지칭되어지고 있는 이그드라실을 사라지게 할 수 있는 어떤 다른 무기가 되겠지. 그것이 시리스가 원하는 물건인 셈이었다.

아시르 인 중 최고의 위치에 있었다고 알려져 있는 바나 오스키는 그런 사실을 부인하고 싶었을 것이다. 인습과 관습을 계속 이어 나가고 싶은 것이 아마 그 애꾸의 생각일 테지.

"이제 종지부를 찍을 때가 되었다고 생각해요. 라그나에 대한 바나의 행동은 용서받지 못할 것이었을지도 모르니까요."

이미르는 보통의 다른 사람들이 알지 못하는 것을 알고 있었다. 모든 것이 오스키의 생각대로만 되지 않는다는 것을 이미르는 가르쳐 주고 있었다.

"당신의 행동이 바로 저 이그드라실을 낳은 거예요, 오스키. 절대 예외는 아니라는 것을 알아줬으면 좋겠어요. 나도, 당신도, 그리고 다른 사람들도 이미 예상해 왔던 결과일지도 모르지요."

이미르의 목소리는 조용하게 울려 퍼졌다. 약간 쓸쓸해 보이는 얼굴을 숙이고 있는데 워낙 작아서 얼굴은 잘 보이지 않았다. 어쩌면 그녀는 울고 있는 것인지도 모른다. 이 알타크나의 마법사는 자신이 태어나기 전에 이루어진 모든 잘못된 것을 청산하기 위해 그 작은 어깨에 모든 것을 짊어지고 있는 것만 같았다. 저 녀석에 대해서 이렇게 말하는 내 자신이 웃기기는 하지만 지금 이미르는 적도 아군도 아니었다. 단지 그녀는 알타크나의 이그드라실을 객관적으로 바라볼 수 있는 또 다른 제3자에 불과했다. 그녀는 알타크나에 얽혀 있는 존재였지만 누구보다도 객관적으로 그것을 바라보고 있었다.

오스키는 입을 다물었고 에즈는 입을 열었다. 아크가 좋아라 방글방글 웃는 것을 보는 것은 기분 나빴지만 에즈가 어떤 것을 보여줄지 궁금했다.

"자, 그럼 시작해 볼까?"

"에즈마, 인간들을 위해 네가 과연 무기를 만들 수 있을까? 인간에게 최초로 불을 가져다 준 것처럼 어느 한편에 서는 것은 위험한 일일 텐데."

도발이라도 하듯이 말하며 실실 웃어대는 아크의 말에 그는 바로 대답하지는 않았다. 에즈는 여전히 입이 무거웠지만 지금 상황이 상황인만큼 방관자가 도움이 되려고 하는 걸까.

"나는 균형을 맞추려고 하는 것뿐이다. 저쪽엔 이그드라실을, 이쪽엔 밸더Balder(=baldur)를."

아주 마음에 없는 소리는 아니었던 것 같다. 에즈는 진지하게 밸더를 바라보았다. 태어났을 때부터 이상하게 다른 인간들보다 더 죽음에 애착이 많았던 그 남자를.

시리스의 말에 의하면 그가 죽음을 쫓으면서도 죽을 수 없었던 것은 그가 생명을 부여받은 생명체가 아니기 때문이라는 것이다. 살아 있으면서도 생명이 없는 이상한 존재, 그것이 사인의 바람. 그것은 바로 밸더를 징칭하는 말이었다.

"내가 너에게 생명을 불어넣어 주겠다. 무스페, 동의하는가?"

"물론이지. 난 지켜보겠어."

무스펠하임의 냉정한 얼굴에도 약간의 그늘이 졌다. 그는 뭘 생각하고, 무엇에 대해 동의를 하고 있는 걸까. 마검의 창시자, 모든 마검의 아버지로서 마지막으로 마검을 보아야 할 의무를 가지고 있고 새로운 무기의 창시를 눈앞에 두고 무엇을 생각하는가.

또한 저 에즈는 그에게 무엇에 대한 동의를 구한 걸까.

이것은 두 녀석들만이 대답할 수 있는 질문이었고, 답변 역시 그들만이 이해할 수 있을 것이다.

"그래, 너는?"

에즈가 문득 나에게 물었다. 나는 어이없는 표정을 지었다. 그런 걸 내게 왜 물어보고 있는 거지?

"어떻게 생각하지, 새로운 무기가 생겨야 하는 것에 대해서?"

에즈의 진지한 물음에 나는 머리를 긁적였다. 솔직히 나는 에즈가 어떤 것을 하려고 하는지도 잘 몰랐다. 새로운 무기라니, 있으면 저 망할 나무를 없앨 수 있어서 좋기는 하지만… 어쩐지 꺼림칙한 것도 사실이었다.

"젠장, 뭘 물어보는지 모르겠네. 난 저 저주받을 나무와 배신한 녀석만 처단할 수 있다면 아무래도 좋아. 그 무긴지 뭔지가 내가 사용할 수 있을 만한 것인지 모르겠지만."

"이상 접수했어."

에즈는 더 이상 말하지 않았다. 역시 싱거운 녀석이었다. 언제나 저랬다. 자기가 하고 싶은 말, 또는 해야 할 말 이외의 말은 하지 않았다. 그것이 이 녀석의 특징이라면 특징이라고 할 수 있을까?

"본인의 승낙도 얻어냈으니 이제 시간만이 남았어."

"에?"

무, 무슨 소리를 하는 거야. 본인이라니, 무슨 뜻으로 하는 말일까.

"곧바로 만들 수 있는 것은 아니라는 것, 잘 알고 있을 테지? 난 만드는 김에 이왕이면 제대로 된 완성품을 만들고 싶어. 걸작이라고 할 만한 것을 말야."

저런 것을 장인의 피가 끓었다고 하는 걸까. 에즈는 시리스에게 그렇게 말했다. 그리고 손을 내밀었다.

"자, 내 손을 잡아라."

그 손은 밸더를 향한 것이었다.

오스키는 흠칫 몸을 움직였다. 자신의 아들에 대한 걱정이었을까. 그러나 밸더는 눈썹을 찡그리며 그 손을 잡았을 뿐이었다.

이그드라실의 기억일까, 기적일까. 아니면 에즈라는 여행자가 억지로 보여주는 환상인 것인가.

아련한 기억이라고 할 수 있는 것이 내 머리 속에 맴돌았다. 내가 몇천 년 전의 기억 따위를 가지고 있을 리가 만무한데도 나는 기억 속에서 마치 백지장처럼 하얀 벌판에 서 있었다. 아니, 나는 내가 아니었다. 내가 아닌 다른 존재의 단순한 기억을 보고 있는 것이었다. 그러나 그 기억 속에는 아무도 없었다.

아니, 없는 것은 아니었다. 정확히 말해서 있었다. 하얀 벌판에 동그랗게 허리를 굽힌 채 흐느끼고 있는 한 여자가 나타났던 것이다. 그 여자의 손 안엔 어린 생명이 있었다. 울지도 웃지도 않고, 살아 있지도 죽어 있지도 않은 그런 몸의 어린 갓난아이.

그곳은 어디인지 몰랐지만 나는 어째서인지 그곳이 알타크나라는 것을 알고 있었다. 환상 속의 그들은 먼 옛날의 알타크나에 존재하던 자들인 것이다. 유리처럼 투명한 살갗의 젊은 여자는 은발의 아이를 몇 번이고 껴안았다. 그러나 그 아이의 눈에는 빛이 없었다. 마치 태어날 때부터 실수로 생명이라는 것을 불어넣지 않은 듯해 보이는 모습이었다.

―미안하다. 미안해… 나의 사랑하는 밸더Balder…….

밸더, 이것은 그 녀석의 과거인 건가. 에즈가 나에게 환상을 보여주는 건가. 나는 남의 기억을 읽는다던가 환상을 보는 능력 따위는 가지고 있지 않기 때문에 약간 긴장해 있는 상태였다.

에즈와 무스펠하임의 말에 의하면 밸더는 인간이었던 바나 인과 인간이었던 마겸의 사이에서 낳은 아이라고 한다. 밸더는 살아 있지도 죽어 있지도 않았지만 공허한 그 눈은 마치 죽음을 바라보고 있는 것 같았다. 어머니에게 안겨 있는 녀석의 모습도 인형과도 같고 목석과 같았다.

—미안하다.

그것은 마겸인 여성이 할 수 있는 마지막 말인 것 같았다. 오스키의 까마귀도, 오스키도 보이지 않았다.

"오스키는 마겸보다 우월한 존재를 만들기 위해 밸더를 낳았다."

그것은 귓가에 들려오는 에즈의 목소리였다. 왜 나에게 이런 것을 가르쳐 주는 거지? 라고 묻자, 그의 낮은 웃음소리가 들릴 뿐이었다.

"알아야 하니까. 그뿐이다."

내가 왜 밸더의 과거 따위를 알아야 하는지는 모르겠다. 저 과묵한 에즈 녀석이 이런 환상을 보여줄 정도라면 놈은 나에 대해 어떤 암시를 걸고 있는 것인지도 모른다.

가넬, 라그나 라그나드라는 허물을 벗어버린 진짜 나에 대한 암시를 주며 존재를 인식시키고 있는 것일까.

"봐. 어머니라는 존재는 아이에겐 더할 나위 없는 존재다."

나는 멍하니 그 여자를 바라보았다. 듣지도 보지도 못하고 있는 아이에게 흐느끼며 미안하다는 말을 되풀이하고 있는 그 여자에게 연민의 정을 느꼈기 때문이다. 비록 그렇게 한다고 저 아이가 알아줄 리도 없을 테지만 그녀는 몇 번이고 그렇게 반복했다.

"밸더, 아버지가 죽이기 전에 차라리 먼저 잠들어 버리는 것이 좋겠다. 너의 아버지는 이런 너를 탐탁지 않게 생각하신단다."

나로서는 이해할 수 없는 행동이었다. 맑은 눈물을 흘리며 애처롭기만 하던 그 여성은 아직 어린 소년의 목을 하얀 두 손으로 감쌌다. 영원한 잠. 그녀는 죽음을 향해 나아가는 인간들처럼 죽음을 바라보고 있는 소년에게 그것을 선사하려고 하고 있었다.

"자신의 아이를 남에게 빼앗기기 싫어하는 존재이기도 하지. 어머니라는 생명체는 그 정도로 자신의 아이를 사랑하기 마련이야. 밸더는 성급하게 태어난 아이였지. 모든 것은 순리대로 돌아가게 되지만."

그녀의 손에 힘이 들어갔다. 밸더의 눈빛이 검게 변했지만 숨소리는 거칠어지지 않았고, 단지 죽음을 보듯 멍한 눈이 거울처럼 아름다운 어머니를 비추었을 뿐이었다.

그 여성의 눈에는 눈물이 쏟아졌다. 나는 생전 저렇게 애달프게 울면서 자기 아이의 목을 조르는 여자는 처음 봤다. 미친 듯이 웃으며 자기 아들을 괴롭히는 미친 여자를 본 일은 있어도 저런 여자를 보는 것은 정말 처음이다.

그때 검은 까마귀 둘이 날아왔다.

그녀의 행동은 까마귀 둘에 의해 저지되었고 어머니의 손 안에서 풀려난 그 아이는 자유가 되었다. 멍하니 서 있다 보니 애꾸의 오스키와 은흑발의 면상 잘난 남자가 그 눈에 비쳐졌다.

—호오라, 이 아이인 모양이죠? 밸더Balder라는 이름의 아이가.

—······.

오스키는 말이 없었다. 단지 그 아이를 무서운 눈으로 노려보고 있을 뿐이었다.

—자신의 마검에게 죽임을 당하는 것은 싫어도 살아 있길 바라

시는 겁니까, 만물과 빛의 수호자시여?

타고난 아부꾼같이 기름친 쟁반 위에 구슬이 굴러가듯이 혀를 놀리는 로키 놈은 예전엔 오스키와 한패였던 모양이다. 지금은 철천지원수로 보이지만 예전에는 이런 때가 있었나 보다. 내가 알 바 아니지만.

―마치 생명이라는 것이 본래부터 존재하지 않는 아이 같습니다. 이대로 지 어미의 손에 죽는 것이 낳았을지도 모릅니다.

―……

오스키는 여전히 말이 없었다. 저 애꾸는 무슨 생각을 하고 있는 걸까.

―하지만 당신의 뜻이 그러하시다면, 바나 오스키. 이 아이를 잠재워 두도록 하겠습니다. 언젠가 방해물이 될지도 모르는 아이라 탐탁지 않긴 하지만.

―로키, 혀를 마음대로 놀리지 마라!

검은 까마귀 유민이었다. 그러나 로키는 어깨를 으쓱할 뿐이었다. 그는 하고 싶은 말은 모두 해야 직성이 풀리는 남자였다.

―죽이지 않고 이용할 생각이었겠죠, 이 마검의 아이를 당신은. 하지만 그 결과가 당신을 파멸로 이끌지도 모릅니다.

유민이 검을 들이밀었지만 로키는 말을 계속했다. 그에게도 생각이 있어서일까.

오스키는 그 아이의 눈에 푸른빛을 사라지도록 만들었고, 그 쓸쓸한 하얀 벌판엔 바람만이 남아 있을 뿐이었다. 그리고 환상은 라그나즈의 암흑 속으로 바뀌어 버리고 말았다.

라그나즈에 빛이란 것은 없었다. 빛의 종족이라고 우기던 아시르 인들이 라그나들을 라그나즈라고 하는 암흑의 세계에 가두었다는 이야기를 들은 일이 있었지만, 그것이 사실인지는 나로서는 확인할 길이 없었다.

내가 있는 곳은 그 익숙한 어둠의 세계다. 빛이 없는 회색의 세계. 한동안 내가 살았던 세계이기에 약간의 그리움도 남아 있었다. 나는 그곳에서 로키의 모습을 발견했다.

얼마나 시간이 지난 걸까. 라그나즈가 존재하는 것을 보면 벌써 밸더가 태어난 지 오랜 시간이 흐른 후일까.

로키의 그 파란 눈이 붉게 충혈된 채 무언가를 증오스럽게 바라보고 있었다.

─비열한 녀석! 감히 이렇게 더러운 라그나즈라는 곳으로 라그나들을 내몰아쳤단 말인가! 젠장할, 빌어먹을 애꾸 놈!

로키의 피눈물이라도 왈칵 쏟아버릴 것만 같은 비통한 심정이 전해져 왔다. 알타크나라고 여겨진 그곳에 잠든, 마검과 인간 사이의 태생 밸더의 힘이 라그나즈를 만들어냈고 오스키는 그것을 이용해서 그들을 가두어 버린 것이다.

인간의 정 따위는 찾아볼 수도 없는 차디차고 냉정한 세계. 난 어느 정도는 그 세계가 마음에 들었지만 어느 정도는 신물이 날 지경이었다. 그곳에서 적응하기는 힘들었고 환경상으로도 살아남기보다 죽는 것이 더 쉬운 공간이었다.

그런 라그나즈로 아시르 인들이 라그나들을 몰아버렸을 때의 이야기인가. 상당수의 라그나들이 여전히 중간계에 남아 있었지만 대부분의 라그나들은 이 라그나즈에 갇혀 버렸다는 이야기를 나도 들은 기억이 있다.

─죽여 버리겠어, 그 자식!

로키의 두 눈은 증오와 복수라는 두 단어로 타오르고 있었다.

그런 로키가 어떻게 바나 인인 바르하시온과 결탁할 수 있었는지 나는 잘 모른다. 별반 관심도 없었다. 하지만 바나 인인 오스키의 책략으로 인해 라그나들이 라그나즈로 몰렸다는 것만은 눈으로 확인할 수 있었다. 라그나들에게 그런 오스키는 적이었고, 그의 밑에서 일하던 로키에게는 증오의 대상이었다. 그리고 나는 다시 타오르는 불꽃의 색이 있는 검은 대지로 돌아왔다.

"카티스, 카티스, 왜 그래?"

나는 번뜩 정신이 들었다. 아마빛의 부드러운 눈을 올려다보았다. 이미르가 나를 깨웠다. 잠시 동안의 환상이었던 것 같다. 다른 녀석들에게는 보이지 않는 환상. 내게 왜 이런 것을 보여준 거지?

나는 에즈가 들을지 안 들을지는 상관하지 않은 채 마음속으로 그 의문에 대한 대답을 요구했다.

"네가 선택했으니까. 그뿐이다."

마음속으로부터 아까의 대답과 거의 같은 레벨의 대답이 되돌아왔다. 여전히 무슨 뜻인지 알 수가 없었다.

"마검의 시대 후에 올 건의 시대……"

에즈는 내 시선 따위는 무시해 버린 채 중얼거렸다.

"다음은 좀 촌스럽긴 하지만 마건魔Gun이라고 해볼까나."

마치 신종 무기를 만들어내고 이름을 짓는 대장장이 같은 표정이다. 그는 중얼거리고는 밸더의 손을 마주 잡았다. 밸더조차도 그런 그의 행동에 어리둥절한 모습이었다. 밸더는 엉뚱한 표정으로 시리스를 바라보았다.

"가요, 밸더. 당신 자신의 생명을 찾는 거예요. 죽음을 쫓을 수 있도록."

그녀의 말을 들은 밸더는 순순히 에즈를 따랐다. 저런 놈을 떡 주무르듯이 다루다니, 역시 여자란 존재는 대단해.

"에즈, 그럼 얼마나 기다리면 되는 거야?"

"3일."

아크의 말에 에즈가 퉁명스럽게 답했다. 이 두 사람 별로 사이가 좋지는 않은 것 같다. 특히 에즈 쪽에선 아크의 눈을 일부러 피하는 것 같았고, 아크는 오히려 일부러 에즈에게 말을 걸며 즐기고 있는 것 같았다. 하지만 저 둘 사이에 어떤 감정이 있는지 내가 알 바 아니다.

"의외로 오래 걸리네."

"걸작을 만드는 데 3일은 터무니없이 부족해."

마치 좋은 무기를 만드는 예술가 같은 말을 하고 있군. 영원불멸의 새는 예술가다라는 말을 어렴풋이 들은 기억이 있기는 하지만. 최초이자 마지막이라고 일컬어지는 영원불멸의 새는 지켜보는 것 이외에도 취미인지, 아니면 간접적 개입인지 모르지만 명검이라고 불리는 검을 만들어냈으며 마검의 창시자인 무스펠하임을 만들었다.

마검의 창시자의 창시자, 즉 마검을 만든 것은 에즈라고 해도 과언이 아닌 건지도 모르겠다. 그렇다면 역시 다음 세대의 무기를 만드는 것도 저 녀석이란 말인가. 나는 허, 하고 감탄사를 내뱉었다.

"저기……."

시리스가 겁도 없이 할 말이 있는 듯이 그런 에즈의 소맷깃을 잡았다.

"뭔가, 인간의 아이."

"밸더를 잘 부탁드려요."

"......"

시리스의 말에 별다른 대답 없이 에즈는 밸더를 태초의 모습, 원래의 그의 모습으로 돌려놓으려는 듯이 그를 자신의 손 안의 은빛 구(球)에 가두어두었다. 시리스에게 있어 밸더가 어떤 존재인지 에즈라는 여행자에겐 관심 밖의 일일 것이다. 하지만 시리스처럼 아름다운 옐 족의 여성이 부탁을 하면 제아무리 차가운 성격의 사람이라도 진정한 남자라면 그녀의 모든 부탁을 들어주고 싶을 것이다. 그녀는 그런 존재다.

"자, 그럼 마건이 완성되는 3일 간을 기다리고 있으면 되는 건가?"

은빛으로 빛나는 구를 들고 앞으로 걸어나가는 에즈를 보며 아크가 재미없다는 듯 팔을 괴며 말한다.

"하지만 이제 나라로 돌아가셔야죠, 아크님."

아뉴가 그런 아크를 바라보면서 불안해하고 있었다. 저렇게 제멋대로인 녀석을 주군으로 섬기다니, 아뉴도 힘들어 보이는군.

"하지만 이렇게 재미있는 싸움을 두고 가는 것은 석연치 않잖아."

마치 떼를 쓰는 어린아이의 발언과도 같은 말이었다. 여하간 마음에 안 드는 놈이다, 저 불사의 왕이라는 녀석은.

"이제 곧 재미있는 싸움이 시작될 텐데. 안 그래?"

"닥쳐!"

나를 보면서 하는 아크 녀석의 말을 나는 묵살해 버렸다. 불사의 왕 녀석은 천연덕스러운 얼굴로 배실 웃으며 나의 반응을 즐기고 있었다. 젠장할.

"그럼 에즈마, 최초의 마검은 누구에게 줄 셈이지?"

"그런 건 인간들이 정할 일이야."

에즈 녀석은 아크의 말에 무뚝뚝하게 대답하고 이그드라실의 가지가 검게 뿌리내린 곳으로 걸어갔다. 에즈 녀석이 어떤 짓을 3일 간이나 하려고 하는지는 모르겠지만 여하간 내가 보기엔 이상하고도 한심한 느낌이 들었다.

"하지만 중요한 것은 무기가 인간을 만드는 것이 아니라 인간이 무기를 만든다는 거지. 결국 그것을 사용하는 사람들에 따라 시대는 바뀔 수 있다."

불길이 바로 그 녀석에게서 타올랐다. 영원불멸한 새의 힘인지는 모르지만 녀석의 몸은 말 그대로 불타오르고 있었다. 그 커다란 날개와 함께. 그리고 무스펠하임이라는 인류 최초의 마검도.

혼잣말하듯이 중얼거리며 사라진 그 녀석은 아마도 인간 전체에 대해 전하고 싶었던 말을 한 것 같다. 지금까지 마검을 사용했던 인간들을 빗대어 하는 말이겠지. 계속 보아온 관망자가 할 수 있는 일은 앞으로도 그들을 지켜보는 일뿐일 것이다.

"시리스님……."

갑옷을 입은 한 병사가 시리스의 이름을 불렀다. 시리스는 평소와 똑같은 표정으로 에즈의 뒷모습을 응시하고 있었다.

"괜찮아요. 자, 우선은 기다리는 수밖에 없는 거예요."

시리스는 혼잣말을 하듯이 중얼거렸다.

그 후로 아무도 말이 없었다. 수다 떨기를 좋아하는 아크도 그때만은 조용히 있었다. 그 녀석의 경우에는 불사의 몸으로 수많은 시대가 바뀌는 것을 보아왔기 때문에 다른 사람들보다 엄숙하게 그것을 받아들일 수 있는 것인지도 모른다.

시대가 바뀌는 것을 볼 수 있는 것은 이른바 선택된 자들뿐이라고 말한 학자라는 놈들도 꽤 있었지만 난 그렇게 말한 녀석들은 모두 재수없는 녀석들이라는 생각이 들었다. 만일 지금이 그런 시대가 아니었다면 이질리스는 죽지 않았을 테니까 말이다.

"조용해졌군요. 마치 불이라도 꺼진 것 같은 느낌입니다."

이런 식으로 중얼거린 것은 시리스에게 이야기하는 다른 사람들의 목소리였다. 안도의 한숨을 쉬는 자도 있었고 기도와 같은 구문을 중얼거리는 사람도 있었다. 태초부터 존재하고 있었다는 영원불멸의 새 앞에서 인간은 자신이 한없이 작게만 느껴지는 것도 당연한 일이다. 난 에즈 녀석을 자주 보아왔기 때문에 별다른 생각은 없었지만 그들에게는 기적과도 같은 일일 것이다. 한동안 멍하게 꽉 막힌 하늘을 바라보면서 눈물을 흘리는 녀석들을 보니까 확실히 그런 것 같았다.

그러나 오스키만은 불만스러운 눈으로 에즈가 사라진 곳을 보고 있었다.

"쳇."

그는 나지막이 혀를 차고서 유넬과 유민의 날개로 자신을 가렸다.

"마지막이에요, 오스키. 이제 바나는 없어요. 하지만 바나 인들이 라그나즈에 가두어둔 라그나들은 이제는 사라진 바나 인들과 달리 살아있습니다.

이미르가 아시르 인으로서의 한마디를 그에게 했다. 그런데도 오스키는 대답이 없었다.

"절대로 인정할 수 없다."

"그런 고집이 결국 모든 것을 망가뜨리는 거예요."

"그렇다면 너는? 그래서 죽음을 보고 있는 거냐?"

"굴복하진 않아요."

전혀 무슨 뜻인지 알 수 없는 대화였다. 어린아이의 모습을 하고 있는 이미르와 젊은 모습을 하고 있지만 몇백 년, 아니, 몇천 년 전부터 실권을 장악해 오던 아시르 인의 수장의 대화는 알기 힘든 구석이 있었다. 그는 로키의 복수, 이그드라실을 이용한 복수를 두 눈으로 똑바로 보고자 하는 것인지도 모르겠다.

"돌아간다."

"어디로 말입니까?"

오스키에게 유넬이 물었다. 그녀의 눈동자는 거대한 이그드라실을 향하고 있었다.

"이그드라실이 있는 곳으로."

이그드라실의 뿌리가 있는 곳은 알타크나의 성이 있는 곳이다. 그는 이그드라실을 자신의 힘으로 파괴하고 싶은 생각이 든 것 같지만 이곳은 마땅한 장소가 아닌 것을 잘 알고 있는 듯하다. 이제 더 이상 나에게 손을 잡자고 할 마음도 없는 것 같았다. 그리고 곧 이어 두 마리의 까마귀와 함께 오스키는 모습을 감추었다. 이그드라실을 죽일 수 있는 존재는 단 하나라는 것을 알면서도 그는 로키를 쫓고 있는 것 같았다. 로키도 오스키의 죄를 쫓고 있었고, 오스키도 그의 죄를 쫓고 있는 것이다. 정말 한심하고 멍청한 일이라고밖에는 할 말이 없다.

나 역시 마찬가지일지도 모른다. 처음에는 이미르를 쫓았지만 바보같이 믿었던 미드가르드에게 배신을 당했다. 미드가르드, 그 녀석이 무슨 생각을 하고 있는지 몰라도 그 녀석을 생각하면 울분을 참을 수 없는 나처럼 로키도 오스키에 대해 그런 생각을 하고 있는 건지도 모른다.

"너의 소중한 것을 모두 빼앗아주겠어."

미드가르드, 그 녀석의 건방진 목소리가 귓가에서 맴돌고 사라지질 않는다. 건방진 놈, 나에게 소중한 것 따위는 없어! 이미 다 잃어버렸는걸. 나에겐 더 이상 아무것도 남아 있지 않다!

한 보 양보해서 이질리스가 나의 마음이라는 것의 한구석을 차지했다고 인정하자. 사카디온도 사라졌고, 더 이상 나에게 남은 것은 없었다.

아직도 녀석이 내게서 앗아갈 만한 것이 남아 있단 말인가.

나는 손톱이 손바닥을 파고들 정도로 꽉 주먹을 쥐었다. 약간 피가 배어 나왔다. 그때 이미르가 고개를 들고 나를 바라보았다. 이미르는 불안하게 보였다. 평소의 당당하던 꼬마 모습이 아니라 어깨를 떨고 있다. 당황한 얼굴을 한 채 알타크나의 성이 있는 방향으로 고개를 급히 돌렸다.

"왜 그래요, 이미르?"

리프가 물었지만 이미르의 눈빛은 여전히 그곳을 향해 있었다.

"아니, 그냥 누가 부르고 있는 것 같아서."

그 계집애의 눈에서 맑은 물방울이 또르르 굴러 떨어졌다. 왠지 쓸쓸해 보이기도 하고 슬퍼 보이는 모습이다. 마치 이질리스를 잃었을 때와는 또 다른 슬픔으로 젖어든 얼굴. 그녀는 마음속으로 울고 있는 것일까. 보통 사람과는 달리 어떤 것을 느끼고 있는 것 같다. 마치 어떤 다른 소중한 것을 잃어버린 것처럼 눈물이 흘렀고, 그 눈물이 그녀의 뺨을 타고 떨어져서 그녀의 발 아래에 돌출

되어 있는 이그드라실의 검은 뿌리를 적셨다.

느릿한 그녀의 발걸음은 알타크나의 성이 있는 방향으로 향하고 있었다. 그 모습이 마치 금방이라도 사라져 버릴 것처럼 아련해 보였다. 마지막에는 투명해져서 내 손에 더 이상 잡히지 않을 것 같은 느낌이 드는 아름다운 모습, 동시에 처량하기까지 해 보였다. 그 작은 어깨가 더 이상 내 손 안에 들어올 수 없을 것 같았다.

그러나 그녀의 모습은 멀어져서 점차적으로 작아졌다. 어린 소녀의 몸은 시야에서 사라질 것처럼 계속해서 멀어져만 갔다.

대체 어딜 가는 거야?!

그렇게 묻고 싶었다. 하지만 목소리는 나오지 않았다.

나 자신이 그 어린 꼬마 계집애의 발목을 잡으려고 한다는 생각이 들었기 때문이다. 그 계집애의 모습이 숲 저편으로 사라져 갔다. 나는 이미르를 잡지 못했다.

쓸쓸히 바람이 불었다. 이미르의 모습은 다른 사람들도 더 이상 뭐라고 할 틈도 주지 않고 사라져 버렸고, 망연자실해져서 뒷모습을 바라보는 리프의 모습에서 나는 그 아시르 인인 이미르가 이미 사라졌다는 것을 깨달았다.

출처를 알 수 없는 바람이 불어왔다.

그렇게 정적의 시간은 흘러갔다. 마검 이그드라실의 검은 가지는 어디서 불어왔는지 모르는 쓸쓸한 바람에 흔들리고 있었다.

그러나 그때도 이미 새로운 바람이 불고 있었다.

고독과 정적과 여운만을 남긴 채 나는 이미르가 사라진 곳을 바라보고 있었다.

Chapter 37

알타크나의 성벽에서

혼자가 아니라고 그들이 말했다.
그러나 정작 중요한 때에
난 언제나 고독을 느끼고 있었다.

Katis 카티스

많은 사람들의 피로 인해 정적이 찾아왔다. 그러나 나는 웃음만 터져 나올 뿐이었다. 그때 내가 하고 있었던 것은 피를 갈구하며 미친 듯이 사람을 죽이면서 여기저기 흩어진 살점으로 배를 채우는 것뿐이었다.

인간의 피와 살은 나에게 있어서 힘이 되는 것이었다. 그 피의 향기를 나는 즐겼고, 그렇기 때문에 아무리 죽여도 죽음을 보아도 거리낄 것이 없었다. 나에게 있어서 마음대로 행동한다는 것은 항상 즐거운 일이었다. 나를 악마 취급하면서 덤벼들던 자칭 정의로운 기사들도 나의 행위를 보고 지레 겁을 먹고 달아나 버리기 일쑤였다. 자신보다 더 뛰어난 존재를 이기적인 인간은 두려워했고, 나는 그런 식으로 그들을 놀리기를 즐겼다.

그때 그 녀석이 나타났던 것이다. 후드로 눌러쓰고 있어서 그 얼굴은 잘 볼 수 없었지만 이미 싸늘해진 여자의 팔을 뜯어 씹고 있던 나에게 밥맛없는 행동을 했다. 그 알 수 없는 녀석의 눈에서 눈물이 흐르고 있었던 것이다.

평소 나와 관계없는 놈이 자빠지든 뒈지든 관심을 가지지 않던 내가 놀랍게도 그 무뢰한에게 이렇게 물었다.

"왜 울지?"

"네가 가여우니까."

이전에 그를 만난 일도 없었다. 나는 얼굴이나 냄새로 한번 본 사람을 잘 기억하는 편이었는데 그의 향기는 인간에게나 다른 라그나에게나 라쉬엘 족이나 미노르 족에게서도 볼 수 없는 독특하고 향긋한 냄새였다. 먹어버리고 싶을 정도로 맛있어 보였지만 그가 흘리는 그 눈물이 나의 식욕을 잠재우고 있었다.

눈물, 그것은 약한 인간들이나 보이는 것이다. 그런데 눈앞에 있는 무뢰한은 눈물을 바닥에 뚝뚝 흘리고 있었고, 나는 어이가 없어서 그것을 보고 큰 소리로 웃었다. 그곳에 있던 모든 것들이 떠나갈 정도로 큰 소리로 웃으면서 나는 자신감을 표출했다. 결코 나약한 눈물 따위에 지리라고는 생각하지 못했으니까.

"아하하하, 멍청한 놈. 지금 장난치자는 것인지 모르겠지만!"

나는 나에게 다가온 그 처음 보는 종족을 보며 윗입술을 핥았다. 약간 기분이 상한 것이었다.

"죽어줘야겠어."

나는 손을 높이 들었다.

라그나, 그것은 태양 아래서 태어난 인간과는 달리 밤에 태어난 종족. 함께 이 세계를 공유하고 있어야 할 떨어질 수 없는 존재였지만 이 세계는 라그나의 존재를 거부하면서 적대시했다. 그러나 인간의 세상이든 라그나든 간에 강한 힘을 가진 내가 세상을 제압

하는 것은 당연한 이치였다.

강한 자가 승리한다. 그것은 자연이나 동물의 세상만이 아닌 이 세상 어디에서나 적용되는 불문율이었다. 나는 그것에 따르는 충실한 피조물. 강한 자는 약자를 밟고 일어선다.

나는 언제나 그렇게 생각하고 행동했다. 그러던 도중에 바로 이 녀석을 만난 것이었다.

터무니없이 맑은 눈동자의 그녀를, 아니, 그때는 남자도 여자도 아니었다. 검은 날의 칼날을 달랑 들고 나온 그는 어이없게도 마법사였다. 바나 인만이 사용할 수 있다는 마법을 가진 자였던 것이다.

"불쌍해."

물방울을 튀기는 그 모습은 나를 부아가 치밀어 오르도록 만들었다. 날 놀리자는 거냐!

기분이 나빠졌다. 날 죽이러 왔다면 살기를 띠며 덤비기나 할 것이지 질질 짜면서 휘두르는 그 얇고 긴 검은 뭐냐?!

난 정말 순수한 놈이 싫어.

그 녀석은 정말로 순수한 녀석이었다. 그러나 아무것도 모르는 순수함은 아니었다. 모든 것을 알기 때문에 순수할 수 있었던 그런 깨끗함, 나는 그것을 망가뜨리고 부숴 버리고 싶다고 생각했다.

"난 널 죽일 수 없어……."

무슨 멍청한 소리를 하는 거냐? 나에게 검을 들이밀면서 하는 말로는 어울리지 않는다. 나는 미간을 찌푸렸다. 그녀는 여린 얼굴에 나이에 걸맞지 않는 청아하고 맑은 눈을 하고 나를 바라보고 있다. 그 지나칠 정도로 맑은 눈동자와 순수한 눈물이 나의 화를 더욱 돋운다. 나는 씹다 만 인간의 팔을 한구석으로 던져 버렸다.

"어디 네 피는 얼마나 맛있나 보자."

나는 가볍게 뛰어내렸다. 긴 머리카락을 흩날리면서 응전했다.

그러나 어이없는 일이 일어났다.

적에게 약점을 파고드는 것이나 심장을 꿰뚫기 위해 손을 뻗는 것은 누구보다도 내가 빠르다고 자부하고 있었다. 하지만 그 훼방꾼은 뭐라고 표현하기 힘든, 손을 뻗치기 힘든 거리감이라는 것이 느껴지는 존재였다. 그 때문에 손도 무엇도 닿지 않았다. 허상도 신기루도 아닌데도 불구하고 그것은 내 손을 거부했다. 분명히 내 앞에서 살아 숨 쉬는 생명체임에도 불구하고 내가 손을 뻗어 닿을락 말락 하면 그것은 어느덧 저 멀리 가 있는 것이다.

그것이 바나 인의 기적이라고 불리는 마법이었단 말인가.

나는 처음으로 닿을 수 없는 벽이라는 것을 느꼈다. 아직 어린 녀석일 텐데 내가 그런 녀석에게 져야 한다는 것을 인정하고 싶지 않았다.

그러나 진다는 것은 순식간의 일이었다.

숨이 막혀왔다.

그의 검이 나의 심장을 꿰뚫은 것은 그 후의 일이었다.

그리고 나는 쓰러지면서 후드 밑으로 슬픈 듯이 눈물을 흘리고 있는 그 모습을 발견했다.

"나를……"

나의 눈은 점차로 감겨졌다. 작은 목소리가 귓가에 울려 퍼졌다.

"죽여줘."

나는 잠 속으로 빨려 들어갔다. 백여 년 간의 긴 잠 속으로.

내가 지금 초조해하고 불안해하고 있다고? 웃기지 말아. 그건 너에게나 해당되는 거야, 이 멍청한 놈아. 난 단지 에즈가 완성할 밸더를 기다리고 있을 뿐이야.

그럼 내가 무엇 때문에 불안해한다고 생각하고 있는 거야? 착각하지 마. 난 지금 이질리스의 죽음으로 인해 분노에 떨고 있을 뿐이지. 이질리스를 죽인 그 녀석에 대해 분노로 떨고 있을 뿐이라고.

그 미드가르드는 무엇 때문에 건방지게 나를 농락하려 드는지. 혼내주겠어. 날 배신한 것을 후회하도록 해주겠어. 하하하……

이렇게 시간이 길었던가. 기다리는 시간이라는 것, 태양도 비치지 않고 달도 별도 보이지 않는 어둠이라는 것이 이렇게나 괴로운 것이던가.

너도 그랬냐, 베리우스? 너도 네가 짝사랑하던 칼리아가 죽은 이후 이렇게도 가슴이 아팠더냐. 죽음이 그녀를 다시는 보지 못하도록 만들었을 때 기다리는 것조차 힘들고 버겁더냐.

젠장할. 인간의 감정이라는 것은 부질없고 쓸데없는 것임을 잘 알고 있는데 나는 왜 아직도 그것을 버리지 못하는 걸까. 왜 내 마음대로 떨쳐 버릴 수 없는 것이냔 말이다.

빌어먹을! 제길!!

아무리 벽을 쳐도 시원스러운 대답은 들리지 않고 사방에 펼쳐진 암흑은 사라지지 않았다. 거대한 나무는 아무리 잘라내도 다시 그 줄기가 돋아났고 뿌리를 뻗쳤다. 그리고 순식간에 세상을 검은 잎사귀로 뒤덮었다. 마치 온 세상의 하늘을 그 커다란 나무줄기와 잎사귀로 가리려는 듯 무성한 성장력을 자랑했다. 얼마나 더 자라나는 걸까, 저 거대한 나무는. 아니, 거대한 마검이라고 불러야 하나?

"괜찮냐?"

"……."

멍하니 하늘을 바라보고 있는 것은 쉬운 것이 아니었다. 아무 것도 가지고 있지 않은 때의 시간은 마치 처음부터 흐르지 않았던 것처럼 모든 것은 정지되어 있는 상태였다. 베리우스 녀석의 가느 다란 은발이 어둠 사이로 불어오는 미풍에 미세하게 흔들리고 있 었다. 내 주위엔 그 녀석을 제외한 다른 녀석들은 없었다. 고요, 그 자체였다.

"내가 칼리아를 잃었을 때도 마찬가지의 기분이었다."

베리우스는 혼잣말하듯이 바람을 바라본다. 그 녀석이 내가 칼 리아를 죽였다고 생각하면서 달려들었던 시절의 일들이 생각났다. 그 녀석에게 칼리아는 전부였고 백 년이 지나도록 그는 그녀를 잊 지 못했다.

"젠장, 칼리아는 나의 여신이었어. 비록 너 때문에 죽어버렸지만 난 그녀를 잊을 수 없어. 아니, 잊혀지지 않는다고 해야 옳겠지. 미 친 듯이 난 그녀를 찾아다녔다. 하지만 그녀는 만날 수 없는 먼 곳 에 가 있었지."

나는 멍하니 그를 바라볼 뿐 대답하지 않았다.

여신 같은 존재, 그에게 있어 모든 것. 나에겐 그런 존재가 없어. 미드가르드는 말했지, 너의 소중한 것을 모두 빼앗아주겠다고. 결 국 그래서 이렇게 된 걸까.

"제길, 무슨 말이라도 해봐. 네놈답지 않게 가만히 앉아서 허공 만 바라보고 있지 말란 말이다!"

나에게 소중한 것이 남아 있었던가. 그때 흔적도 남기지 않고 사라져 버린 그녀의 일이 아직까지 나를 자신만의 공간에 틀어박

히도록 만들었단 말인가. 웃기는 일이다. 이 카티스님께서 고작 그 계집애 때문에 패닉 상태가 되어 저런 미친 놈의 설교나 듣고 있다니.

"그렇겠지. 넌 믿고 있는 다른 것이 사라진 것을 참을 수 없는 걸지도 모르지. 하지만 웃기지는 않아. 내가 보기엔 더 인간다워 보이는군. 너답지 않게 말이다."

내가 보기엔 웃겼다. 이런 나의 행동이 비웃고 싶기만 했다.

도대체가 겨우 계집아이 하나 없어졌다는 이유만으로 가만히 허공만을 응시하고 있다는 것이 말이 된다고 생각하는 거냐. 이 내가 정말 그럴 수 있다고 생각한단 말인가. 이건 정말 말도 안 되는 일이다.

"아직 3일은 멀었어. 이제 겨우 하루가 지났을 뿐이야. 하지만 계속 네놈이 그 자세를 지키고 있으면 곤란해! 알고나 있는 거냐?"

나는 멀쩡해. 네 녀석이 생각하는 것보다는 멀쩡하다고. 단지 아무런 말도 듣고 싶지 않고 아무것도 하고 싶지 않을 뿐이야. 피가 마시고 싶다는 욕망도, 욕구도 사라져 버렸다. 식욕도 사라졌고, 잠시 동안의 시간의 기다림도 괴로움 그 자체가 되어 있었다.

"젠장, 내가 칼리아를 잃었을 때도 그랬지만… 제기랄……."

베리우스 녀석은 바닥에 퉤 침을 뱉었다. 나는 녀석의 얼굴을 한 대 차준 후 조용히 시켰다. 덕분에 놈이 입을 나불거리는 소리를 듣지 않아도 괜찮게 되었다. 그 녀석은 그대로 뻗어버린 것이다. 상당히 피곤한 일도 끝났다. 베리우스 덕분에 내가 외부와 단절하는 죄책감 속에서 빠져나오게 된 것은 사실이었지만 온몸이 아픈 것이 기분 나빴다.

"일어났군요. 다행이에요."

이렇게 말하면서 시리스가 들어왔다. 그녀 역시 멍하니 허공만을 바라보고 있었던 나의 상태가 걱정되었던지 불안하게 나를 바라보고 있다.

"이젠 괜찮아요?"

나는 대답하지 않았다. 괜찮을 리가 없잖아! 내가 그런 계집애 때문에 만 하루를 멍하니 있을 수 있단 말인가?! 나는 대답 없이 시리스의 얼굴을 바라본다. 시리스도 약간은 초췌해져 있었다. 거대한 마검 이그드라실은 마검의 생명뿐만 아니라 인간의 생기까지 빨아들이고 있는 걸까.

3일이라는 시간은 길고도 짧다. 기다리는 시간이라서 그런지 더 지루한 것인지도 모른다. 시리스에게도 초조한 기운이 엿보였지만 그녀는 되도록 그런 내색을 하지 않았다.

에즈가 어디서 마건이라고 하는 새로운 무기를 만들고 있는지는 모르지만 아마 다 만들면 나타나리라고 생각되었다.

정신을 차리고 보니 나와 베리우스 녀석은 알타크나의 본성에서 멀리 떨어져 있지 않은 막사에 머무르고 있는 상태였다. 여전히 태양도, 달도 보이지 않는 암흑 속에서의 생활이었지만 인간들이 끊임없이 불을 피우고 있어서 그런지 어둠 속에서도 빛은 사라지지 않았다.

어둠 속에서는 아무리 흐린 빛줄기조차도 대단히 밝게 느껴지기 마련이었는데 이미 어둠에 익숙해진 내 눈은 무의식적으로 작은 불빛을 쫓고 있었다. 인간들이 말하는 희망이라는 것이 있다면 바로 그런 느낌이었을 것이다.

"그래도 이제 얼마 남지 않았어요. 알타크나의 군대와 접촉이 있긴 하지만 모두 바르하시온에 의해 만들어진 인공적으로 개조된 인간들이에요."

개조된 인간들의 수는 인간보다는 많지 않았기 때문에 수적으로 월등한 시리스의 인간 병사들에게 이기지 못했던 것 같다. 그만큼 인간들도 필사적이라는 소리도 되는 것이다.

"저 이그드라실이 사라진다면 새로운 시대가 올지도 몰라요. 하지만 당신은 괜찮은가요?"

시리스는 달과 같이 빛나는 얼굴을 나와 마주하면서 물었다. 그녀의 의도가 무엇인지는 잘 알 수 없었다. 이그드라실과 밸더, 그게 나에게 무슨 상관이냔 말이다.

"괴로워하지 마세요. 곧 그녀는 돌아올 거예요. 당신이 원하고 있으니까."

"시끄러워! 그 계집애가 돌아오든 돌아오지 않든 관심없어!"

그 계집애는 내가 거세게 대답했음에도 불구하고 빙그레 입가에 미소를 띠었다. 내가 겨우 입을 연 것이 즐거웠던지, 아니면 내 대답이 재미있었던지 둘 중의 하나였다. 하지만 시리스의 성격으로 보건대 후자에 조금 더 가까운 느낌이 든다.

"정말 당신은 어린애 같군요."

그 계집애는 나를 두려워하지도 않고 빙그레 웃으며 일어섰다.

"그런 당신이라면 반드시 해낼 수 있을 것 같아요. 나의 숙부의 말대로."

그러고 보니 시리스의 숙부가 그 사카디온이라고 했다. 그는 알타크나의 왕이었던 남자, 나의 양부라고 할 수 있는 존재였다. 시리스는 그렇게 말을 끝낸 후 다시 총총 발걸음을 옮겼다. 사카디온의 일, 그리고 이질리스의 죽음과 미드가르드, 또 알타크나와 저 세계수 이그드라실의 일이 극도로 혼란스러웠다. 그러나 나에게 가장 혼란스러웠던 것은 이미르가 사라졌다는 사실이었다.

이제부터 언제 알타크나의 녀석들과 부딪힐지 모른다고 시리스는 말하고 내가 머무르던 막사를 나섰다. 언제 시리스가 저렇게 많은 사람들을 자신의 편으로 끌어들였는지 약간 궁금해졌다. 시리스가 그동안 여행을 하고 있었던 것은 그 때문인가. 그녀에게는 통찰력이 있을지도 모른다. 그녀의 동생인 리프가 부러워하면서도 따라갈 수 없는 사카디온이 가지고 있었던 흡인력과 통찰력이 그녀에게는 존재했던 것일까.

"언제 시작될지 몰라요. 하지만 이제 마지막 싸움은 가까워 있어요. 믿어봐요, 카티스. 당신이 소중하게 생각했던 것들을요."

아주 흔하다고 생각하는 그런 말들을 내뱉으며 시리스는 막사를 나섰던 것이다. 나는 한순간이지만 그녀가 했던 말에 대해서 곱씹어보았다.

내가 소중하다고 생각했던 것들이라… 참 거창하다고밖에는 표현할 길이 없는 말이었다. 그러나 이제 더 이상 그러한 존재는 남은 것이 없으리라고 생각했다. 사카디온이 죽고 나서 나는 역겨움 때문에 식사를 하지 못했다. 왜 그렇게 역겹게 생각했던 것인지는 어렴풋이 기억날 뿐이다.

사카디온의 죽음은 그 정도로 나에게 충격을 안겨주었고 의미를 주었다. 게다가 나는 그것을 잊기 위해 노력했지만 결코 잊을 수 없었다. 사카디온이 죽은 후 나는 칼리아를 만났다. 그녀는 사카디온의 죽음으로 인해서 가넬 족에게 있어서 식사다운 '식사'를 더 이상 할 수 없는 나에게 자신의 몸을 주었다. 칼리아는 고집불통이고 제멋대로인 계집애였지만 이상하게도 마지막까지 자신의 몸을 나에게 내어주는 것을 잊지 않았다.

나는 이상하게 그 인상적인 순간조차도 또렷하게 기억나지 않았다. 이처럼 약한 마음이라는 것이 언제부터 나에게 생겨난 것인지 모르지만, 나는 슬픈 기억들을 잊어버리기 위해서 노력했다. 사카디온의 죽음도, 칼리아의 죽음도 잘 기억나지 않는 것은 다 그 때문일 것이다.

그 후로도 나는 인간적인 감정 따위는 신뢰하지 않았다. 하지만 그러면서도 여러 인간과 만났고, 또 접촉하기도 했고, 또 다른 죽음을 보아왔다. 라쉬엘 족의 엘르와 유스 족장을 만난 것도 그때의 일이었다. 칼리아, 베리우스, 이름없는 여행자, 그들을 만났고 나는 계속해서 기고만장해져서 모든 것을 발치 아래 두고 싶었다.

인간이나 라그나들을 죽이는 것도, 여자를 안는 것도 거리낌이 없었다. 모든 것을 잊어버렸기 때문에 가능하다. 망각이라는 열매는 달콤해서 나를 자유로운 삶으로 끌어들였던 것이다. 나에게 앞으로 또 다른 생애가 주어졌다고 해도 지금처럼 살아왔을 것이다. 자유로운 것이 내 삶의 신조였던 것처럼 말이다.

그런데 최근 마검 미드가르드를 만나고 유디엔이라는 녀석에게 빠져 있던 이질리스를, 복수심만 가득했던 마법사 이미르를 만나면서 그러한 나의 생활들이 조금씩 틀어지고 있었다. 아니, 처음 사카디온이 죽었을 때부터 틀어져 버렸던 것이 제자리를 찾아가고 있는 것인지도 모른다.

"나를 죽여줘……."

이미르, 너는 대체 왜 나에게 그런 말을 건넨 거냐. 내가 자신을 죽일 수 있을 것이라는 확신 하에서 그런 말을 한 거냐, 아니면 뭐냐?

나의 곁에는 이제 아무것도 없었다. 얼마 전까지만 해도 내 손이 닿는 곳에는 항상 마검이 있었다. 미드가르드, 잠에서 깨어난 후 항상 떨어지지 않던 검은 칼날의 마검이었다. 그리고 이질리스도 리아드와의 일이 있은 후 항상 나를 지켜주려고 애를 쓰고 성장했다. 그렇다면 원수처럼 생각했던 이미르는 나에게 어떤 존재였을까.

그녀는 나에게 있어 복수의 존재밖에는 되지 않았다. 얼마 전까지만 해도 그랬다.

그러나 강한 증오는 깊은 애착이라고 누가 말했던가.

이질리스의 죽음 이후로 이미르는 나에게 눈물을 가르쳐 주었다. 그러나 그 계집애가 사라져 버린 지금은 눈물조차 흐르지 않았다. 허탈한 웃음도 더 이상 입가에 머물지 않았다. 지금은 낮일까, 아침일까, 아니면 밤일까.

나는 일부러 웃음 지으려고 했다. 아니, 웃고 있다고 생각했던 것 같다. 실제로의 얼굴은 미소 따위는 짓고 있지 않을지도 모른다.

"빌어먹을 바람이 불고 있군……."

기다리는 것은 지겹다. 나는 일어섰다.

빛을 바람이 불어왔다. 아주 짜증나는 바람이. 빛을 잃었음에도 불구하고 바람의 정(精)은 아직 힘을 잃지 않은 것 같았다.

나는 밖으로 나갔다. 바람이 나를 부르고 있는 것 같았다. 혹시 이미르일까. 마법사 이미르가 돌아와서 나에게 얼굴을 보이려는 걸까.

나는 막사 밖으로 나선 후 어둠이 깊은 숲 쪽으로 발걸음을 향했다. 누군가가 나를 부르는 소리가 들리는 것 같았다.

나는 어둠 속에서 사람을 발견했다.

머리카락은 어둠을 살라먹어서 완전히 검은색으로 보였다. 그는 예전에 몇 번 맞닥뜨린 일이 있었던 랑유가 아닌가.

"제가 이곳에 있다는 것을 알고 계셨다니 놀라운걸요."

나는 입술을 깨물었다. 어리석은 생각이었다. 사라져 버린 마법사 이미르가 돌아오리라고 생각했던 내가 어리석은 자였다는 생각이 들었다. 어둠 속에 가려진 저 랑유라는 녀석도 짜증이 났다.

"어차피 제가 이곳에 있다는 것을 알고 있으니 이야기는 쉬워지겠군요. 카티스님."

"뭐냐?"

어둠 속에서 서서히 자신의 모습을 드러낸 랑유는 그다지 특이한 인상이거나 잘생긴 것은 아니었지만 거울과 같은 눈동자는 기억에 남았다.

그는 나에게로 다가왔다.

"만난 일이 있었죠, 카티스. 오늘은 당신께 제안을 하러 왔습니다."

그가 빙그레 웃으면서 말했다. 그러나 그 웃음 뒤에는 살기가 서려 있었다.

역시나 아직까지도 나라는 존재를 포기하지 못하고 있는 걸까. 세계수 이그드라실이 이미 뿌리내린 지금 나를 어디에 쓸 데가 있다고 생각하고 있는 걸까, 알타크나의 놈들은.

"카티스님, 로키님의 명입니다. 당신은 저를 따라오셔야겠습니다."

누가 따라가겠대?!

나는 이빨을 드러내면서 손톱을 치켜들었다. 이제 내 손에는 마검이 없었고 오직 손톱만 세울 수 있을 뿐이었다.

"당신은 자신의 가치를 너무 모르는 것 같군요, 라그나 라그나드. 아니, 바나 인의 피를 이은 라그나라고 해야 할까요? 그런 당신은 아주 쓸 데가 많죠."

그는 친절하게도 그렇게 말해 주었다. 하지만 정말 그런 친절이라면 받고 싶지 않았다.

"만일 가지 않으시겠다면 무력으로라도 모셔가도록 하겠습니다."

미친놈! 나는 입술을 깨물고 손톱을 세웠다. 내 손 안에는 검도! 무엇도 남아 있지 않지만 저 녀석에게 끌려가고 싶은 생각은 전혀 없었다.

"이곳에서 알타크나의 성은 멀지 않았습니다. 자, 함께 가시죠."

닥쳐라! 내가 가자 그러면 가는 그런 얼간이인 줄 아냐?

"뭐, 함께 가지 않으시리라는 것도 잘 알고 있지요. 저 혼자만으로는 역부족이라는 것도 알고 있습니다."

그는 빙그레 웃었다. 극도로 재수없는 미소였다라고 한다면 이해가 좀 더 빠를 것이다.

"그래서 당신을 데리고 갈 다른 분도 함께 모셨습니다."

나의 눈동자가 커졌다. 분노로 눈앞이 새빨갛게 변했다. 어둠 속에서 나타난 그 녀석은 내가 가장 증오하고 있는 바로 그 녀석이었다.

미드가르드, 그 녀석은 예전과는 다른 느낌의 미소로 나를 반기고 있다.

"별로 오랜만은 아니지만."

그는 웃고 있었다. 언제나의 여유를 입가에 머금고 있었다. 검푸른 날개는 여전했고, 그 날개는 넓게 바닥에 드리워져 있었다.

"미드가르드……"

나는 입가에 쓴웃음을 지었다. 저 녀석은 또 어떤 낯짝으로 이곳에 온 거냐! 나는 내가 분노로 이를 가는 소리를 들었다.

"나도 정말 만나고 싶었어. 마지막으로 본 지 벌써 이틀이나 지난 것 같네."

지긋지긋한 녀석! 하지만 그만큼 울분과 분노를 토로하기엔 좋은 상대다. 저 녀석이 어느 정도의 힘을 사용할 수 있는지는 의문이지만, 나에게 그런 것을 계산하고 있을 이성 따위는 존재하지 않았다.

"닥쳐, 이 자식!"

나는 놈에게 공격하기 위해서 더 빨리 앞으로 나갔다. 다행스럽게도 내 몸은 가벼웠고 분노로 인해 힘이 넘쳐흐르고 있었다.

"이런, 제가 오는 바람에 더 정신없게 만들었군요."

"어차피 자청해서 온다는 것은 무리니까요."

랑유는 미드가르드에게 자신의 의견을 이야기했다.

젠장할 놈들! 그렇게 여유를 부리고 있는 것을 후회하게 만들어주겠다. 나는 지금 심각하단 말이다!

"카티스, 그러고 보니 로드가 없네?"

태연하게 주위를 둘러보는 수다 검 녀석이 내뱉은 말은 마법사 계집애를 찾는 말이었다.

"마법사 이미르는 사라진 거야?"

짓궂은 말투의 놈은 나의 신경을 더욱 돋우고 있다. 이질리스가 죽어버리고 이미르가 사라졌다. 그것이 바로 네놈의 계획이 아니었던가!

"이질리스도 나도 없고, 로드도 없으니 꽤나 쓸쓸하겠군. 그런 김에 이곳에 오는 것은 어때? 여긴 그래도 나나 이미르는 있으니까. 죽은 사람을 다시 불러올 만한 힘은 없지만."

"이 자식!"

힘을 실은 주먹으로 놈의 명치를 노렸다. 검고 큰 날개를 가지고 있으니 보통 인간에 비해 몸이 둔해야 정상이지만 수다 검 녀석은 마겸이지 인간이 아니었다. 마치 공기로 만들어진 인간처럼 가볍게 그것을 피했다. 정확한지는 알 수 없지만 항상 나와의 거리를 약 1미터 정도 유지하고 있었다.

"하지만 네 울분을 나에게 풀면 곤란해, 카티스."

그 녀석의 말에 나는 혈압이 오르는 것을 느꼈다. 아니, 핏줄이 터지는 것 같은 느낌이라고나 할까. 이미르와 이질리스에 대해서 민감하게 휘젓는 저 녀석에게 속시원하게 분풀이하고픈 생각이 들었다.

나와 미드가르드 사이로 거친 바람이 불어왔다. 랑유인지 하는 놈이 멀찍이 떨어져 그것들을 조종하고 있는 것 같다. 공간을 비틀어 바람을 내보내고 있는 것인가? 그래도 저런 바람 따원 얼마든지 온다고 해도 상관없다. 어차피 바람은 인위적인 바람이다. 근원을 파괴하면 사라지지 않겠는가.

나는 일부러 금방이라도 목을 따주고 싶은 미드가르드 녀석을 뒤로하고 랑유에게 손톱을 세우고 다가갔다. 분노를 머금고 달려들자 핏대가 서서 온통 핏빛으로 변해 버린 내 눈을 본 랑유 녀석이 약간이지만 놀랐다는 듯이 눈을 크게 떴다. 랑유는 뒤로 물러섰다.

"마치 야수 같군. 꽤나 미움을 산 듯하군요, 미드가르드."

"아아."

미드가르드가 놈의 말에 긍정을 표했다. 랑유에게 달려드는 나를 보고 있지만 정작 그런 나를 막고 싶은 생각은 없었던 것인지 미드가르드는 두어 번 날갯짓을 하면서 뒤로 물러설 뿐이다.

"하지만 함께 가야 합니다, 카티스."

랑유가 단정하지만 특징없는 그 얼굴에 잔뜩 냉소를 머금은 채로 양손을 위로 올렸다. 놈은 라그나 중에서도 술사의 능력을 가지고 있는 자였다. 랑유가 양손을 위로 하자 놈에게 달려들던 내 몸에 미미한 바람의 가락들이 덮쳐 왔다.

"아얏!"

내가 자기도 모르는 사이에 소리를 질렀고 랑유의 잔잔한 표정은 변화가 없었다.

"자, 강제로라도 데리고 가야 한다고 생각하니까 이런 짓을 하는 것을 용서해 주세요, 카티스. 하지만 이 모든 것은 로키님을 위해서입니다."

또 그 은흑발의 남자를 위해서라고 말하는 건가? 로키를 위해서라는 말을 들으며 미드가르드는 약간이지만 표정의 변화가 있었다는 것을 나는 느낄 수 있었다.

숨이 막혀오고 팽배한 바람으로 추정되는 미지의 생물이 내 몸을 덮고 근육을 당겼다. 그것이 팽팽하게 나의 숨통을 막았고 몸을 조여오는 바람에 움직임은 저지당했다. 나는 더 제압당하기 전에 조금이라도 풀려 나오기 위해 발버둥을 쳐보았지만 오히려 역효과만을 불러일으킬 뿐이었다.

그것들은 내 몸을 감싸며 풀리기는커녕 점차로 내 몸을 조여왔다. 목 윗부분만 제외하고는 놈의 바람의 가락들에 감싸인 채 옴짝달싹 못하는 흉한 꼴이 되어버렸다.

"빌어먹을! 풀어줘!"

목소리도 잘 나오지 않았다. 풀어달라고 해서 풀릴 거면 웃긴 일이겠지만 이렇게 소리치는 것 이외에는 다른 것을 할 수 없었다.

"이대로 저희와 함께 가는 겁니다."

랑유가 당연하다는 투로 손가락을 까닥까닥한다.

이대로 끌려갈 걸 생각하자 나는 자존심에 심한 상처를 받았다. 울분을 삭이기 위해서 입술을 깨물었다. 정말 손가락 하나 까딱 못한 채 그대로 끌려가게 생겼다. 베리우스 녀석을 발로 차서 잠재우는 것이 아니었는데. 망할! 지금 후회한들 뭣 하랴!

"이제 가자, 카티. 어차피 게임은 끝났잖아?"

"망할 수다 검 놈."

나는 웃고 있는 미드가르드를 바라보면서 중얼거렸다. 젠장할, 아직도 놈의 행각을 생각하면 북받쳐 오르는 분노를 참을 수 없다. 그런데 이 내가 강압적으로라도 너에게 끌려갈 줄 아느냐.

내가 이를 갈자 미드가르드는 크게 비꼬는 표정을 지으면서 빈정대기 시작했다.

"정말 어이없군. 정말 어이없이 잡혀 버렸잖아. 정말로 이질리스의 일 가지고 분노한 것 맞는 거야? 그냥 허세였던 거야?"

"네놈은 내 손으로 죽이고 말 테야!"

내가 붉은 눈으로 그 녀석을 노려보았다. 미드가르드는 여전히 비웃음만을 얼굴에 띤 채 나를 내려다보고 있을 뿐이었다.

"허어, 아직도 입만 살았군. 정말 한심해, 한심할 뿐이라고."

미드가르드가 혀를 끌끌 찼다. 저놈에게 이런 말을 들어야만 하는 나도 내 자신이 한심해서 미칠 것 같은 지경이었다.

"자, 이제 돌아가죠. 원하는 것을 손에 넣었으니까요."

랑유가 의기양양하게 말했다. 그러나 미드가르드는 그런 기색 없이 나를 바라보고 있을 뿐이었다.

"미드가르드, 로키님께서 기다리실 겁니다."

그러나 미드가르드는 나를 바라보고 있을 뿐 대답하지 않았다.

"미드가르드?"

미드가르드에게 랑유는 재촉한다. 아무래도 운반 역할은 미드가르드가 알아서 하기로 했었던 것 같군. 미드가르드는 아직까지 조금 머뭇거리고 있었다. 그는 빙그레 웃으면서 랑유의 앞으로 날아가 그의 앞에 섰다.

"죄송하지만… 아직 제가 원하는 것은 손에 넣지 못했는데요……."

"에?"

랑유가 당황한 표정을 지었다. 랑유의 거울과 같은 눈동자엔 미드가르드의 얼굴이 비쳤다. 미드가르드의 입꼬리가 살짝 올라갔다. 랑유가 당황한 얼굴로 눈을 크게 떴다.

"미드가르드, 뭔가 할 말이라도 있는 겁니까?"

랑유의 얼굴이 약간 푸르스름해졌다. 불길한 느낌을 지울 수 없었던 것인지 그는 입술을 파리하게 떨었다. 미드가르드는 오른손을 휘휘 내저었다.

"당신은 로키님의 명령에 따르지 않을 생각입니까?"

랑유는 사색이 되어 있었다. 랑유는 도망치는 능력이 탁월했지만 미드가르드의 주위를 감싸고 있는 이상한 기운이 그를 도망가지 못하도록 잡아두고 있었다. 엄청난 살기가 느껴졌다. 얼빠져 보이는 미드가르드에게서 어째서 그런 살기가 감돌고 있는 것인지 알 수 없었다. 그것은 미드가르드의 힘이 아니었다. 그렇다면?!

"하하⋯⋯."

미드가르드 녀석은 어이없이 웃었다. 약간 얼빠진 웃음이었지만 결의가 담겨 있지 않은 것은 아니었다.

"전 귀찮은 것은 싫어하거든요, 랑유."

수다 검 녀석은 입가에 띤 실없는 웃음을 멈추지 않았다. 미드가르드 녀석의 몸에서 짐승의 기운이 뿜어져 나왔다. 역시 저 살기는 녀석의 몸 안에 있는 마수, 펜리르의 살기였던 건가.

역시 이상하다고 생각되는 것은 저 미드가르드 녀석이 저런 힘을 어떻게 손에 넣었냐 하는 것이다. 아무리 마수라고 하지만 지능을 가진 지성체인 펜리르가 자신보다 약한 마검 미드가르드에게 굴복했다고는 생각할 수 없었다. 그럼 펜리르보다 미드가르드 녀석의 힘이 더 강하다고 하면 말이 되지만 그러리라고 보기는 힘들었다. 그 기준이라는 것도 모호한 것은 사실이지만 힘이 아닌 다른 이해 관계가 성립했다고밖에는 생각할 수 없었다.

그러나⋯ 과연 만들어진 마검인 미드가르드가 저 마수보다 약하다고 할 수 있을까.

글쎄, 모르겠다. 저 녀석은 한 번도 자신의 진짜 모습을 제대로 보여준 적이 없으니까. 저 녀석의 생활은 마치 거짓으로 점철된 것 같았다. 저 녀석의 진정한 모습은 과연 어떤 것일까.

지금 랑유의 앞에서도 그는 거짓된 모습을 보여줬던 것이다.

그는 랑유에게로 천천히 다가갔다.

미드가르드의 몸에서 흐르는 짐승의 기운은 랑유를 정색하게 만드는 데 충분했다. 얼음과 같이 싸늘하면서도 불꽃과 같이 격정적인 기운이 미드가르드의 전신을 감싸고 있었다. 수다 검 놈은 느긋하게 웃으면서 천천히 랑유에게 다가갔다. 랑유가 격심하게 몸을 떨었다.

"당신은 대체……!"

"지금은 이그드라실이 강대해지는 때입니다. 저의 힘이 강해지는 것은 당연한 일이죠."

구차한 설명은 더 이상 필요없다는 듯 미드가르드는 오른 손바닥을 랑유의 얼굴에 맞대 보였다.

"그, 그런… 대체 왜 저에게?!"

"……"

미드 녀석의 녹색 눈에 랑유의 두려워하는 모습이 비쳐졌다. 곧장 바람의 힘을 사용해서 자신의 위기를 모면하기 위해서 날 묶었던 바람의 정들까지 사용해 미드가르드에게 날렸지만 수다 검 녀석의 몸에 닿기 전에 그것은 산산조각이 나버렸다.

"…이것은 짐승의 힘?!"

랑유는 미드가르드 놈을 보며 열려진 입을 다물지 못했다. 수다 검 녀석의 힘은 랑유가 생각했던 것보다 훨씬 뛰어났기 때문인 것 같았다.

하지만 그런 랑유 녀석 덕분에 나의 몸이 풀린 것은 다행스러운 일이라고 생각했다. 그리고 용서할 수 없었다. 이질리스를 죽도록 만든 그 간사한 수다 검 놈을.

나는 랑유 놈에게 핀치를 가하는 미드가르드의 등을 노렸다. 비겁하다고? 그런 단어 따위는 난 모른다. 젠장, 당연히 해야할 일이라고 생각한다. 저 녀석을 쓰러뜨릴 수 있는 것은 이 나뿐이고 다른 녀석에게 저 녀석을 죽일 기회를 절대로 넘겨주고 싶지 않았다.

"죽어라!"

식상한 말이지만 내뱉으며 나는 그 녀석에게 손톱을 들이댔다. 절호의 찬스! 미드가르드의 시선은 오로지 랑유만을 향하고 있다!

나는 손을 길게 뻗어 녀석의 목을 길게 찢으려고 달려들었다. 짐승의 수호가 비교적 적은 등 뒤를 노릴 수 있었던 것은 전사로서의 육감 덕분이었다.

좋아! 수다 검 녀석이 자신을 향해 내가 달려드는 것을 보고 약간 멈칫했다. 그와 동시에 랑유의 주위에서 부는 바람이 거세게 발동했다. 녀석을 찢어발기기 위한 사나운 바람을 보낸 것이었다. 양면에서 공격을 받기 시작한 미드가르드 녀석은 당황하는 기색도 없이 가만히 그 자리에 서 있었다.

미드가르드 녀석! 자신이 있다는 건가?!

나는 속도를 줄이지 않으며 놈에게 달려들었다. 동시에 바람이 불어왔다. 암흑 속에서 그것은 칼날과 같이 사물을 찢어놓았다.

좋았어! 녀석의 몸이 손에 닿았다. 나는 그것을 사정없이 긁었다. 게다가 그와 동시에 불어닥친 바람이 놈의 몸을 갈기갈기 찢어놓기 시작했다.

뭔가 이상하다……!

찢어냈지만, 피는 터져 흘렀지만 기분이 나쁘다. 생물을 찢어 죽일 때의 그 쾌감이 느껴지지 않는다! 허공을 찢은 것도 아닌데!

"크르르릉!"

이 소리는 짐승의 것이었다!

펜리르의 포효 소리가 공기를 진동했다. 땅이 조금씩이지만 흔들리기 시작했다. 미드가르드 녀석의 모습이 보이지 않았다. 내 붉은 눈에 비친 것은 분노한 듯한 거대한 늑대의 형상을 한 마수(魔獸)였다.

"이런!"

랑유가 혀를 찼다. 자신의 술법이 빗나간 것을 눈치 챈 것이다. 내 손톱이 찢은 것은 짐승의 몸이었고 바람이 닿은 것도 바로 저 짐승!

미드가르드는 저런 짐승을 어떻게 수족처럼 부릴 수 있는 것인가! 나는 혀를 내두를 수밖에 없는 상황에 처한 채로 미드가르드의 모습을 찾고 있었다. 대체 그 녀석은 어디에 있는 걸까.

"감히 하찮은 라그나 주제에, 크르릉……."

짐승 펜리르는 꽤 화가 난 모양이다. 발톱이 삐죽삐죽 튀어나온 그 발을 들어 금방이라도 찍어버릴 듯이 랑유를 응시하고 있었다. 그놈은 눈을 새빨갛게 물들인 채 원통스러운 듯 랑유의 모습을 담았다.

"크르르……."

"당신은……."

"그 이름을 담지 마라, 하급 라그나!"

순간의 일이었다. 주위가 마치 일그러진 공간 안에 들어간 것처럼 형체를 알 수 없을 정도로 쭈그러들기 시작한 것은. 마수 펜리르의 힘이 확산된 결과인가!

나는 붉은 눈이 크게 떠지는 것을 감출 수 없었다.

"그리고 얌전히 나의 먹이가 되어라!"

"로……."

입이 잘 떨어지지 않는지 랑유가 입술을 부르르 떨면서 무언가 말하려고 했지만 더 이상 그 녀석의 생각대로 되지 않았다. 구체와 같은 형상을 한 펜리르의 힘이 그 녀석의 온몸을 감쌌기 때문이었던 것이다.

단숨에 그 녀석의 몸은 펜리르의 거대한 입속으로 들어갔다. 통째로 삼켜 버린 것이다. 피 한 방울도, 살점도 떨어져 나가지 않고 통째로 입속으로 들어갔다면 아무리 나라도 입을 벌릴 상황이었다.

그 짐승의 거센 기운으로 인해서 그 자리에 그냥 서 있을 수 있는 상태가 아니었다. 마치 눈에 모래라도 들어갈 것 같아서 손으로 바람을 가리며 서 있었다. 서서히 공간은 좁혀지고 펜리르의 노란 눈동자가 나를 포착해 냈다.

그 녀석이 나에게 달려들려 하고 있어 나도 재빨리 손톱을 세웠다. 검이 없기 때문에 마검에 의한 반격이 불가능했지만 이 내가 맨몸으로 못 싸울 리는 없었다.

마수 펜리르는 나에게 조금씩 다가왔다. 마치 입에서 침을 뚝뚝 흘리는 늑대를 연상시키는 모습이었지만 그보다 훨씬 크고 힘이 세 보였다. 펜리르를 바라볼 때마다 식은땀이 등줄기를 타고 내렸다. 젠장, 저 입 밖으로 삐쳐 나온 크고 날카로운 이빨이 나의 긴장감을 더해주고 있었다.

"안 됩니다, 펜리르."

"크르릉……!"

"약속하지 않으셨습니까? 지금 랑유의 피를 드린 것은 당신의 힘을 보충하기 위해서입니다. 카티스는 안 됩니다. 알고 계시지 않습니까?"

"크르르르……."

미드가르드의 그 한마디에 그 괴물 펜리르는 더 이상 나에게 다가오지 않았다. 기분 탓인지 깊은 증오를 담고 있는 눈으로 나를 바라보고 있었던 것 같았는데, 그 증오는 수다 검 녀석의 말과 함께 사그라들었다. 수다 검 녀석의 실루엣이 나타났고, 어둡기만 했던 아공간 안에서 빠져나왔다는 것을 깨달았다.

거대한 마수 펜리르의 힘으로 인해 만들어진 공간은 미드가르드의 목소리에 의해서 소멸했던 것이다. 그리고 그곳은 길고 높은 성벽이 있는 곳이었다.

알타크나의 성벽!

알타크나는 유난히 궁성에 대한 방어를 중요시 생각하는 나라였고, 그 때문에 높고 긴 성벽을 세웠다는 이야기를 들은 일이 있다.

어두워서 잘 보이지는 않았지만 그 크고 높은 성벽 아래로 내려가자 미드가르드와 펜리르가 있었다. 펜리르는 정확하게 말하면 사라져 가고 있었다. 그 힘이 사라지면서 그 녀석의 몸은 수다 검의 몸속으로 사라져 버렸다.

"아아, 알타크나의 본성이로군. 카티스, 이 성에 온 걸 환영해."

미드가르드의 쓸쓸한 목소리에 나는 발끈 화가 났다.

저 배신자 녀석은 이질리스를 죽이고도 죄책감이라는 것이 없단 말인가?! 나는 당장 놈에게 달려들었다. 어쩐 일인지 미드가르드는 움직이지 않았다. 나는 놈의 목을 부여잡았다. 의외로 가느다란 목이었기 때문에 나의 양손에 들어가고도 남았다.

"날 죽이고 싶어? 증오해?"

"당연하잖아!"

미드가르드의 녹색 눈 안에는 내가 비치고 있었다. 증오의 눈을 빛내면서 미드가르드의 목을 잡은 내가.

"그래, 외롭겠지. 너의 소중한 것을 잃었으니까."

미드가르드의 말투는 평소의 말투처럼 조소 섞인 말은 아니었다. 하지만 나는 미드가르드가 나를 놀리고 있다고 생각했다. 나는 목을 더욱 움켜쥐었다. 그 살갗을 찢어버리고 싶었다. 그 녹색 눈이 마치 나를 조롱하는 것 같았다.

"아직 너무 약해."

그 녀석은 조소했다. 나는 손가락에 힘을 넣었다. 당장이라도 찢어 죽이고 싶었다. 마음에 안 드는 이 녀석을!

외로움이 가득한 그 눈동자는 나를 비추고 있다. 주저하지 않는다. 죽이고 말겠어!

나는 손톱을 박아 넣었다. 피가 배어 나왔지만 수다 검 녀석은 두려워하거나 아픈 기색을 전혀 보이지 않았다.

나는 그 목을 잡아뜯었다. 아마색 머리카락이 흔들거렸다.

그곳에서 피가 터져 나왔다. 그 감촉은 내가 사람의 목을 칼로 베어 떨어뜨릴 때와는 또 다른 쾌감이 느껴졌다.

"하하… 나약한 놈……!"

난 강한 것을 추구했다. 이질리스의 죽음은 나를 무력하게 만들었다. 하지만 겨우 마검 나부랭이의 죽음 따위에 계속 나약해 있을 내가 아니지 않은가.

아니, 나는 확실히 나약해졌다. 하지만 미드가르드를 죽인 이상 더 이상 나약할 수만은 없었다. 이 녀석을 찢어 죽이는 것은 쾌감이었다. 하지만 가슴 한구석이 시려왔다. 이질리스 녀석은 울고 있을까, 아니면 마지막에 본 이질리스의 얼굴처럼 미소를 짓고 있을까.

손 안에 다량의 혈액이 묻어났다. 나답지 않게 온몸에 피가 튀었다. 원래 손 이외의 몸에 피를 튀기는 일은 하지 않지만 이번만큼은 기술 좋게 녀석의 몸에서 튀는 피를 피하지 못했다. 나의 손톱에는 미드가르드의 살점이 묻어났고 옷은 그의 피를 흡수했다.

시원하게 찢어버렸다고 생각했는데도 뭔가 석연치 않았다. 뒤가 깔끔하지 않았다. 녀석의 몸은 갈가리 찢겨져 바닥에 나뒹굴었음에도 불구하고 아직 해야 할 일이 남은 것 같은 느낌이 들었다.

조용해졌다. 알타크나의 성벽임에도 불구하고 인기척조차 느껴지지 않았다.

외로움이 가슴을 할퀴고 지나갔다. 인간들이 느끼는 외로움이라는 것도 나와 같은 것인지는 알 수 없지만.

나에게 그 외로움은 고독처럼 쓰라리면서 서서히 찾아온다.

언제나 그랬다. 곁에 있던 사람들은 하나둘씩 사라졌다. 항상 찾아오는 것은 외로움이었고 나는 아무도 믿고 싶지 않았다. 하지만 결국 기대게 되는 걸까. 이질리스도, 이미르도 아무도 내 곁에는 없었다. 여느 때와 같은 어둠이 도사리고 있었지만 그것이 더 슬프게 느껴지는 것은 이미르에게 이상한 말을 들었기 때문일 것이다.

"울어. 울고 싶을 때 울지 못하는 것도 바보야. 이질리스가 사라져서 가장 가슴이 아픈 것은 너일 거 아냐?"

왜 이런 때 그 계집애의 모습이 아른거리지?

바로 얼마 전까지만 해도 그 계집애는 내 옆에 있었는데……!
나는 그 계집애를 쫓고 있었는데, 그렇게 증오스럽게 생각해 왔는데, 어째서 그 계집애가 없으니 허전함을 느끼는 건지! 증오? 물론 처음에는 증오였다.

"내가 얼마든지 어깨를 빌려줄 테니까. 울어버리면 그만이니까."

나에게 눈물이라는 것이 남아 있었을까? 나는 그런 감상적인 것이 나에게도 존재할 줄은 몰랐다. 내게 인간들의 나약한 눈물 같은 것이 흐를 수 있었단 말인가. 그때 떨어지는 눈물을 바라보며 그녀는 나를 감싸주었다.

"내가 곁에 있어줄게."

거짓말.
떠났으면서… 그럴 줄 알고 있었고, 그 따위 말은 믿지 않았었다. 그러나 기대는 마음 한구석 어디에선가 자리 잡고 있었던 것이다. 그런 기대 따위 사카디은 이후로 버리고 있었다고 생각했는데… 나는 시리스의 말대로 인간은 아니지만 인간에 가까운 자일까.
"왜 그래? 아직도 외로움을 느끼는 거야?"
어둠 속에서 무언가가 말을 걸었다. 검은 형체의 익숙한 실루엣이었다.
분명 내 손으로 미드가르드를 찢어 죽였는데, 이렇게 피가 흥건히 내 손과 옷과 바닥을 적셨는데 대체 왜 저 녀석이 저곳에 서 있단 말인가.
"우습군. 너에게 외로움이라는 것이 존재한다는 것이 가소로워."

한층 냉랭해진 목소리, 어둠에 어울리는 목소리였다.

"미드… 가르드?"

어둠 속에 미드가르드의 형상이 있었다. 꾸밈도, 거짓도 없는 모습의 그 녀석이 암흑과 동화되어 검푸른 날개에 빛을 내고 있었다.

"정말로 어리석군. 내가 그렇게 죽을 리가 없잖아? 지금까지 네가 찢어 죽인 그것은 바르하시온이 만든 허상일 뿐이야, 카티스."

그 녀석의 오른손엔 검은 날의 검이 있었다. 그것이 바로 '미드가르드' 중간계라는 이름의 검이었다. 마치 그 검으로부터 어둠이 시작되고 있다고 생각되어질 정도로 새까만 밤과 같은 칼날의 기운은 음울한 기운을 내뿜고 있다. 암흑조차도 날카롭게 베어버릴 수 있을 것 같은 칼날은 나의 심장을 겨누고 있었다. 나는 뒤로 재빨리 물러섰다.

"어때, 네가 소중하게 생각하는 다른 것을 빼앗아가면 너는 슬퍼할 거니?"

"……."

"하긴, 넌 어리석고 둔해서 자신에게 아직 소중한 것이 남아 있으리라고는 생각하지 못하겠지? 넌 단순하잖아. 자신의 감정도 잘 알지 못하는 어린애."

나는 미드가르드를 노려보았다. 손은 피로 흥건했다. 내가 찢어 죽인 것이 단지 바르하시온이 만든 허상이었다니, 원통하기 짝이 없는 일이었다.

"네 주위에 있는 모든 것들이 언젠가는 떠나게 되는 거야. 그걸 너도 당연하게 생각해야 하지 않겠어? 정을 준 네 녀석이 어리석었던 거야."

그 녀석의 말이 틀린 것은 아니었다. 하지만 그 녀석의 입을 통해서 그런 말을 듣고 싶지는 않았다. 나는 곧장 오른손을 들었다.

"시끄러워, 이 자식!"

내가 손톱을 세우며 놈에게 달려들자 미드가르드 녀석의 몸에서 수상한 기운이 뿜어져 나왔다.

"이곳 알타크나의 본궁은 세계수, 마검의 결정체, 이그드라실의 뿌리가 있는 곳이지. 이곳은 내가 가장 힘이 강해지는 곳이기도 하고."

그렇게 설명하는 미드가르드의 녹색 눈이 암흑을 살라먹은 것처럼 검게 빛났다. 그리고 섬광이 내 눈앞에서 번쩍거렸다. 한순간 검은 실 가닥이 흩어져 떨어졌다. 내가 만일 뒤로 피하지 않았다면 그대로 목이 떨어져 나갔을 것이다. 그 목 대신 내 머리카락이 미드가르드의 칼날에 잘려 나갔던 것이다.

수다 검, 이 녀석은 진짜 나를 죽이려 하고 있었다!

그놈은 의기양양하게 나를 내려다보면서 서서히 떠올랐다.

공포라는 두 단어가 내 눈앞에 실체화되어 갔다. 미드가르드의 힘은 녀석의 온몸을 통해서 발산되고 있었다. 이미 기선이 제압당한 나는 그 자리에서 꼼짝달싹할 수 없게 되어버린 느낌이었다.

이런 젠장! 미드가르드가 마검을 들었다. 미드가르드의 얼굴에는 더 이상의 거짓도 존재하지 않았다.

"그만둬!"

공기를 울린 목소리는 미드 녀석의 시선을 내가 아닌 다른 곳으로 돌리기에 충분했다. 미드가르드의 시선이 닿은 곳을 보았을 때, 나는 그것조차 환상이 아닌가 하는 착각에 빠져든다. 묘한 아름다움을 지닌 백금발의 여성이 그 녀석의 시선이 맞닿는 곳에 서 있었었던 것이다.

백색으로 표백된 수수한 마법사의 로브를 입은 채 허리까지 늘어뜨린 머리카락은 태양과도 같이 빛나고 있었지만, 자칫 잘못하면 쉽게 어둠 속에 묻혀 버릴 투명함을 가지고 있었다.

그러나 달처럼 하얀 얼굴은 유약함이 아닌 강인함이 깃들어 있었다. 나는 그녀의 모습을 보았다. 양팔 안에 안아보고 싶을 정도로 아름다운 그 몸 위로 로브 자락이 흩어지고 있고, 그녀는 손을 양쪽으로 늘어뜨리고 있다.

"로드……!"

미드가르드 녀석의 입술은 약간 움직였다. 약간 슬픈 기운이 놈의 눈가에 감돌았지만 별다른 변화는 없었다.

"이제야 오신 겁니까?"

그녀의 눈은 미드가르드를 향해 있었다. 분노도, 증오도 담지 않은 눈으로 그녀는 미드가르드를 동정하고 있었다. 미드가르드의 입가에 쓴웃음이 떠올랐다.

"아아, 죄송합니다. 추한 꼴을 보여드렸군요."

미드가르드와 이미르, 두 사람 사이에 눈빛이 오갔다. 미드가르드가 오른손의 검을 거두었다. 마치 어떤 마법에라도 걸린 것처럼 미드가르드가 먼저 물러선 것이다. 뭔가 수상한 거래가 오간 것 같았지만 확실하게는 알 수 없었다. 단지 알 수 있는 것은 이미르의 등장으로 미드가르드는 물러섰다는 것이다. 미드가르드가 푸드덕 날갯짓을 하면서 나에게 말했다.

"그럼, 나중에 또 보도록 하지."

미드가르드는 공중에 떠오르면서 나에게서 시선을 돌렸다. 그 녀석은 여전히 빙그레 웃고 있었다. 저 녀석 따위는 다시는 보고 싶지 않은데! 이번에야말로 죽였어야 했는데! 비통했지만 어차피 녀석은 떠나갈 것이다.

"그럼."

그리고 생각대로 미드가르드는 어둠 속으로 사라졌다. 어둠에 동화되어 그 모습은 더 이상 보이지 않았다.

"미안해, 기다리게 해서."

지금 그녀의 모습은 유에디에와 같은 어린아이의 모습이 아니었다. 완벽한 성인 여성의 몸을 한 이미르의 모습이었다. 아직 소녀와 같은 앳된 면이 남아 있었지만 요염하면서도 청량한 모습으로 나에게 다가왔다.

"다가오지 마."

나는 그 계집애를 보면서 이죽거렸다. 빌어먹을 계집애, 너 따위를 내가 기다리고 있었을 리가 없잖아.

"카티스!"

이미르가 내 이름을 외쳤다. 나와 똑같이 사카디은을 양부로 가졌던 여자. 하지만 사카디은은 이제 없었다. 이미르만이 내 앞에 있을 뿐이었다.

니는 그녀에게서 도망가고 싶었다. 더 이상 이미르가 눈앞에 있으면 미드가르드의 말을 자각해 버릴 것 같았다. 나는 뒷걸음질쳤다.

그러나 무슨 조화에서였을까. 그 순간 땅이 심하게 진동했다. 그것은 이그드라실의 요동이었다. 알타크나의 성벽의 검은 잔디 위에 있던 나의 몸은 이미르의 몸에 떠밀려졌다. 지독한 요동과 함께 땅은 비명을 질렀고, 뿌리는 점점 더 길게 뻗어 나갔다. 성벽이 무너질 정도로 그것은 깊은 땅속에서 뿌리를 내밀었고, 그 요동을 견디는 것은 생각보다 쉽지 않은 일이었던 것이다.

우루루루루…….

땅은 울리고 한참 동안 지진은 멈추지 않았다. 이대로 있다가는
저 지진과 무너진 성벽의 돌무더기에 깔려서 죽어버릴 것 같다는
생각이 들었다. 나는 그 상황에서 살 수 있을 만한 어떤 곳을 찾기
로 했다.

"이리로!"

내가 당황하면서 몸을 움직였을 때 이미르의 목소리가 나를 인
도했다. 돌무더기를 피해 쓰러져 가는 성벽의 지하 안으로 이미르
가 나를 안내한 것이다.

그 안에 들어간 이후로도 땅은 심하게 흔들렸고, 그 안에서도
진정될 때까지 오랜 시간이 걸렸다. 다행스럽게도 그곳은 무너지
지 않았다. 불행이라면 불행이랄까, 나와 이미르가 들어온 입구가
막혀 버렸다는 것 이외에는 별다른 상처 없이 대피할 수 있었고,
얼마 후에 이그드라실의 진동은 멈추었다. 떨어진 돌무더기들이
상당히 신경 쓰이긴 했지만 돌에 깔려 죽는 것보다는 나은 상태였
다.

깔려 죽어? 하아, 역시 난 아직도 죽음을 두려워하는 나약한 피
조물인가. 나는 씁쓸하게 웃으면서 한군데에 걸터앉았다.

"괜찮아? 다친 데는 없는 거야?"

속 좋은 계집애. 지금이라도 죽여 버릴 수 있는데…….

그런데 이 계집애의 흰 얼굴이 어둠 속에서 나타났을 때 왜 그
리 기분이 좋았던 걸까. 하지만 함께 있다면 내 마음을 들켜 버릴
것 같았다.

"상관 마!"

나는 이미르의 손길을 뿌리치면서 퉁명스럽게 말했다.

"어린애 같긴."

이미르가 피식 웃었다. 이 계집애가! 이놈이고 저놈이고 300살이나 먹은 나를 어린애 보듯 하다니! 기분이 나빴지만 이미르의 그림과 같이 아름다운 얼굴이 미소를 짓는 것을 보니 어둠 속에 혼자 있을 때와는 다른 느낌이 들어서 가만히 있었다.

일순 느꼈던 외로움과 고독은 이제 사라져 버린 것 같았다. 나조차도 이렇게 이기적인 피조물이었을 줄이야. 나는 풋, 웃음을 터뜨려 버렸다.

"여하간 다행이야, 다친 데는 없는 것 같아서."

웃음을 멈춘 후 그 계집애는 내 몸에 묻어 있는 피가 내 것이 아님을 알고 안심했다. 그것은 미드가르드의 허상의 피였으니까. 하지만 나는 낙천적으로 상황을 담담하게 바라보며 그 계집애가 하라는 대로 할 생각은 없었다.

"뭐가 다행이라는 거야? 난 널 죽이려고 하는데."

"그러니까 다행이라는 거야. 넌 날 죽일 수 있는 유일한 무기거든."

이미르의 작은 입이 움직였다. 대체 무슨 소리를 하고 있는 거냐, 이 계집애는.

그녀의 조그맣게 웃고 있었다. 속삭이듯이 그녀는 나에게 말했다.

"미안해. 하지만 난 널 이용한 것을 후회하지 않아."

그녀의 아마빛 눈동자는 진실을 담고 있었다.

파악!

나는 그 계집애의 손목을 잡아 쓰러뜨렸다. 그녀의 말이 기분 나빴기 때문일까. 차가운 바닥이 가까이 다가왔다. 쿵! 소리가 났다.

이미르의 얼굴에는 한 치의 두려움도 공포도 없었다. 그녀의 몸에서 사과 향이 났다. 상큼한 향기가 날 자극하고 있었다.

"두렵겠지? 난 여자는 몇백 명을 안아도 질리지 않거든?"

짓궂은 말투로 나는 그 계집애의 손목을 더 꽉 잡았다. 조금만 더 세게 쥔다면 부러질지도 모른다고 생각될 정도로 얇은 손목이었다.

그동안 죽이고 싶을 정도로 증오하고 저주하고 있었던 마법사는 이렇게도 가녀린 몸을 하고 있었던가. 전체적으로 기품이 흐르는 얼굴, 큰 눈에는 큰 쌍꺼풀이 져 있었다. 오똑한 콧날과 키스하고 싶은 입술… 실제로 나는 그런 그녀의 입에 키스했다. 저항할 것이라고 생각했는데 의외로 이미르는 저항하지 않았다. 그녀는 나의 입술을 받아들였다. 그리고 입을 뗄 때까지 아무런 말도 하지 않았다.

"난 후회하지 않아."

그녀는 인형처럼 그 말을 반복했다. 먹어버리고 싶을 정도로 탐스러운 몸의 곡선이 드러났다. 나는 그녀의 몸에 키스를 했다.

"왜 저항하지 않지?"

"바보."

나는 그녀의 손을 놓아주었다. 그녀의 손은 내 목을 향했다. 담담한 그녀의 행동에 조금 놀랐지만 그렇다고 욕망을 감출 수는 없었다.

"피에 절어 있어. 어울리지 않아. 검은 머리카락이 많이도 잘려 나갔네. 정말 아까워, 질 좋고 긴 머리카락인데."

그녀는 혼잣말하듯이 말했다. 부드러운 흰 손가락이 내 옆얼굴을 스치고 지나갔다. 참을 수 없을 정도로 부드럽고 요염한 몸짓이었다. 나의 손은 그녀의 몸을 더듬었다. 한없이 부드러운 육체였다. 약간만 건드려도 상처가 날 정도로 하얗고 유약한 피부였지만 그래서 더 더욱 사랑스러웠다.

"여긴 알타크나의 성으로 통하는 통로야. 이곳을 통해서 가면 알타크나의 왕성으로 들어갈 수 있지. 하지만 성벽의 길은 막혔어. 이제 갈 길은 하나뿐이야."

그녀의 부드러운 손길이 나의 얼굴을 스쳤다. 나는 그녀의 몸을 놓아주었다.

"난 언제나 함께 있을 거야."

그녀가 속삭이듯 귓가에 부드럽게 말했다. 그렇게 언제나 함께 있고 싶은 생각이 들었다. 나는 그녀의 몸에 코를 박았다. 향긋한 향기가 나를 자극했다.

"이곳에서 쭉 가면 성으로 통하는 곳이 나와. 성벽을 지나 걷게 된다면 더 오래 걸릴 만한 거리지만 비상시에 대비해서 만든 이곳은 더 빨리 그곳을 통과할 수 있게 되는 거야."

이미르는 간략하게 설명했다. 바닥은 차갑고 축축해서 지하라는 것을 알 수 있었지만 비밀 통로로 치부하기에는 그리 좁은 공간은 아니었다. 몇 사람이 나란히 걸어갈 수 있을 정도의 길이 계속되고 있었고, 벽은 유난히 튼튼했다.

이미르의 안내로 나는 그녀를 따라 걸었다. 기온이 낮아져 손도 발도 유난히 찼다.

"배고프지 않아?"

"아니, 별로."

나의 무뚝뚝한 대답에 이미르는 멋쩍게 웃었다. 저 계집애는 왜 웃는 거야. 내 얼굴에 뭔가 묻기라도 한 것처럼 그 계집애는 피식 피식 웃어댔다. 내가 노려보자 그 계집애는 변명하듯이 말했다.

"솔직한 게 귀여워서 그런 거야."

이미르는 나의 앞에 서서 걸었다. 언젠가 날아가 버릴 것같이 가느다란 몸의 그녀는 내 눈앞에서 흔들리고 있었다.

"그나저나 식사는 할 만한 것이 없고, 그 옷도 갈아입어야 할 것 같고……."

내 옷에 피가 튀어 있는 것이 마음에 들지 않았던 것 같다, 이미르는. 하긴 여자들은 그런 데 많이 신경 쓰니까.

그녀는 뭔가 생각난 듯이 가볍게 뛰어 문이 있는 통로로 나를 안내했다. 그 안에는 작은 방이 있었다. 비상용 창고 같은 것으로 결코 청결한 곳은 아니었지만, 그렇게 먼지에 쌓여 있는 것도 아니었다. 지하실이라곤 생각할 수 없을 정도로 먼지도, 습기도 차 있지 않은 곳이었지만 암흑뿐이라는 것은 여전했다. 이미르는 손 위로 작은 구체를 띄웠다. 그녀의 마법이라는 힘에 의한 것이었다.

"조금 쉬었다가 가도 되겠지?"

그곳에는 만약에 대비한 무기와 기타 등등의 옷가지, 간단한 식료품이 있는 곳이었다. 마치 우연이 아닌 것처럼 이곳에 그런 것이 있는 것이 신기하긴 했지만 이미르는 그런 내색을 전혀 하지 않았다. 알타크나의 성에 대해 이미르가 잘 아는 것도 무리는 아니었지만.

"자, 이 옷으로 갈아입는 것이 좋겠어. 이래 봬도 깨끗한 옷이라고."

작은 구체가 은은하게 방 안을 비추어주었다. 작은 방이었지만 아늑했고, 앉아 있을 공간은 충분했다. 이미르의 손길이 내 목을 어루만졌다. 나는 자연스럽게 그녀의 허리를 안았다.

나는 그다지 여자에게 매너있게 행동하는 편은 아니었지만 이미르만은 부서지기 쉬운 유리 인형처럼 다루고 싶었다. 그녀의 몸에선 애틋한 향기가 났다.

"가지 마……."

이 말이 정말 내 입에서 나오는 말인지 나조차도 의심스러웠다. 지금까지 많은 여성을 꼬실 때에도 적어도 이런 닭살스러운 말은 하지 않아본 나였다. 그녀들은 강한 자를 동경했고, 나는 그런 여자를 안는 것을 좋아했다. 여자를 안는 것도 자신있었고 즐겼다. 하지만 지금은 그런 느낌이 아니었다.

이질리스의 죽음 이후일까. 나는 사카디은이 죽은 이후에 철저히 잊어버리려고 했던 외로움을 느끼고 있었다. 그때 사카디은이 죽었을 때 나는 그의 죽음에 적지 않은 충격을 받았다. 그때의 외로움을 녹여주었던 것은 칼리아, 그녀였다. 그녀를 사랑했던 것은 아니었다. 하지만 그녀가 나를 사랑하고 있다는 것은 알고 있었다.

그런데 나는 지금 그 외로움이라는 것을 뼈저리게 느끼고 있던 것이다. 암흑 속에 나 혼자만 있을 때의 그 아픔을… 그것을 잊고 싶었다. 그래서 함께 있어주겠다는 이미르의 말이 좋았다.

처음부터 틀어져 있었을 것이다.

나는 마법사를 죽이고 싶었다. 가느다란 백금발 머리카락을 찰랑이며 부드러운 별빛, 아마빛의 눈을 빛내는 그녀를 내 손으로 죽이고 싶었던 것이다.

애증(愛憎), 사랑과 증오는 종이 한 장 차이도 되지 않는 것인가.

그녀를 미워하면서 그녀를 생각했다. 내 머리 속을 한 가지 목표로 채워준 것은 이미르뿐이었다. 이미르는 피로 범벅된 내 옷을 벗겨냈다. 비상용 의복을 입히기 위한 것이었다. 한쪽이 짧게 잘려 버린 나의 검은 머리카락이 옷 위로 흘러내렸다.

이미르의 존재가 한없이 가녀리게 느껴졌다. 나를 이용했다고 자신의 입으로 말했지만 후회는 하지 않는다고 말했다.

"내가 곁에 있었으면 좋겠어?"

그녀는 물었다. 평소의 말투와는 다른 차분한 말투였고 시선은 나의 눈에 고정되어 있었다. 키스하고 싶을 정도의 작은 입술이 나에게 물었다. 나는 그녀의 허리를 끌어당겼다.

"그래……."

나는 그녀에게 입을 맞추었다. 부서질 것 같은 유리와 같은 그녀의 몸은 바로 내 앞에 있었다. 만져지고 있었다. 부드럽게, 그리고 아련히.

길게 그 시간이 계속되었으면 좋겠다고 생각했다. 검은 머리카락이 그녀의 아마빛 머리카락과 뒤섞였다. 그 시간은 그리 길지 않았다. 그녀의 흰 얼굴이 나를 바라보고 미소를 짓고 있었다.

"곁에 있어줄게……."

약간의 슬픈 빛이 감돌았다. 자신을 죽여달라고 말했던 그때와 비슷한 얼굴이었다. 이미르의 얼굴은 나처럼 외로워 보였다. 죽음 앞에서 두려워하는 사람은 이미르처럼 의연할까. 그녀는 내색하지 않았지만 어떤 것을 두려워하고 있었다.

"가지 마……!"

금방이라도 떠나 버릴 것 같은 느낌이 들었다. 그 모습이… 가지 않겠다고 말을 하지만… 그녀의 모습은 떠나가 버릴 것만 같은 느낌이 든다. 나는 사정없이 그녀의 입에 입을 맞추었다.

그녀의 존재를 확인하고 싶었다.

이 향기를,

이 감촉을,

그녀가 내 곁에 있는 것을 온몸으로 느끼고 싶었다.

부드러운 머리카락. 나는 그녀를 차가운 바닥에 쓰러뜨렸다. 이미르도 저항하지 않았다. 아니, 오히려 강하게 나를 받아들이고 있었다. 죽음을 원하는 자의 얼굴은 아니었다. 살아 있고 싶어했다. 나는 그녀가 내 곁에 있기를 바란다.

나는 이 감촉이 내 손 안에서 사라지지 않길 바란다. 약간만 건드려도 깨어질 것 같은 허상이 아닌 그녀를 오래도록 안고 싶었다. 나의 손길이 그녀의 실루엣을 타고 내렸고 눈부실 정도의 하얀 살결이 눈앞에 펼쳐졌다.

"이제 가지 마!"

감정이 고조되어 있었다. 그녀를 떠나보내고 싶지 않은 감정.

"가지 않아……."

그녀는 그렇게 대답해 주었다. 희미하게 통풍구 사이로 차가운 바람이 스며들었다. 이미르는 내가 자신의 목에 키스를 하도록 내버려 두었다. 그녀는 내 머리카락을 쓰다듬었고, 그러자 금세 기분이 좋아졌다. 목부터 가슴, 허리까지 나의 입은 타고 내려갔다. 실오라기 하나 걸치지 않은 그녀의 아름다운 육체가 존재한다는 것을 느끼고 있었다.

타는 듯이 뜨거워진 몸과 함께 신음 소리가 흘러나왔다. 부드러운 하얀 손은 나의 목을 끌어안았다. 그녀의 몸은 무척이나 따뜻했다.

여자를 안아본 경험은 많다고 할 수 있을 정도였지만, 이 정도로 절실하게 느껴지는 감촉은 지금껏 없어 나를 자극시켰다. 살아 있는 느낌이 들었고, 그녀의 입김이 닿을 때마다 그녀가 내 곁에 있음을 느낄 수 있었다.

하아, 나의 살갗에 숨결이 와 닿았고 그것이 하얀 안개를 만들어냈다.

소중한 것. 더 이상 빼앗기고 싶은 생각이 없었다.

미드가르드가 빼앗겠다고 말한 소중한 것이 또 있을까 하는 생각이 들었고, 없다는 생각 때문에 솔직히 자신만만하기도 했었다. 그런데 이렇게 곁에 있는 그녀는, 그녀가 사라진다면 나는 또다시 어둠과 암흑 속에서 헤어 나오지 못하게 될 것 같았다.

꿈속에서 하얀 머리카락의 아름다운 남자가 나를 잡아주듯이 그녀가 나의 손을 붙잡아주지 않는다면 나는 결코 헤어 나올 수 없는 검은 꿈속으로 빨려 들어가 버리고 말 것 같았다. 그래서 사정없이 그녀의 존재를 확인한다.

희미해져 버린 마법의 불꽃이 사그라지는 것도 잊고 나는 그녀의 몸을 탐색했고 그녀는 나의 행동을 어루만져 주었다. 검은 머리카락이 흩어지고 이미르의 아마빛 머리카락이 바닥에 헝클어졌다. 별빛 눈동자의 시선이 나에게만 고정되어 있었고 달콤한 입술은 나를 받아들였다. 불꽃은 점점 사라져 갔다.

태초의 어둠처럼 작은 방 안은 다시 암흑 속으로 돌아갔다.

"왜 저항하지 않지?"

"바보."

같은 대답이 돌아왔다. 몸이 따스했다.

"미드가르드를 좋아하는 게 아니었나?"

"멍청이."

평소와 같았다면 화를 냈을 만한 말이지만 이미르의 말은 별로 화가 나지 않았다. 오히려 즐거웠다고 해야 옳았다.

"나와 함께 있을 거지?"

내가 하는 말이라고는 믿을 수 없을 정도로 닭살 돋는 말이었지만 그 정도로 간절했다. 이미르가 느끼기에 내가 자신에게 애원하는 것이라고 느낄지도 모른다. 하지만 누가 뭐라고 해도 지금은 그녀와 함께 있고 싶었다. 또다시 그런 꿈을 꾸고 싶진 않았다. 하얀 손이 나를 잡아주지 않았다면 나는 그대로 어둠 속에 사로잡혀 버리는 불쌍한 신세가 되어버릴 것이다. 마치 이미르가 나를 잡아주었던 것처럼. 만일 그녀와 함께 있다면 그런 것은 잊어버릴 수 있을 것 같았다.

"…가지 않아."

이미르의 눈동자가 흔들렸다. 나는 격렬히 그녀의 몸을 끌어안았다. 그리고 그 입을 내 것으로 만들었다. 그 몸을 내 것으로 만들고 모든 것을 포박하고 싶었다. 내 곁에 있도록, 날아가 버리지 않고, 깨어져 버리지 않는 나의 것이 되어달라고 말하고 싶었다.

"괜찮아. 가지 않아……."

그녀가 나의 머리카락을 단정하게 쓰다듬었다. 그녀의 손길에 검은 머리카락이 잘려 나갔다. 그것은 언밸런스한 길이를 하나로 맞추기 위함이었다. 그녀가 어떤 마법을 사용한 것인지는 알 수 없지만 그대로 내버려 두었다. 머리카락이 가벼워졌고 어깨 아래로 찰랑거렸다.

"함께 있어줄게, 고독을 잊을 때까지."

그녀의 대답이 돌아왔다. 나는 몇 번이고 그녀의 존재를 확인하고서야 비로소 안심할 수 있었다. 나는 다시 그녀의 몸이 달아나지 않을 정도로 꼭 껴안았다. 그녀 쪽에서 먼저 나에게 키스를 했고 나는 그것을 받아들였다.

시간은 흘렀지만 마치 정지해 있는 것 같았다.

그리고 그 환희 속에서 나는 어지러움을 느꼈다.

지금까지 보았던 것은 꿈이었을까.

아니면 환상이었을까. 나는 새까만 어둠 속에 있었다.

나는 혼자 있었다. 나는 눈을 뜰 수가 없었다. 지금까지 꾸어왔던 악몽의 연속일까.

"미안, 미안해⋯⋯."

뭐가 미안하다는 건지⋯ 들려왔지만 보이지는 않았다. 나는 잠들어 있는 걸까. 몸을 움직여 보았지만 움직여지지 않았다.

"약속을 지키지 못해서 정말 미안해."

약속이란 깨라고 있는 것이라고 생각해 왔지만 그 순간만은 처절하게 가슴 아픔을 느꼈다. 이미르의 목소리였다. 그녀는 슬픈 목소리로 말했고, 나는 그녀를 붙잡기 위해서 움직일 수 없었다. 차가운 바닥과 차가운 공기만이 나를 반겨주고 있을 뿐이었다.

이제 아무도 남아 있지 않았다.

내 몸이 자유를 찾았을 때 내 곁에는 아무것도 없었다.

그녀와 함께 있었던 그때와 같이 같은 공간 안에 있었다. 그러나 그녀는 내 곁에 존재하지 않았다.

함께 있어준다고 했으면서, 외로움을 잊을 때까지 함께 있어준다고 했으면서⋯⋯!

어리석은 계집애. 살아가길 원한 주제에 삶에 집착하는 눈빛으로 나에게 죽여달라고 말한 주제에! 나의 빈 옆 자리는 싸늘했고 나는 암흑 속에 있었다.

고요한 정적만이 주변에 감돌았다.

아무런 소리도 듣지 못한 채로 나는 나도 모르는 사이에 그녀가 가르쳐 준 눈물을 흘리고 있었다.

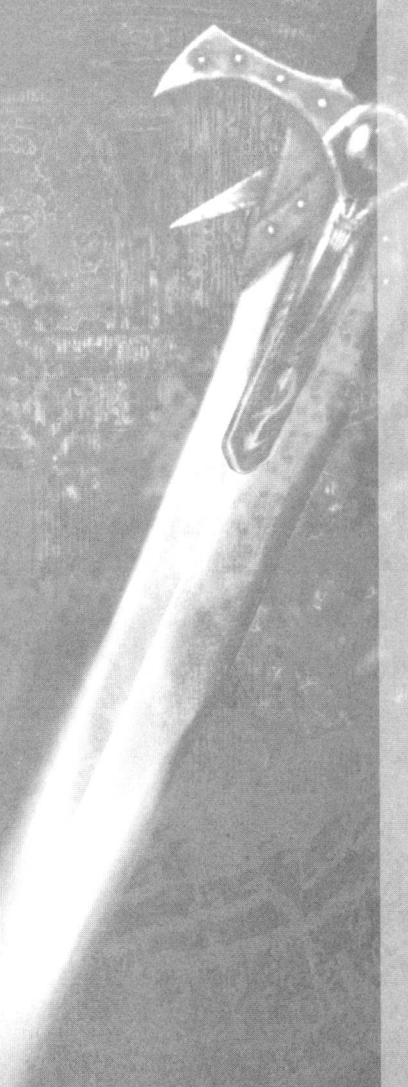

Chapter 38

세
계
수

이
그
드
라
실

저 이그드라실은 하늘 높이 뻗어 있었다.

그것의 가지는 하늘을 뒤덮고

땅의 빛을 차단했으며 어둠을 선사했다.

그것은 세계에 있는 모든 미검이었으며 힘의

결정체였다.

그리고 그것은······.

Katis

카티스

비가 추적추적 내리고 있었다.

얼마 전까지만 해도 눈이었던 것이 날이 약간 따뜻해졌다는 이
유만으로 비로 변해 버렸던 것이다. 세계수 이그드라실이 뿌리내
린 지금 비는 한층 더 을씨년스러운 분위기를 가미해 주고 있었
다.

어느덧 시간은 빠르게 흘러갔다. 어두웠던 곳의 변화는 없었지
만 세계수라고 불리는 저 거대한 나무는 이미 알타크나의 성을 지
난 약간 동떨어진 곳에 뿌리를 내리고 있다고 해야 옳았다. 뿌리
라고는 하지만 숲에서 몇백 년 간의 울창함을 자랑하던 거대한 나
무보다도 훨씬 두껍고 거칠었으며, 어떤 바위보다도 더 단단해 보
였다. 큰 마을이 있었을 정도의 지역은 세계수의 거대한 폭으로
인해 사라져 버린 상태였고, 굵고 단단한 기둥만이 삐죽이 솟아난
상태였다.

아직도 그것은 자라나고 있었다. 아직까지도 인간의 피를 흡수하고 있었던 것이다.

중심부에 서 있는 나로서는 확실한 상황을 알 수 없지만 아마도 다른 지역에서는 꽤 많은 인간들이 죽어가고 있을 것이다. 물론 그것이 인간들뿐만 아니라 다른 종족들도 포함하고 있다는 것은 당연한 것이었다.

주위는 매우 고요했다.

알타크나의 변두리 마을에서조차 볼 수 없는 한가로움이었다. 아니, 오히려 폭풍 전야(暴風前夜)의 느낌이 짙었다. 인간의 기척 조차 느껴지지 않아서 이곳이 정말 적진의 한가운데일까 하는 생각마저 들었다.

나는 이곳에 들어온 명백한 이유가 있었다.

처음에는 마법사를 죽이고 싶었다. 단지 그런 이유에서였다.

날 봉인하고 저주를 건 마법사를 죽이기 위해서 정처없이 여행하는 것도 좋다고 생각했다. 그러나 여행이 계속될수록 이곳은 내게서 계속해서 멀어져 간 것 같았다. 그때 분명히 이곳에 도달하고 싶다는 생각은 계속되어 왔지만 그다지 깊게 갈망하고 있지는 않았다.

어쩌면 가고 싶었으면서도 가고 싶지 않았던 걸지도 모르겠다. 지금의 내 마음은 단순한 처음 마음먹었던 것과는 미묘하게 다른 점이 있었다. 그래서 점점 멀어져 가면서도 결국 이곳에 발길을 두게 된 것은, 반드시 이곳에 내가 있어야 할 이유가 있을 것만 같은 느낌이 들었기 때문이다.

그리고 지금은 수다 검 녀석에게 복수하고 싶었다.

미드가르드가 어떤 과거를 가지고 있었던 원래 알타크나의 마검이며 이그드라실의 형제였다는 것, 그런 건 관심도 없었다. 중요한 것은 미드가르드가 나를 헌신짝 버리듯 배신하고 가버렸고, 그것도 모자라서 지금까지 날 놀려먹고 있다는 점이 괘씸했던 것이다.

그래서 나는 미드가르드에게 복수를 하고자 하는 마음도 있었다. 미드가르드가 이질리스를 죽였을 때 그 마음은 극에 달해 있었다. 이질리스가 죽어버린 이후로 내가 느낀 것은 고독이었다. 그리고 함께 있겠다고 약속했던 이미르마저 거짓말만을 귓가에 남긴 채 떠나가 버렸다.

짧아진 머리카락이 거추장스럽게 비바람에 휘날렸다. 머리카락과 옷을 타고 물이 뚝뚝 떨어지는 것도 이제는 신경 쓰이지 않았다. 찬 비가 머리 속까지 적셔주는 것 같고 우울한 기분이 되었다. 이럴 때는 으레 피라도 마시고 싶어야 정상이었지만 지금은 그럴 기분조차 되지 않았다. 저 망할 놈의 세계수가 돋아난 이후론 특히 그랬다. 나는 예전처럼 피를 갈구하진 않게 되었다.

"민간인이 왜 여기에?!"

어디서 튀어나왔을지 알 수 없는 칙칙한 색의 군복을 입은 얼간이 같은 인간 하나가 나를 보고 달려들었는데, 금세 내 손톱에 살갗이 찢겨 나갔다. 살점과 피가 튀는데도 불구하고 예전과 같은 희열은커녕 무감각하기만 했다.

곧 이어 다른 인간들이 몰려들었지만 인간들 따위는 아무도 나의 상대가 되지 않는다. 아무리 달려들어도 결국 자신의 의지로 움직이는 것이 아닌 타인의 의지로 움직이는 그들에 의해서 상처 하나 입지 않을 자신이 있었다.

그러나 사람을 죽여도 흥이 나지 않았다. 단 지금 목표는 그곳,

알타크나의 성에 들어가야 한다는 생각만 있을 뿐이다.

"미안해. 약속을 지키지 못해서……."

그 말은 나와 더 이상 함께 있을 수 없다는 것을 의미하는 것임을 잘 알고 있었다. 누구나 그렇게 떠나간다. 죽어서 떠나가는 사람도 있고… 나는 떠나가는 사람을 잡지 않았다. 원래 믿지 않았었으니까.

하지만 그때만큼은 나도 이미르를 믿고 있었다. 하루도 빠짐없이 증오해 온 상대의 말을 믿고 있었고, 그런 내 마음은 갈가리 찢겨 나간 것이다.

그런데도 나는 목적을 가지고 있었다. 그녀를 만날 목적을 가지고 지금 알타크나로 향하고 있었다.

그리고 이그드라실을 직접 보고 싶은 충동이 내 마음속에 일었던 것이다. 처음엔 단순한 나무라고만 생각했지만 세계수 이그드라실은 엄연히 마검이었다. 거대한 마검, 모든 마검의 힘을 받아들인 힘의 결정체. 그것은 나를 묘하게 이끌고 있었던 것이다.

로키나 카나는 내가 이그드라실의 중심에 서 있는 자라고 말했다.

지금은 그 말의 의미를 알고 싶다. 게다가 나뿐만이 아니라 이미르와 저 거대한 나무의 관계를 알고 싶었던 것이다. 나는 유유히 성문으로 들어섰다. 정문으로 들어가는 것은 멍청이나 하는 짓이지만 지금은 여러 가지를 따질 생각이 없었다.

"저쪽입니다!"

이렇게 말한 것은 인간이었다. 아니, 정확히 말하면 인간이 아닌 라그나였다. 인간에게는 없는 어두운 기운이 그것을 알려주고 있었다. 로키가 다스리게 된 이 알타크나에는 적지 않은 수의 라그나가 있다는 것이 사실인 것 같았다.

"제 발로 잘도 걸어 들어왔군, 카티스?"

그 목소리는 남자도, 여자도 아닌 중성적인 것이었다. 이전에 한 번 본 일이 있는 한쪽은 절세의 미녀, 또 다른 한쪽은 썩어가는 얼굴을 한 헬Hell이었다. 그리고 그 뒤에는 역겹고도 무표정한 인간들, 다시 말하면 바르하시온이 만든 쓰레기 인간들이 서 있었다. 아무런 감정도 없이 단지 그 녀석의 명령만을 기다린 채 그들은 헬의 주위에 있었다.

"닥치고 비키시지, 이 반쪽 썩은 얼굴."

"감히 나에게 그런 말을?!"

울그락불그락해진 얼굴을 보니 썩은 얼굴에 곰팡이가 솟는 것 같아 흉한 생각이 들었다.

"당장 그 입을 못 놀리도록 해주겠어! 감히 네까짓 게 존경해야 할 형에게 그런 말을 하다니, 용서 못해!"

꽤 화가 난 듯 헬은 남자답지 않게 꼬투리를 잡아가며 검지손가락을 높이 치켜들었다. 그와 동시에 마수며, 개조 인간이며, 부하로 추정되는 놈들이 튀어나왔다.

얼마든지 와도 좋다. 오는 족족 모두 찢어버릴 테니. 아무리 개조된 인간이라고 해도 그 딴 거 머리통만 날려 버리면 그만 아닌가!

나는 옷에 피가 튀지 않도록 다가오는 놈들의 머리를 박살 내고 쥐어뜯었다. 옷에 피가 묻어나는 것 따위는 질색이다. 그리고 무엇보다도 저런 놈들의 피는 하나도 맛이 없다. 특히 저런 하급 라그나들이나 개조된 인간들은 안 마시느니만 못하다.

"과연, 이곳은 이그드라실이 있는 장소니까……."

헬이 혀를 끌끌 차면서 알 수 없는 말을 중얼거렸다. 그 녀석은 자신도 라그나로서의 힘을 발휘할 생각인지 그 앙상한 팔을 들었다. 허어, 실력을 한번 볼까. 어차피 너 같은 징그러운 녀석은 한번 손봐주고 싶었다고.

"헬님, 그를 죽이시면 곤란합니다. 로키님께서……."

그 녀석의 옆에 서 있는 짙은 푸른 머리의 남자가 그를 저지시 켰지만 헬은 반쯤 썩어 있는 무서운 얼굴을 그 녀석의 얼굴에 들 이밀며 눈을 흘겼다.

"어차피 내 맘이다. 아버지의 말 따위는 듣지 않아!"

막 나가는군. 저놈, 의외로 다혈질인 모양이다. 지금까지 물 한 방울 묻히지 않은 흰 손을 들어 무언가 주술을 외우려고 했다. 암 흑 속에서 빛나는 그 녀석의 주위 때문에 나는 놈이 어디에 있는 지 알 수 있었다. 나는 붉은 눈으로 놈을 노려보았다.

하, 웃기지도 않다. 내게 저런 놈과 같은 피가 흐르고 있다니.

그 녀석은 비웃음을 입가에 머금고 나에게 공격을 하려 하고 있 었다. 기껏 해봐야 위에서 명령이나 해봤을 스타일인 주제에 감히 이 몸에게 주술 따위를 걸려고 하다니… 웃기지도 않았다.

나는 무표정한 얼굴로 헬의 주위로 빠르게 달려갔다. 그러나 놈 을 방어하고 있는 차단 막이 놈의 반경 3미터 이내에 펼쳐져 있어 서 다가가는 것은 수월치 않았다. 나는 손톱을 들어 그것을 찢으 려고 했으나 동시에 녀석의 오른손이 위로 올라갔다.

검은 공간에 또 하나의 허무의 구멍이 생겼다. 그것은 라그나즈 의 구멍이었고, 다른 라그나를 소환하려는 것처럼 보였다. 저 헬이라는 쓰레기 같은 녀석은 라그나즈의 차원의 문을 열 수 있는 힘을 가지고 있는 것 같았다.

그러나 난 그런 건 관계없었다. 차원의 문을 열어 아무리 많은 라그나들을 내보낸다 해도 나는 무조건 앞으로 나아갈 자신이 있었다. 나는 세계수 이그드라실이 있는 곳으로 가야만 했고, 목적 같은 것은 생각지도 않은 채 무표정하게 걷고 있었다.

세계수 이그드라실이 있는 그곳엔 이미르가 있고, 미드가르드가 있을 테니까. 나는 서둘러야만 했다. 한순간 불이 번쩍했고, 그 위로 차원의 공간이 닫혔다. 그 안에서는 수많은 마물들이 나타나야만 했고, 그것이 정상이었다. 그러나 헬이 열었던 차원의 문 안에서 나온 것은 의외의 인물이었다.

"카, 카나?"

나는 그 순간만은 놀라지 않을 수 없었다. 그녀는 나를 낳은 여자이자 저 헬을 낳은 여자이기도 했다. 그런 그녀가 왜 저곳에서 나타난단 말인가. 놀란 것은 유독 나뿐만이 아니었다. 헬도 마찬가지였다.

"이런, 내가 그렇게나 안 된다고 말하지 않았었니?"

"어, 어머니?!"

당당한 것은 카나뿐이었다. 그녀는 사뿐히 땅으로 내려와 헬의 한쪽 얼굴에 손을 가져다 댔다. 그러나 곧 그에게서는 손을 떼고 나에게로 고개를 돌렸다.

"내 소중한 아들."

그렇게 말하는 그 여자는 샐쭉한 표정을 지으며 나에게 다가왔다. 그 여자는 선글라스를 벗고 붉고 피와 같이 섬뜩한 눈으로 헬을 흘겼다.

"어머니……!"

"성급한 판단은 곤란해. 나에게 이 아이는 소중하거든."

그 여자는 나의 목을 끌어안았다. 내가 손톱을 세워 그 여자를 할퀴려는 순간, 그 여자는 바람과 같이 사라져 내 뒤에 서 있었다.

"아직도 어리석군."

새빨간 입술을 샐쭉 내밀며 붉은 매니큐어를 칠한 손가락을 까닥거렸다.

"고작 그런 계집애가 사라진 것 때문에 그렇게 제어가 풀리셨나?"

"……."

나는 그 여자에게 하고 싶은 말이 없었다. 본래 그 여자를 어머니라고 생각해 본 일도 없었고, 그렇다고 그 여자를 따르고 싶은 생각도 없었다. 그러나 그녀는 나를 자신의 아들로 인정하고 있는 것 같았다. 아니, 아들이 아니라 장난감처럼 여기고 있었다면 옳을까.

"아주 실망했어, 너에게."

"……."

"난 좀 더 현명하게 처신할 줄 알았지. 넌 나의 아들이라고 불릴 가치가 없어."

"닥쳐! 난 너 따위의 아들이 되느니 차라리 혀를 깨물고 말겠다!"

나는 다시 그 여자를 손을 뻗어 길게 그었다. 그러나 내 손은 허공만을 가를 뿐이었다. 그녀는 빙그레 웃으면서 나의 뒤편에 서 있었다. 정말 빨랐다. 순간 이동의 기술이라도 익히고 있는 걸까.

"카티스가 아직 죽으면 곤란해. 그렇지 않나, 헬?"

"……."

시체 썩은 것 같은 모습의 헬은 카나의 말에 대답하지 못했다. 머리로는 수긍하지만 실제로는 그다지 수긍하고 싶지는 않은 것 같다.

"그보다 너는 이곳이 아니라 해야 할 일이 있잖니? 너의 아버지가 시킨 일 말야."

카나의 붉은 눈빛이 향하고 있는 것은 저 검은 하늘, 이그드라실이 하늘로 뻗어 있는 그런 곳이었다. 그 위에 두 마리의 까마귀가 하늘을 날고 있었다. 더 생각하지 않아도 뻔히 알 수 있는 일이었다. 그것은 오스키의 까마귀니까.

"로키의 눈이 이곳에 있는 줄도 모르고 정말 겁도 없군."

카나가 피식 웃었다. 카나는 어느새 내 얼굴 앞에 와 있었다.

"자, 이리 오렴."

카나의 입이 내 입을 맞추었다. 깜짝 놀라 피하려고 했으나 이미 입 안에 무언가 흘러가는 느낌이 들었다. 젠장할, 이 여자는 독을 먹이는 것만큼은 프로 급인 것 같다! 한 번도 아니라 두 번이나 당하는 건가!? 내가 그것을 뱉으려고 했지만 그녀는 쉽게 입을 떼지 않았다. 그녀가 입을 떼었을 때는 이미 그것을 마신 이후였다.

"걱정 마, 독은 아냐. 단지 로키, 그 사람의 부탁을 조금 들어주려고 온 것뿐이니까."

"로… 키?"

"이그드라실에게 있어서 가장 필요한 어떤 것에 대한 일."

간단하지만 알 수 없는 목소리로 카나가 말했다. 이그드라실이라는 존재에게 내가 필요하다는 것을 어렴풋이나마 깨닫고 있기는 했었지만 그것이 어떤 것일지는 아직까지 몰랐다.

"어차피 지금 네가 끌려가고 싶지 않아도, 언젠가 너는 돌아오게 되어 있어. 그것이 자의냐, 타의냐에 따라 다른 것이긴 하지만 난 웬만하면 너의 의지로 이곳에 오길 바랬지, 사랑하는 나의 아들."

"닥쳐!"

나는 그 요사스러운 여자를 향해 소리쳤다. 그러나 내가 그렇게 소리치는 것 따위는 안중에 없다는 듯이 그 여자는 여유있게 웃으며 나를 놀릴 뿐이었다.

"걱정 마, 카티스. 난 누구의 편도 아냐. 이곳에 붙어 있는 것은 불사의 왕과 같은 이유이지. 미드가르드나 로키처럼 특별한 이유는 없어. 단지 너를 괴롭히고 싶을 뿐이지. 이것도 정확히 말하면 어떤 남자의 속박 때문일지도 모르는 일이지만."

"남자?"

"쓸데없는 이야기는 그만 하도록 하지. 로키, 그가 오고 있으니까."

"어머니……"

헬이 카나에게 다가갔다. 그녀가 한 말에 대해 충격을 받은 듯 그놈의 한쪽 얼굴은 부패한 시체의 얼굴보다 더 푸르게 변해갔다.

"헬, 착한 아들이지?"

"네?"

순식간의 일이었다. 어머니 앞에선 어리버리한 그놈이라고 해도 평소 때 다른 놈들에겐 꽤 카리스마가 있었을 법한 헬의 얼굴이 공포로 얼어붙었고, 곧 그 목이 하늘에 치솟았다. 옆에 있던 네이뮤는 눈썹 하나 까닥하지 않았다. 그건 카나의 행동에 대해 예측

하고 있었기 때문일 것이다.

헬은 비명도 지르지 못했다. 나는 눈을 크게 떴다.

헬의 목이 금세 잘려가 살점이 흩어졌으며 피가 뿜었다. 카나는 재미없다는 듯이 뜯긴 살점을 입에 넣었다. 그런데도 불구하고 손 외에는 피가 튀지 않은 것을 보면 많이 해본 솜씨일 거다. 나보다 더 능숙한 것 같다.

"난 내 말 안 듣는 것은 딱 질색이야."

살기(殺氣).

검은 머리카락을 위로 올렸지만 흘러 내려온 몇 가닥의 머리털 이 바람에 흩날렸다.

"특히 내 피를 이은 주제에 그러면 곤란하지. 그동안 별로 마음 에 들지 않았어. 리아드의 일도, 뭣도 하나 제대로 못하는 얼빠진 녀석 같으니. 지금 죽는 것을 그나마 고맙게 생각하라구."

마치 자신의 마음에 들게 행동하지 않으면 이런 꼴을 당한다는 투로 나를 노려보고 있었다. 그 붉은 눈과 내 눈 빛깔이 같은 것을 보자 그 여자가 더 두렵게 느껴졌다. 순간 느낄 수 없었던 공포가 되살아났다.

적신호(赤信號)!

전투에 익숙해져 있던 나에게까지 카나의 존재가 너무나 위험 하다고 신호가 오고 있었다. 아니다. 이 여자의 존재는 언제나 나 에게 적신호를 보낸다.

"왜, 너도 나에게 덤비려고 하는 거니? 좋아, 받아주지. 가정교육 이라고 생각해."

"빌어먹을!"

거짓이 아니었다. 그 여자를 만나면 등줄기에 땀이 흐른다. 저 여자가 지금 보여준 행동—헬을 그냥 찢어 죽인 그 모습—이 뇌리에 인상 깊게 남아 있었던 것이다.

"카랑!"

검끼리 부딪치는 소리가 크게 울려 퍼졌다. 내 앞에 있던 카나의 모습이 없다! 검과 검의 불꽃이 튀는 곳은 바로 머리 위쪽이었다. 검은 날개를 퍼덕이며 두 마리의 까마귀가 카나를 습격한 것이었다.

"어리석은 애꾸!"

카나의 붉은 입술에서 비웃음이 터져 나왔다. 그 손 안에는 적(赤) 날의 검이 들려 있었다. 그 여자가 가볍게 들 정도의 긴 검이었지만 미드가르드처럼 얇고 긴 검이 아니라 투박한 면이 있는 검이었다.

그 검이 자른 것은 유민의 한쪽 날개였다. 매끄러운 움직임은 밸더와 거의 맞먹는, 아니, 그 이상이었다. 그녀의 검술은 정말 뛰어났다. 움직임과 함께 유민의 몸이 고깃덩어리처럼 나동그라졌다.

오스키가 그런 카나를 노려보고 있었다. 유넬이 그의 뒤에서 엄호를 해주고 있었다. 오스키의 양손에 두 개의 흰 날의 장검이 빛나고 있다.

"좋아, 다 함께 덤비겠다는 건가? 전부 신사라고 할 수 없잖아, 연약한 여자에게 검을 대다니."

정말 코웃음밖에 안 나오는군. 네가 연약한 여자면 유약한 여자는 이 세상에 존재하지도 않으리라! 나는 솔직한 심정을 가슴에 담은 채 손톱을 세웠다. 이길 수 없는 싸움을 하는 데는 익숙하지 않지만 저 애꾸 얼간이가 있다면 가능할지도 모른다.

나는 그것을 믿고 손톱을 최대한 내민 채 그 여자를 향해 겨누었다. 검을 가진 상대에게 가까이 다가가기는 힘들다. 특히 저렇게 빠른 스피드를 자랑하는 상대에게 선불리 덤볐다가는 오히려 내 쪽에서 큰코다치는 수가 있다는 것을 나도 잘 안다.

하지만 오스키가 공격하는 틈을 타면 기회는 있을 것이다.

방어와 공격을 함께 병행한다는 것은 쉽지 않은 데다가 동시에 주위를 섬세하게 기울이기는 힘든 법이다. 아무리 싸움 기계와 같은 밸더도 그런 때만은 빈틈이 있었다. 아마 카나에게도 그러한 허점이 존재하리라고 나는 믿는다.

오스키가 양손에 검을 쥐고 카나를 노렸다. 가볍게 서서 검을 겨누는 카나와는 다른 양상이었다. 여자들의 싸움이라면 대부분 스피드에 중점을 두기 마련인데 저 여잔 그게 아니었다. 마치 상대의 움직임을 꿰뚫듯 붉은 눈의 시선을 오스키와 나에게서 떼지 않았다.

오스키가 움직였다. 카나의 검이 그곳으로 향했을 때, 나도 그 여자에게 달려들었다.

카나의 검이 오스키를 향했다.

나는 그때를 노리고 그 여자의 뒤쪽을 노렸다!

카나의 검이 오스키의 검과 맞부딪치는 그 순간!

어라?

빠각!

갑자기 눈에 불이 번쩍했다. 뭔가 강한 것이 턱을 강타해서 그대로 나가떨어져 버린 것이다. 젠장할, 나무에 부딪히는 바람에 그만 늑골이 나가는 줄 알았네.

부딪친 곳은 다름 아닌 카나의 팔 뒤꿈치. 마치 쇠라도 달아놓은 듯 강한 것을 보니 미리 전투 대비를 해둔 듯했다.

"어머나, 곤란해. 내가 설마 겨우 두세 사람 정도를 상대 못한다고 생각한 건 아니겠지?"

그와 동시에 검이 오스키의 오른쪽 어깨를 갈랐다. 오스키도 상당한 실력의 소유자였지만 뭐랄까, 카나는 레벨부터가 달랐다. 밸더가 싸움 기계와 같았다면 카나는 천부적인 실력자라고 해야 옳았다. 빌어먹을, 저런 여자가 날 낳았다니!

비릿한 피 냄새와 함께 입가에서 피가 흘러내렸다. 젠장할. 나는 다시 벌떡 일어나 그 여자가 공격하는 것을 막기 위해 자세를 낮추었다. 아니나 다를까!

카나의 검은 곧 나의 목을 향해 달려들었고, 나는 오른팔로 그것을 막을 수밖에 없었다.

그 뒤로 공격하는 오스키에게 핑글 돌아 상해를 가한 것도 카나가 미리 짐작한 대로 나와 애꾸 놈이 행동하고 있었던 것을 짐작할 만한 일이었다.

"아직도 어리군, 어려……."

카나는 고개를 절레절레 흔들며 검으로 내 몸을 밀어 쳐냈다. 그 때문에 난 다시 나동그라지고 말았다.

"겨우 그 실력 가지고 깝죽거리다니… 너무 실력이 없잖아?"

손에 묻은 피를 깔짝거리며 카나의 구둣발이 아까 부딪쳐서 얼얼한 등을 짓밟았다. 물론 엄청 아팠지만 그 여자 좋으라고 소리를 지르거나 하고 싶지는 않아서 일부러 어금니를 꽉 깨물고 참았다.

"재미없어라. 겨우 이 정도의 녀석이 바로 '그것'이라니……."

카나는 적 날의 검을 한 손으로 팽글 돌리면서 가볍게 말했다. 요염한 몸놀림에는 여전히 틈이 없었고, 멍청하게 달려든 오스키도 한 방에 나가떨어질 만했다. 유넬이 오스키를 받아주지 않았다면 그놈도 갈비뼈 하나쯤은 나갔을 것이다.

"자, 그럼 심장을 도려내 줄까 아니면… 하긴 이대로 죽이면 재미없긴 하지. 아마 로키가 질색을 할 테니."

카나는 다소 장난스러운 말투였지만 로키의 말투와는 다른 살기가 느껴지는 말투다. 나는 그 여자의 목소리를 들을 때마다 등골이 오싹해지는 것을 느낀다.

탕ㅡ!

"카나님!"

이것은 건음(音)이었다.

푸드덕ㅡ

새들이 정적을 깨고 날아가는 소리도 들려왔다. 그와 동시에 푸른 머리의 네이뮤가 카나의 이름을 불렀다. 때가 되었다는 건가?!

카나는 구둣발을 내게서 내리며 허리에 손을 얹고 혀를 끌끌 찼다.

"아, 정말 재미있었는데, 아쉽네."

그 여자가 내게 열 뻗치는 소리를 해댔다. 그리곤 확 돌아서서 또각또각 발자국 소리를 내며 네이뮤가 있는 곳으로 걸어나갔다. 나는 그 여자의 발이 떨어지기가 무섭게 벌떡 일어났지만 옆구리가 너무 아팠다. 하지만 주의를 기울여야 했기 때문에 아파하고 있을 여력이 없었다.

내가 힘겹게 몸을 일으켰지만 카나도, 네이뮤도 나에 대해서 크게 신경 쓰지는 않았다.

"카티스?!"

베리우스의 목소리였다. 베리우스는 카나와 함께 있던 나를 찾아냈던 것이다. 저 얼간이 같은 놈이 어떻게 이곳에 왔는지 모르겠지만 아무튼 나와 오스키를 찾아낸 것 같았다.

그러나 카나는 그대로 베리우스를 스쳐 지나가 버렸다. 카나가 베리우스에게 시선 한번 주지 않았지만 베리우스는 마치 몸이 얼어붙은 것처럼 딱딱해져서 움직일 수 없었다.

카나는 마치 나를 가지고 노는 것 같았다. 그런 무시무시한 힘이 손안에 있으면서, 벌레를 죽이는 것처럼 쉽게 나를 죽일 수 있으면서도 마치 봐준다는 듯이 빙긋 미소를 짓고 있다. 그렇다. 저 여자는 우리를 정말로 봐주고 있는 것이다.

"알면 됐어, 카티스."

그 여자는 내 표정만으로 생각을 읽었던지 붉은 입술의 입꼬리를 올리며 조소했다. 빌어먹을, 저 여자.

"그 남자의 부탁이 아니었다면 너 같은 것은 이미 죽여 버렸을 거야."

그 남자?

카나는 무슨 말을 하고 싶었던 것일까. 그 남자라는 것은 누구를 의미하는 걸까. 내가 망연히 서 있는 사이에 그 여자의 모습은 홀연히 사라졌다. 의문을 풀 기회는 이제 영영 없을지도 모른다. 하지만 다음에 또 만날 수 있을 만한 여자라는 생각이 들었다.

"뭐지, 저 여잔?"

베리우스의 흥분은 베리우스가 들고 있는 검인 자이비엘에게까지 떨림의 형태로 전해졌다.

"굉장히… 강해 보였어."

그 흥분을 가라앉히는 데는 베리우스도 나도 오스키도 꽤 시간이 흘러서야 가능했다. 나는 차마 녀석에게 왜 이곳에 있는지도 물어보지 못했고, 녀석도 잠시 멍하니 서 있었다.

그 모든 상황은 시리스가 도착하고 난 후에야 비로소 진행되기 시작했다.

건음이 난 것은 시리스의 일파가 개조 인간들을 향해 포격을 시작했다는 사실이기도 했다. 시리스가 내가 있는 곳에 그렇게 빨리 올 수 있었던 것은 그녀의 지지자들이 성에 있었던 덕이기도 했고, 아크와 아뉴 덕이기도 했다고 들었다. 불사의 왕이라는 놈이 든든한 후원자가 되어 있으니 피라미 같은 녀석들을 상대하는 것은 쉬운 일이었을 것이다.

내가 있는 곳으로 온 사람들 중에는 시리스도 있었다. 시리스는 상처 입은 나를 발견하고는 치료반에게 부탁해서 나를 치료하도록 했다.

"괜찮아요? 많이 다친 것 같아요."

시리스가 내가 다친 것을 깨닫고 그렇게 물었지만 그다지 대답하고 싶은 기분이 아니었다. 그때 카나에게 상처 입었던 오스키도 묵묵하게 유넬의 치료를 받고 있는 것 같았다.

시리스가 대동하고 온 사람의 숫자는 생각보다 많았다. 그들은 대부분 무기를 들고 있었다. 모두 정규 훈련을 받은 군인들은 아니었지만 나름대로의 신념을 가지고 시리스를 따라 무기를 든 것이다.

아마도 그들은 알타크나의 백성들이겠지.

세계수 이그드라실이 뿌리내린 이후 공포에 떨고만 있을 그들이 아니었다. 그들은 직접 일어섰고, 시리스나 리프의 의지로 여기까지 왔던 것이다.

나는 쓴웃음을 지으면서 상처를 감싸 쥐었다. 이런 상처는 곧 나을 것이다.

나는 되도록 빨리 이그드라실의 정체가 알고 싶었다. 예전에는 관심조차 없었던 그것에 대한 진실을 나는 갈구하고 있었다. 그런 나를 시리스가 내려다보고 있었다. 사람들은 좀 더 알타크나의 성 깊숙한 곳으로 침입하기 위해 연구했다. 그래서 그런지 빛은 끊임없이 어두웠던 성안을 비추고 있었다.

"누님, 이제부터는 위험할 것 같아요. 누님만은 마을로 돌아가 계시는 것이 좋겠어요."

을씨년스러운 분위기 때문에 리프는 시리스가 걱정되었던 것 같다.

그들이 적진이라고 할 수 있는 곳까지 들어왔지만 은근히 조용한 편이어서 좀 더 음산한 분위기가 고조되는 느낌이다. 앞으로의 일을 알 수 없기 때문에 그가 그렇게 주의를 기울이는 것도 당연한 것이었다.

"난 괜찮아, 리프."

"하지만 누님에게 무슨 일이 생기면……?!"

"괜찮아. 만일 그런 일이 있다고 해도 너도 있고, 아직 어리지만 동생인 베므도 있잖니? 그러니까 걱정할 필요는 없어."

시리스는 리프의 말대로 피해 있을 생각은 없었다. 시리스는 언제나 엉뚱한 성격이었지만 그렇다고 도망가지는 않는 성격이었다. 그녀는 리프에게 부드러운 눈길을 보내고 있다.

"하지만……."

"난 내 눈으로 직접 보고 싶어."

시리스의 눈이 어둠 속에서 빛나고 있었다. 리프는 그런 시리스를 부러운 듯이 바라보았다.

이제 멀지 않은 곳에 알타크나의 성이 보인다.

검은 하늘 아래의 성은 칙칙한 분위기의 하늘과 너무도 잘 어울렸다. 그 하늘 아래 검은 뿌리와 줄기와 그루터기는 그 그로테스크한 분위기를 한층 더 살려주는 듯했다. 그리고 아무것도 들리지 않는 고요한 적막, 마치 폭풍 전야와 같은 그 시간이 터질 듯이 긴장되는 분위기가 전체적으로 성을 감싸고 있었다.

"일단은 우리들이 포위를 한 상태지만, 아직은 이 상황을 예측하기 힘들어. 저들에게는 세계수 이그드라실이 있으니까."

지금까지 시리스도 나름대로 준비를 해온 듯했다. 그녀는 어떤 것을 생각하면서 이날을 준비해 왔을까. 심각한 생각을 하자 약간 갈비뼈 있는 곳이 아팠지만 참을 만했다.

"이미르는……."

시리스가 나에게 그녀의 일을 물었지만 나는 대답하지 않았다. 그녀가 이제 내 곁에 없다는 것을 시리스도 알고 있을 터였다. 시리스와 이미르는 서로 알고 있는 사이였으며, 처음 만났을 때 시리스는 나에게 마법사가 있는 곳을 알고 있으니 나를 그곳으로 인도해 주겠다고 했었다. 그런 것으로 보아 시리스는 이미르의 위치와 역할에 대해서 잘 알고 있었던 것 같다. 시리스와 이미르는 친구라고 할 수 있었던 걸까. 둘은 묘하게 닮았으면서도 달랐다. 그녀는 한숨을 쉬고는 입을 열었다.

"그녀는 이그드라실에 종속된 몸이에요. 어머니가 로키에게 묶여 있듯이 그녀는 이그드라실에 묶여 있죠. 돌아올 수 없었을 거예요."

나에게 하는 말이었지만 혼잣말이라도 하는 것 같았다. 나는 상관없다는 투로 다른 먼 곳을 바라보았지만 사실은 시리스의 말을 전부 듣고 있었다.

그 이그드라실의 존재가 궁금하다는 생각이 든 계기는 이미르 때문이었다. 나는 치료를 끝내고 그 검은 가지를 사방으로 뻗고 있는 이그드라실을 눈 안에 둔다. 이그드라실의 기둥은 웅장하다고 생각될 정도로 크고 곧았다.

"아아, 재미없어라. 이렇게 수월하게 들어가게 해두다니. 바르하시온과 로키는 이그드라실의 완성이 코앞이라서 정신이 없는 모양이지?"

내 옆에서 하품을 쩌억 해대는 것은 다름 아닌 불사의 왕 아크였다. 아뉴는 그런 아크가 불안한 듯이 왔다 갔다 발을 제자리에 둘 줄 모르고 있었지만 아크는 지루하다는 표정이 역력했다.

"아직 두고 볼 일입니다."

"아마 그렇겠지만……."

아뉴는 아크의 말에 더 이상 토를 달지 못했다. 아크의 변덕을 잘 알고 있었기 때문이다. 아마 저런 불사의 왕 아크의 힘이 아니었다면 저들이 이곳까지 오는 것도 힘들었을 것이다. 아크의 말을 들으면서 리프는 나무 그루터기에 앉아 건을 손질했다. 곧 벌어질지도 모르는 전투에 대비하기 위해서였다. 그는 총을 손질하면서 아크에게 대꾸했다.

"아마 로키는 이렇게 될 줄 알고 있었을 테니까요."

로키는 지략가 스타일의 남자였다. 게다가 카나도 그에 못지 않다. 그런 그들이 시리스의 생각을 꿰뚫지 못했을 리가 없다. 그렇다면 로키가 그만큼 세계수 이그드라실에 대해서 자신감을 가지고 있다는 이야기일 텐데, 나무 아래 앉아 묵묵히 유넬에게 상처

치료를 받고 있는 오스키의 무뚝뚝한 얼굴을 보니 안심이 되지 않았다.

하지만 이미르도 세계수 이그드라실이 뿌리를 뻗었던 그곳에 있겠지. 그리고 미드가르드 녀석도 있을 것이다. 로키가 무얼 꾸미고 있는지는 잘 모르지만 저 세계수와 나는 관계가 있을 것이다.

"리프님, 시리스님, 로나릴 공께서 도착하셨습니다."

멀리서 한 남자가 시리스에게 손짓했다. 시리스는 나에게서 시선을 멀리하고 그곳을 바라본다.

"로나릴?"

나는 묘한 기분에 고개를 까딱였다. 로나릴이라면 수다쟁이 그 노예 자식이 아니던가? 나한테 주인님, 주인님하고 쫓아다니며 나불거리던 꼬마!

"카티스, 로나릴 공을 아시나요?"

시리스의 물음에 나는 얼굴을 찡그렸다. 로나릴 공이라고? 그 수다쟁이 나불이라면 알고 있지만 그 꼬마가 그 공이라고 불릴 정도라고는 생각하기 힘들었다.

"로나릴 공은 외국에서 저희를 도와주고 계신 분 가운데 한 사람이에요. 아, 저기 마침 오시네요."

왜 외부의 인간이 이곳에 끼어들었는지는 모르겠지만 로나릴은 세렌이 있는 나라의 엘 공작인지 하는 녀석의 배다른 형제였던 기억이 난다. 다른 건 잘 기억나지 않지만 그곳에 사이린이라는 여자 패러딘이 있었다는 건 확실히 기억났다.

마치 확인이라도 해주려는 듯이 마침 사이린의 모습이 보였다. 붉은 머리카락의 여전사는 예전보다 약간 나이 먹은 모습이었다. 그리고 검은 살결의 미노르 족의 소년, 아니, 거의 청년에 가까운 로나릴을 보좌하고 있었다. 동안(童顔)이기 때문에 아직은 나보다 어려 보였지만, 키도 꽤 컸고 적당히 근육도 붙은 마른 체격의 남자가 되어 있었다. 저게 그 울보에 나불이였던 로나릴이란 말인가! 붉은 머리의 사이린은 확실하다는 생각이 들었다. 다른 사람보다는 살갗이 검은 걸 보면 로나릴이 맞는 것 같은데, 역시 확신이 서지 않는다.

"주, 주인님?"

다행스럽게도 내가 잘못 보기 전에 로나릴 쪽에서 물론 먼저 나를 알아보았다. 나는 머리카락을 자른 것만을 제외하고는 많이 바뀌지 않았으니 로나릴이 나를 알아보는 것은 어렵지 않았을 것이다.

로나릴은 금색 머리카락을 찰랑이며 내 쪽으로 달려왔다. 남자가 달려와서 답삭 안기는 것은 딱 질색이기 때문에 내가 비켜서는 바람에 그 녀석이 의도에서 벗어나 한쪽 구석에 처박히기는 했지만. 로나릴은 내가 자신의 포옹을 피했던 것에 당황했던지 머리를 긁적이다가 다시 얼굴을 붉혔다.

"정말로 오랜만이에요!"

그때는 꼬맹이라고 생각했었지만 그동안의 시간은 반 미노르족 꼬맹이를 가만히 놔두지 않았다. 타고난 검은 살결은 여전했지만 팔과 다리는 더 굵어졌고 키도 컸다. 목소리도 이젠 여자 아이처럼 톤이 높지 않고 명백히 남성의 것이었다.

"보고 싶었어요. 하지만 주인님의 소식을 알 길이 없어서 만날 수 없는 것에 얼마나 애가 탔는데요. 그동안 저는 이것저것으로 바쁜 것도 많고 배울 것도 많은 데다가… 케시아 형님은 그런 것엔 관심이 없으셔서 엘 형님의 뒤를 잇기 위해 얼마나 노력을 해야 했는지 모를 거예요. 게다가 세레스틸 왕녀님의 말이 없었다면 이곳에 오지도 않았을 거라고요. 이렇게라도 만날 수 있게 되어서 다행이에요! 그런데 준 누나는 어디 계세요?"

이 자식아, 그렇게 많이 말을 해대면 나는 언제 말하라는 거냐? 모습에 비해서 저 나불거리는 성격만은 전혀 바뀌지 않았군. 모습이 바뀌었으면 나잇값을 좀 해라.

"로나릴님, 체통을 지키셔야죠."

그동안 세월이 흐른 것을 감출 수 없는 것 같지만 사이린은 여전히 뛰어난 몸매와 붉고 탐스러운 머리카락을 자랑하고 있었다. 무거운 갑옷이 어색하지 않고 어울려 보인다.

"아, 알겠습니다, 나이트 사이린."

로나릴 녀석도 꽤나 멋들어졌군. 저 녀석, 노예 자식으로서 헨리 노예 시장에서 팔리던 때가 엊그저께인 것 같은데 역시 인간들의 시간은 정처없이 흐르는 것 같다. 라그나인 나의 시간과 인간의 시간은 너무나 다르게 흘러간단 말인가.

"하지만 정말 오랜만이라고요, 엉엉."

잠시간 근엄하던 표정도 온데간데없이 사라져 버린 채 눈물을 글썽이면서 로나릴은 나를 반기고 있었다. 하지만 난 놈을 돌봐주고 싶은 마음은 추호도 없었다. 카나에게 당한 곳이 쑤시고 상태가 좋지 않았으며 남자는 취미에 없기 때문이다. 억지로라도 일어나서 싸우라면 싸울 수 있기는 하지만 그래도 통증은 온몸의 신경을 마비시킬 정도로 엄습해 올 것이다. 젠장할, 그 여자에게 그 정도로 깨지다니. 순수한 가넬 족이라는 것은 그처럼 대단한 힘을 가지고 있었던가. 생각해 보니 카나는 나와는 달리 순수한 가넬 족이었지.

"이제 준비는 된 거야?"

아크가 하품을 쩌억 해대면서 시리스에게 물었다. 시리스는 씁쓸히 웃으면서 고개를 끄덕였다.

"지겹군. 이렇게 뜸 들이지 말고 그냥 다 쓸어버리면 좋을 텐데."

"아크님, 이곳에서 그런 이야기를 하고 계실 때가 아닙니다. 어서 돌아가 보셔야……."

아뉴는 간곡하게 아크에게 권하지만 변덕쟁이 아크가 그걸 들을 리가 만무했다.

"마지막을 보고 가는 것도 즐겁잖아?"

저 녀석 골통도 언제 한번 뜯어보고 싶다. 아뉴도 한숨을 한번 내쉰 후 더 이상 대꾸없이 입을 다물었다.

"이제 시간은 거의 됐어. 이그드라실은 두 번째 피를 손에 넣었을 거야."

아크가 시리스에게 말하자 시리스와 리프의 얼굴에는 좀 더 긴장이 흘렀다. 나는 영문도 모르는 채 고개를 갸웃거렸다.

"내가 알타크나의 성에 있을 때 이그드라실은, 정확히는 잘 모르겠지만 세 가지 피가 그것을 깨우는 열쇠가 된다고 들었어요. 마검 이그드라실의 완성은 모든 것의 파멸이라고 리프 황자께서 세레스틸 왕녀님께 말씀해 주셨지요."

로나릴은 묻지도 않았는데 나불거리기 시작했다. 예전에도 그랬지만 녀석이 중얼거리면 상황 판단은 하기 쉽지만 참 귀찮기도 해 머리가 지끈거리기 시작한다. 세렌 이야기가 오랜만에 나와서 반가운 느낌이 들긴 했다.

"어리석잖아. 그럴 바엔 차라리 마검의 완성이라는 거, 그 이전부터 했으면 되잖아."

"그렇기 때문에 많은 마검을 모아왔던 거죠. 모든 마검의 힘을 모으라는 것이 바르하시온의 명령이었어요."

내 질문에 시리스가 로나릴의 말을 덧붙였다.

모든 마검의 힘을 모아서 그것을 세계수 이그드라실이라는 인공 마검의 힘에 덧붙이는 것이다. 그렇게 모인 힘을 최대한 증폭시키기 위해서 필요한 것은 세 가지 종족의 열쇠였던 것이다.

"세 개의 열쇠는 아마도……."

"인간, 라그나, 아시르의 피."

아크가 시리스의 말에 이어 중얼거렸다. 세 가지 열쇠가 이그드라실을 열 수 있다는 건가.

그렇다면 이그드라실의 형제들이라고 불리는 그 만들어진 마검은 뭐지? 카나가 가지고 있던 요툰하임이나 로키의 아스가르드, 미드가르드와 니블하임은 대체 뭘까.

"뭐, 자세히는 모르지만 확실한 것은 이래요. 세계수 이그드라실은 마검의 힘을 이은 것이죠. 지상에 있던 모든 마검의 힘을 하나로 하고자 해서 바르하시온이 만든 것이 바로 그 세계수 이그드라실이에요. 아마도 그 힘으로 무언가를 원하고 있겠죠. 세계수 이그드라실, 즉 인간, 아시르, 라그나, 그 어디에도 속하지 않는 마검의 힘을 이은 그것은 세계에 존재하기 위해 그들의 피를 필요로 하고 있는 거예요."

시리스가 자신이 내린 결론을 말했다. 이 여자도 꽤 오랫동안 고민해 온 것이리라.

"이미르는 오래전부터 알타크나의 성에서 자라왔어요. 무엇을 의미하는지 카티스, 당신은 알고 있겠죠?"

"너의 모든 것을 빼앗아주겠어!"

바람 소리와 함께 미드가르드의 목소리가 들리는 것 같았다.

그래, 그랬구나.

이미르는 원래 이그드라실의 열쇠가 되는 피를 뿌리기 위해서, 죽기 위해 자라온 마법사였던 것이로군. 그러니까 미드가르드, 그 녀석이 의기양양하게 그렇게 말했던 것이다. 이미르가 나의 소중한 것이라고 생각해서! 게다가 원래 죽이기 위해 만들어졌으니까 확신할 수 있었던 것이다. 시리스는 이미르가 죽을지도 모른다고 말하고 있었다.

그 바보 같은 계집애, 정말로 죽을 것을 생각하고 그곳으로 향했다는 건가.

"이그드라실을 없앨 수 있는 것은 단 하나뿐이에요."

시리스가 내 생각을 읽었는지 내 눈을 직시하고 말했다. 내가 패닉 상태에서 헤어 나오지 못하는 것을 잘 알고 있었던 것 같다.

"하지만 이그드라실이 완성되면?"

내 질문에 시리스는 고개를 저었다. 잘 알 수 없다는 반응이었다. 표정을 보아하니 이그드라실의 완성은 결국 좋지 않은 결과를 부르게 되리라는 것을 확신하고 있는 것 같았다. 그것은 이미르뿐 아니라 로나릴, 리프, 그리고 다른 사람들에게서도 뚜렷이 얼굴에 드러나고 있었다.

만일 그렇게 되면 아무런 방법이 없다고 할 수 있는 건가.

그중에서도 특히나 얼굴에 드러나는 것은 오스키였다. 그 남자는 노골적으로 싫은 표정을 지었다. 함께 있던 유넬은 표정을 거의 변화시키지 않았지만.

나는 휴— 한숨을 쉬었다. 젠장할 계집애, 그대로 가버리더니 결국 죽으러 갔단 말이냐?

"마건은?"

나에게는 강한 척을 하면서 나에게 죽여달라고 했던 것은 어떻게 된 걸까. 본래부터 죽기 위해서 키워졌던 거라면 대체 왜 나더러 자신을 죽여달라고 말한 걸까, 그 망할 계집애는! 나는 애써 태연한 척하면서 마건이라는 것에 대한 의문을 풀어놓았다.

"아아, 그건 아마도 그분이 가져다 주시겠지요. 선택을 하는 것은 바로 그분일 테니까요."

시리스의 말에 나는 의아한 듯 고개를 갸웃했다. 모든 것은 에즈 마음대로라는 건가?

에즈, 그 녀석이라면 그럴 만하다고 생각하고 있었다. 모든 것은 자기 내키는 대로 마음대로 행동했고, 되도록 방관하고 멀리서 바라보는 것에 익숙한 녀석이라고 나는 그 녀석을 판단했었다. 내가 녀석에 대한 판단을 제대로 했는지는 잘 모르겠다. 그 녀석의 관점과 나의 관점에는 큰 차이가 있을 테니까.

아마 녀석은 자신의 손으로 그것을 건네주고 싶었겠지. 최초의 마검 무스펠하임과 함께 마검의 종말을 그 눈으로 확인하고 싶었을 테니까.

이미 공작이 된 로나릴은 알타크나의 성까지 따라오지는 않았다. 그는 본래 세렌의 명으로 물자와 인력을 조달하기 위해 온 것이지 직접 싸울 필요는 없었다. 아니, 로나릴에게 그런 전투력이 있을 리도 없었다. 세레스틸에 대한 이야기를 들은 리프 녀석은 쓸쓸한 표정을 지었다. 리프와 세레스틸과는 친구 사이였던가, 아니면 애인? 세레스틸이 사랑하고 있던 남자가 바로 이 리프일까. 나는 세레스틸을 기억해 내면서 쓴웃음을 지우지 못했다.

로나릴이 굉장한 수다를 계속하고 싶어했지만, 나는 절대로 그것을 들어주지 않고 출발했다. 그러한 행로를 불사의 왕은 아뉴에게 부득부득 따라가겠다고 우겨서 함께 가는 것 같았지만 그다지 도와주고 싶어하는 것은 아니었다. 오히려 아크가 소풍 가는 느낌으로 랄라거리며 앞장서는 것을 보면 다른 놈들도 다 긴장감이 떨어질 것이다.

"그대로 걸어도 괜찮아요?"

"괜찮아."

옆구리가 쑤셔오긴 했지만 그래도 그대로 꺾일 내가 아니다. 원래 상처 회복은 빠른 편이고, 일단 내가 어긋난 뼈는 맞추어두었기 때문에 걷는 데도 무리가 없고 곧 나을 것이다.

이건 내 생각인데, 그냥 단순한 우연일지 모르지만 이곳에 온 후 나의 자기 회복 능력은 더욱 강해진 것 같았다.

시리스는 직접 전선에 뛰어들 만한 힘은 없는 것 같았지만 걸을 손에 들고 있었다. 리프와 마찬가지로 선두에 서고 있었고, 나는 그녀의 옆에 섰다. 함께 가고 싶은 생각은 없었지만 그녀라면 이 그드라실에 대해서 많은 것을 알려줄 것이라는 생각이 들었기 때문이다.

검고 큰 나무, 저것이 나의 흥미를 계속 유발하고 있었다.

세계의 하늘을 뒤덮을 정도로 높아 그 끝을 알 수 없고, 세계에 암흑이라는 바람을 내리깔고 있는 그것은 나의 눈에도 매혹적으로 비쳐질 정도였다.

얼마나 걸었을까. 가지들 사이로 걸어나가 성까지 가는 데는 꽤나 오랜 시간이 걸렸다. 같은 거리라도 암흑 속에서 길을 찾으며 나무뿌리 사이를 기어가는 데 더 많은 시간이 걸리는 것은 당연한 이치였다.

"이제 조금 재미있어지겠군."

아크가 빙그레 웃으면서 허리에 오른손을 가져다 댄다.

갑자기 나 역시 긴장이 감돌았다. 성벽에서 멀지 않은 곳에 은빛의 그림자가 있기 때문이었다.

탕!

마건의 소리가 공기를 강하게 울렸다.

그러나 그것도 무용지물, 검은 나뭇가지는 점점 더 검은 하늘을 우중충하게 만들 뿐이었다. 단지 눈앞에는 검은 그림자, 장신의 사내가 앞에 서 있었다.

"알타크나의 성에 온 것을 환영한다."

증오와 복수의 눈길, 그리고 주위에는 라스트 보스 전이라는 말에 걸맞은 조무래기 마수들이 잔뜩 깔려 있었다. 바르하시온에 의해 개조된 인간들의 모습이 보이기도 했고 푸르딩딩한 피부를 가진 합성 인간도 있었다.

카나가 일렀기 때문에 몸소 온 것인가, 저 로키 녀석?

아니면 증오에 불타는 눈으로 나와 오스키가 오기를 기다려 온 것인가.

"이그드라실의 완성을 축하해 주러 왔다면 진심으로 환영하겠다."

로키의 말에 오스키가 얼굴을 찌푸렸다. 베리우스 녀석은 싸울 준비를 위해 검을 집어 들었다. 곧 이어 싸움이라고 할 만한 것이 시작되었다.

싸움이 시작되어 로키의 마수들과 라그나들과 인간들은 뒤엉켜 삶과 죽음이라는 갈림길에 섰다. 어둠의 세계인 라그나즈에 산다는 이유만으로 어둠의 생물이라고 정의되어진 라그나의 힘은 어둠 속에서 더 막강한 힘을 자랑하고 있었다.

나도 혀를 쓸어 내리면서 그것들과 맞붙을 준비를 하고 있었다. 저들을 돌파하지 않는 한 나는 세계수 이그드라실이 있는 곳, 미드가르드와 이미르가 있는 곳으로 갈 수 없었다.

그러나 나의 조급함을 막은 것은 시리스였다.

"카티스, 할 말이 있어요."

"뭐야?"

나는 조금이라도 빨리 나가야 한다는 생각을 가지고 있었다. 이미르, 그 마법사가 무슨 일을 벌일지 모른다는 생각 때문에 약간은 초조해져 있었다. 나에게 죽여달라고 했으면서, 자기 발로 죽기 위해서 가는 것은 무슨 생각이란 말이냐. 나는 이미르를 용서할 수 없었다.

그런 마음을 마치 알고 있는 양 시리스가 나를 진정시켜 주었다. 그녀는 부드러운 눈길로 나를 바라보고 있었다.

"질문이 있어요."

"······?"

"사카디은과 함께 있을 때는 행복했나요?"

시리스의 갑작스러운 질문에 나는 의아한 표정을 감추지 못했다. 그런 질문을 받는 것은 처음이었고, 초조함과 조급함을 느끼는 이 순간에 너무나 엉뚱한 질문이었던 것이다.

"행복했나요?"

시리스는 다시 한 번 되물었다. 그녀는 대답을 요구하고 있었다.

"글쎄……."

나는 볼을 긁적였다.

젠장, 내 생애 이렇게 어려운 질문받는 것도 처음이네.

"자유로워지세요. 그게 바로 사카디온이 전하는 말이에요."

시리스가 그렇게 말했을 때, 나도 비로소 사카디온이 나에게 마지막으로 했던 말이 기억났다. 그는 나에게 자유로워지라고 말했다. 죽어가면서도 나를 향한 시선을 끊지 않은 채 그는 그렇게 말했던 것이다.

그리고 나는 어떻게 했더라?

그 녀석이 죽은 후, 카나가 그를 죽인 후, 그리고 그 여자가 그 살을 먹어버리는 것을 본 후, 어떻게 그곳에서 필사적으로 빠져나올 수 있었던 걸까.

오래된 일이어서 그런지, 아니면 의도적으로 잊어버렸던 것인지 잘 기억이 나지 않았다. 머리가 아파왔다. 기억이 잘못 맞추어진 퍼즐처럼 어긋나 있었다.

속이 울렁거렸다. 이그드라실의 존재가 크게 느껴졌고, 땅이 울리는 것 같았다. 피, 피를 갈구하고 있었다. 그래서 나는 그때 어떻게 했었지?

"카티스?"

시리스는 그 난리통에서 망연히 서 있는 나의 이름을 몇 번이고 불렀다.

제길, 이그드라실이라는 존재가 존재하고 있을 때부터 나의 기억의 퍼즐은 어긋나 있었다. 불안과 초조함, 평소 때의 나와는 달랐다.

"크으……."

"자유로워져야 한다……."

그렇게 그는 말했다. 벽안의 눈동자를 나에게 향한 채, 겁에 질린 나를 보고 그렇게 말했다.

"마음을 강하게 먹어요. 아직, 아직 끝나지 않았으니까!"

시리스의 목소리가 이미르의 목소리처럼 들렸다. 나는 그녀의 말대로 약해져 있었다. 강하게 마음먹어야만 했다. 지금 나의 몸의 회복력은 빨라져 있었고 더 이상 피를 갈구하지도 않았지만, 이상하게도 심적으로는 나약해져 있었고 혼란스러웠다. 그것이 이질리스의 죽음 이후부터인지, 아니면 사카디은의 죽음부터인지조차 알기 힘들었다.

"당신은 먼저 가요. 이곳은 저희들에게 맡겨두세요."

시리스가 장검을 나에게 넘겨주었다. 내가 줄곧 무기가 없는 것이 마음에 걸렸던 모양이다.

"이미르는 기다리고 있을 거예요. 100년 전부터 쭉 당신을 기다리고 있었어요."

나는 발걸음을 옮겼다. 저 로키가 있는 뒤편에는 알타크나의 성이 있다. 그리고 그 뒤에는 거대하다고밖에는 달리 표현할 말이 없는 이그드라실이 존재하고 있다.

이그드라실의 잔가지들 사이로 검은 날개가 날아들었다. 그것은 유넬과 상처 입은 유민이었다. 오스키도 나와 같은 곳을 향하고 있었던 것이다!

오스키는 내 옆을 나란히 달리고 있었다.

"너도 이제는 깨닫겠지?"

"뭐?"

나는 오스키에게 대꾸했다. 오스키는 안대에 가려지지 않은 한쪽 눈썹을 치켜떴다. 그 녀석의 발걸음이 멈추었다. 동시에 나의 발걸음도 함께 멈췄다. 나와 오스키의 앞을 가로막은 것은 은흑발의 남자였다.

"가면 곤란하지. 너를 위한 무대가 마련되어 있어, 오스키."

광기에 찬 목소리, 증오로 로키의 목소리는 떨리고 있었다. 오스키는 말없이 로키를 바라보고 있었다. 로키는 후후후, 음산하게 웃었다. 마치 이 순간을 기다려 왔던 것처럼.

"아직은 이르지만 가르쳐 줄까?"

그 녀석은 손바닥을 펴서 자신의 손바닥 위에 있던 작은 구슬을 던졌다 잡았다를 반복했다.

"이게 뭔지 알아?"

"라그나즈."

서슴치 않은 오스키의 답변에 로키는 떠나갈 듯하게 크게 웃었다.

그러나 곧 표정은 굳어버렸다. 웃음과 가식 따위는 버린 채 증오만이 그 얼굴에 남아 있었다. 그 증오는 로키의 푸른 눈에도 어김없이 드러났다. 가면 속에서 숨겨져 있던 열기가 뿜어 나오는 것 같았다.

"서슴없이 대답하는군. 가증스러운 바나 인."

"……."

로키는 감정이 고조되어 있었다. 오스키를 만났을 때는 참을 수 없는 모양이다. 둘 사이에 무슨 앙금이라도 있는 듯이 로키는 오스키를 용서하지 못하는 것 같았다.

"잘도 날 속여놓고 이렇게 하잘것없는 곳에 라그나들을 가둔단 말이냐? 라그나의 힘을 두려워했다는 것은 잘 알고 있어. 하지만 넌 나와 약속을 했어. 밸더의 힘을 이용해서 마검을 없애고 라그나와 아시르 인이 공존하는 새로운 세상을 만들자고 하지 않았었나? 하지만 이 결과는 뭐지? 난 그 때문에 라그나들을 배신했는데!"

"어리석은 것은 너다."

열을 올리는 로키에게 오스키는 무뚝뚝하게 대답했다. 그 말을 들은 로키는 미친 듯이 웃어버렸다.

"그래, 그렇다고 할 수도 있겠지. 계산에 두지 않은 것도 아닌데 널 믿은 날 증오하고 있을 정도다."

"……."

"난 네가 했던 것과 똑같이 너희 종족을 라그나즈와 같은 곳에 가두었어. 이게 바로 그것이지. 이미 살아남은 아시르 인은 모두 죽였다. 나의 힘으로는 역부족이었지만 바르하시온의 힘으로는 가능한 일이었지. 네가 라그나들과 펜리르를 마음대로 가두어 버린 것처럼."

"그들을 풀어줘."

오스키는 진지한 얼굴로 조용히 말했다. 애꾸 녀석은 예전에 남에게 명령하던 것이 몸에 배여 있는지 조용히 말했다. 잘은 알 수 없지만 라그나즈는 라그나들의 세계라고 알려져 있다. 하지만 저렇게 작은 구체가 라그나즈와 같은 존재란 말인가.

로키의 말로 미루어 보면 그것이 오스키가 한 짓 같은데 감이 잘 잡히지 않는다. 예전의 영상과 함께 추리해 보면 로키 녀석이 오스키에게 속아서 배신당한 일이 있었던 것 같다.

"누가 하고 싶은 말이지? 넌 내가 하는 말 따윈 듣지 않고 날 가두어 버렸어. 만일 카나를 만나지 않았다면 나 역시 그대로 너의 의도대로 되어버렸겠지."

"……."

오스키는 죄책감 때문일까, 말이 없었다. 아니, 죄책감이 아니라 되려 로키가 증오스러워서 말하지 못하는 것 같았다.

"하지만 곧 볼 수 있을 거야. 너의 모든 것이 망가지는 것을 난 기대하고 있으니까. 세계수 이그드라실은 네가 다스리던 이 세계를 망가뜨려 줄 거야! 철저하게! 봐, 하늘을 덮었잖아?"

로키는 거의 반미친 것 같았다. 어깨를 들썩이며 웃음을 참지 못하는 것 같았다. 검은 뿌리를 박은 세계수, 그리고 까맣게 변한 하늘이 마치 비라도 내릴 것처럼 콰쾅— 하고 천둥과 번개를 동반했다. 마치 로키의 마음을 대변한 것처럼 그것은 울분을 토한다.

"…넌 마치 미친 것 같군."

오스키도 나처럼 로키가 미쳤다고 생각하고 있는 것 같다.

"그래, 난 미쳐 있었어. 너와 손을 잡았을 때부터가 미친 짓이었지. 네가 라그나들에게 제약을 주었지. 마치 원래 자신들이 가장 월등했던 것처럼 우리를 깔봤어."

이미 서로의 골이 깊은 모양이로군. 로키는 증오스럽게 오스키를 바라보았다.

"자, 보아두는 것이 좋아. 네가 다스렸던 모든 것을 망가뜨려 주겠다. 네가 보는 앞에서."

콰쾅!

로키의 목소리와 함께 번개가 번쩍였다. 앞으로는 나갈 수 없도록 로키가 막고 있었고, 오스키도 긴장한 채 가만히 서 있었다. 오스키의 뒤에는 유넬이 서 있었다. 언제라도 오스키를 보좌할 생각인 것 같다.

그러던 와중에 멀지 않은 곳에서는 아비규환을 연상시키는 소리가 들려오고 있다. 인간과 라그나, 아니, 마수들의 싸움이 있었던 것이다.

만일 불사의 왕이 손을 써주었다면 그 일은 쉽게 끝났을 테지만 불사의 왕은 보는 것 이외의 관여는 하지 않았다. 단지 구경할 뿐이었다. 아뉴가 뒤에서 한심하다는 듯이 이마를 짚으며 중얼거리고 있었지만 그 역시 싸움에는 참가하지 않았다. 그들은 방관자인 것이다.

이것은 인간들의 싸움이었다.

그리고 라그나이자 아시르 인이었던 로키와 아시르 인의 최고 권력자였던 오스키의 싸움이었다.

난 그 싸움엔 그다지 관심이 없었기 때문에 일단 뒤로하고 갈 생각이었다.

내가 만나야 할 것은 그들이 아니라 이미르와 미드가르드였다.

오스키와 로키, 어느 누가 더 뛰어났나라고 한다면 그것은 오스키보단 로키 쪽이 한 수 위라고 할 수 있었다. 오스키에 대한 증오가 컸던 것이 한몫을 하고 있었던 것이다.

게다가 이그드라실의 힘이 최고로 고조되었을 때의 이그드라실의 마검은 큰 힘을 발휘하고 있었다. 오스키가 들고 있는 두 개의 검 유넬과 유민도 뛰어난 마검이었지만 이그드라실은 지금까지 존재해 왔던 마검들의 힘의 집결체였기 때문에 이길 수 있을 리가 없다.

"어때, 봉인되어 잠들어 있었던 것도 꽤 즐거웠지? 왜 너만 일부러 깨운 줄 알아? 너에게 보여주고 싶었어. 네가 다스리고 갈고 닦은 세계가 초토화되는 것을 보여주려고 일부러 깨웠다고!"

로키는 광기 어린 미소를 지으며 오스키에게 덤벼들었다. 오스키는 얼마 전에 카나에게 상처를 입었기 때문에 움직임이 둔해져 있었다. 그에 반해 로키는 찔러도 쓰러지지 않을 것 같은 강인한 생명력과 광기를 지니고 있었던 것이다.

싸움은 길지 않았다. 로키가 검의 손잡이로 오스키의 목을 쳐서 쓰러뜨리고 목에 그 은색 날의 검을 들이댄 것은 순식간의 일이라고도 할 수 있었다.

오스키는 숨을 거칠게 내쉬고 있었다. 로키는 궁지에 몰린 오스키를 증오에 가득 찬 눈으로 노려보았다. 오스키 역시 로키를 노려보고 있었다. 아시르 인의 최고의 수장 오스키가 힘없이 로키에게 묶인 셈이다. 둘 사이의 눈빛이 날카롭게 오갔다.

로키는 검을 다시 들었다. 그 녀석은 복수를 완성한다는 기쁨으로 즐거워서 견딜 수 없는 얼굴을 하고 있었다.

"걱정 마. 아직은 죽이지 않아. 넌 끝까지 지켜보아야만 해, 이 세계가 끝나는 것을. 그리고 아시르 인들이 가두어져 있는 이 세계를 철저히 뭉개주겠어! 그동안 우리 종족들이 당한 수모를 몇백 배로 갚아주지."

상처 입은 오스키를 감싸려는 듯 그의 주위로 유넬과 유민이 날아들었다. 그러나 그들도 상처투성이였다. 로키에게 덤볐기 때문에 입은 상처였다.

"그전에 손에 넣어야 할 것이 있다."

로키는 눈을 내리깔고 나를 노려보았다. 아무래도 심상치가 않군. 저런 눈으로 날 보는 것은 질색인데… 아무래도 불안하다.

"생각보다 손에 넣는 것은 간단하지."

로키는 나에게 다가왔다. 나도 시리스가 쥐어줬던 검을 들었다. 로키와는 붙어봐서 아는데, 절대로 만만한 상대는 아니다.

"이젠 봐주지 않아. 시간이 없으니까 빨리 끝내겠다."

그는 나에게 저벅저벅 걸어왔다. 유민이 그 녀석의 뒤를 노리고 뛰어들었지만 아스가르드의 칼날은 유민의 목을 쉽게 날려주었다.

유민의 목에서 피가 분수처럼 솟아올랐고, 목과 분리되어진 유민의 몸은 이내 뒤로 나뒹굴었다. 눈을 부릅뜬 목과 분리된 채 쏟아지는 목의 피는 검은 대지가 빨아들이는 것 같았다. 세계수 이그드라실의 양분이라도 된 것처럼 그것은 흡수당했다.

"무슨 말인지 모르지만 나에게 덤빈다면 받아주지."

푸른 눈을 한 저 악귀에게서 피한다는 것은 불가능하다. 이렇게 된 이상 허세를 부리면서 상대해 주는 수밖에. 나는 검을 들고 놈에게 응전했다.

"크르릉!"

짐승의 소리가 들려왔다.

"크르르릉……!"

이 소리는 잊을 수 없는 소리였다. 공기를 크게 울림과 동시에 공포로 사로잡았다. 반면 주위는 조용해졌고, 짐승의 포효 소리만이 커져 가고 있었다. 이질리스가 죽을 때도 이러한 짐승의 포효 소리가 들리지 않았던가.

어둠 속에서도 그 힘은 강력했다. 온몸으로 느껴질 정도로 범위도 넓었고 몸서리가 쳐질 정도로 그 기운은 강했다. 소리를 듣고 있는 것만으로도 식은땀이 절로 흘렀다.

"펜리르?"

로키의 눈이 커졌다. 펜리르의 포효 소리였고, 로키도 그것을 잘 알고 있는 것 같다. 웅성거리는 소리가 들려왔다. 마수들은 두려움에 떤 나머지 움직이지 않았다.

"크르르릉……!"

점점 소리는 커져 갔다.

그리고 거대한 형체의 마수가 빠르게 다가왔다. 노란 눈이 더욱 더 두렵게 느껴졌고, 내가 녀석의 움직임의 타깃이 되어 있다는 것을 알 수 있었다. 젠장할, 저 늑대 놈!

"펜리르……!"

로키는 깜짝 놀란 얼굴로 그것을 바라보았지만 펜리르는 그의 말을 듣지 않았다. 날카로운 이빨을 드러내고, 마치 공중을 나는 것처럼 빠르게 뛰었다.

곧바로 나에게 달려든 것은 아니었다.

그것은 팽글팽글 돌듯이 뛰어 인간이며 마수며 가릴 것 없이 그 목을 물어뜯고 있었다. 아니, 단 한 숨에 삼켜 버린 일도 있었다. 저렇게 강한 힘을 가진 마수라면 역시 미드가르드가 다스리던 마수 펜리르가 맞다. 그것은 사납게 으르렁거리며 로키와 내가 있는 곳으로 다가왔다.

멀찍한 곳에서 싸우고 있던 사람들도 마수의 등장에 경악했다. 마수 펜리르는 이그드라실의 가지를 꺾어내며 나와 로키에게로 돌진하고 있다.

"저건 뭐야?!"

베리우스의 얼빠진 목소리도 들려왔다. 누가 보기에도 그것은 괴물이었다.

나는 마수 펜리르에게 공격을 받기 전에 큰 걸음으로 뒤로 비켜
섰다.

"마수……!"

지능을 가진 마수는 로키와 나에게 달려들었다. 나는 검을 들었
지만 저런 무대포인 놈에게는 검보다는 물러서는 것이 낫다는 것
을 잘 알고 있는 바였다.

그것이 나에게 다가왔다.

"크르르, 죽여, 죽여 버리겠어……."

그 짐승은 거북한 목소리로 뒷발로 돋움하며 나에게 달려든다!

마수 펜리르의 이빨은 날카롭게 내 옷을 찢고 지나갔다. 만일
그대로 있었다면 한입거리가 되어버렸을 것이다.

"오스키!"

펜리르는 목표를 잃고도 멈추지 않았다. 그 녀석이 재차 향하고
있는 곳은 거의 반쯤 죽은 것 같은 오스키 녀석이 있는 곳이었다.
오스키는 다가오는 펜리르에게 응전하기 위해 두 개의 마검을 고
쳐 잡았지만 마검의 날조차 펜리르의 돌과 같이 날카로운 이빨을
막아주지는 못했다. 피했음에도 불구하고 펜리르의 이빨은 오스키
의 어깨를 꿰뚫었다.

"오스키!"

로키의 긴 머리카락이 출렁거렸다. 녀석의 눈은 놀라움으로 가
득 차 있었다. 선홍색 피가 오스키의 입에서부터 주르륵 흘러내렸
다. 그 거대한 마수는 좀 전보다도 더 커져 있었다. 오스키를 단숨
에 삼켜 버릴 정도로 입을 크게 벌렸다.

"펜리르……!"

뭘 어떻게 해야 할지 모르는 상태가 되어 로키는 망연한 눈으로

펜리르를 응시하고 있을 뿐이었지만, 펜리르는 으르렁거리며 로키는 안중에도 두지 않고 오스키를 삼키려고 할 뿐이었다.

"네가 대체 왜 이곳에……?"

로키가 마치 얼빠진 것처럼 펜리르에게 물었지만 지성체인 펜리르는 대답하지 않았다. 아니, 오히려 증오스러운 눈을 로키에게 돌릴 뿐이었다. 그 시간은 길지 않았다. 그때.

푸드덕!

검고 큰 날개가 땅에 내려앉았다.

아마빛의 겨우 목까지 닿을락 말락 했던 그 머리카락은 나와 함께 있을 때보다는 훨씬 더 엉망으로 길어 있었다. 검은 옷은 피의 흔적을 지워 버리려는 듯이 까만 어둠을 포용하고 있었다.

"죄송하게 됐습니다, 로키."

"미드가르드?"

로키가 이빨을 드러내며 날카로운 눈으로 미드가르드를 돌아보았다. 그 녀석은 언뜻 보기에는 무방비 상태로 보였지만 공격하기 힘들 정도로 빈틈이 없었다.

"로키, 죄송합니다. 저에게 기다릴 만한 시간이 남아 있지 않아서요."

장난스럽게 건성으로 한 말이지만 그 말에는 그 녀석의 의지가 담겨 있기도 했다. 나는 녀석의 모습을 보며 치를 떨었다. 이곳에서 만날 줄은 몰랐다.

"역시 네 녀석의 짓이었나, 랑유가 사라진 것은?"

분노로 로키의 몸은 떨리고 있었다. 곧 아스가르드를 들어 놈에게 달려들 기세다. 하지만 로키는 미드가르드에게 섣불리 덤비지 않았다. 미드가르드는 여유있게 웃고 있었다. 그 녀석이 땅에 내려앉은 것과 함께 이그드라실은 거대한 울림이 있었다. 마치 지진이라도 난 것처럼 땅이 진동했으며, 이그드라실의 그 뿌리와 가지는 세력 확장을 하기 시작했다.

커다란 나무는 하늘 높은 줄 모르고 솟고 땅은 갈라지기 시작했다. 로키의 얼굴은 흙빛으로 변했다.

"이그드라실의 변화?!"

자라난 나뭇가지 때문에 그나마 비치던 빛이 가려져서 더 어두워졌다는 것은 말할 필요도 없었고, 그것은 마치 온 세계를 덮으려고 하는 것 같았다.

"이제 휘르의 생명력을 흡수해 버린 모양이로군요. 이그드라실의 힘이 더 강력해지는 모양입니다. 저 역시 마찬가지니까요. 제 몸에도 힘이 넘치는 것 같군요."

그런데도 태연한 것은, 모든 것을 알고 있는 듯한 저 능글맞은 놈뿐이었다. 당황하고 있는 로키에게 하는 말 같았다.

"휘르?"

로키의 눈이 점점 커졌지만 미드가르드는 입가의 미소를 지우지 않았다. 그 녀석은 로키가 알지 못하는 것을 알고 있는 것 같다.

"필요한 것은 이그드라실의 검뿐만이 아니었던가?"

"글쎄요."

미드가르드는 로키가 모르는 것들을 모두 알고 있었다. 로키는 그 사실을 알게 되자 원통한 듯 입술을 깨물었다. 나 역시 증오에 가득 찬 눈으로 미드가르드를 바라보고 있었는데 미드가르드는 그런 나를 발견하고 반가운 듯이 손까지 흔들어 보였다.

"널 데리러 왔어. 중요한 무대에 네가 없으면 안 될 것 같아서."

"이 자식!"

나는 녀석에겐 절대 따르고 싶지 않았다. 뭘 원하는지, 세계수 이그드라실을 완성해서 무엇을 하려고 하는지 이해가 가지 않았고, 하고 싶지도 않았다. 그러나 그가 이질리스를 죽였다는 것과, 이미르를 죽이려고 한다는 것만은 용서할 수 없었다.

"고집불통인 것도 여전하군. 그래도 로키에게 끌려가는 것보다는 내가 더 낫지 않아?"

수다 검 녀석은 쿡 웃었다.

웃기지 마! 난 네놈이 더 싫어. 물론 로키도 싫지만.

"아스가르드, 당신도 함께 가시죠. 이그드라실의 마검들이 서로를 부르고 있지 않습니까?"

수다 검 녀석은 손을 내밀었다. 그것은 나에게가 아니라 다른 존재에게 내민 것이었다. 그 존재는 바로 아스가르드, 로키의 검이었다.

언제 빠져나왔는지는 정확하게 알 수 없지만 그는 세계수 이그드라실의 뿌리가 뻗어 있는 곳에 몸을 숨기고 있었다. 하지만 그는 자신의 존재를 눈치 챈 미드가르드를 더 이상 속일 수 없다는 것을 알고 있다는 듯 포기한 얼굴로 미드가르드의 앞에 모습을 드러냈다.

"이 몸은 네가 뜻하는 대로 하지 않아!"

입술을 꽉 깨문 채 그는 마치 나처럼 발악하고 있었다.

"그럴 수 없습니다. 당신도 나도 이그드라실에 종속된 몸이지 않습니까? 바르하시온은 그것을 원하고 있습니다. 거역할 수 없는 것을 잘 알고 있을 텐데요?"

"쳇!"

저 두 녀석이 하는 말은 알 수 없었지만 예전과는 정반대의 상황이라는 것을 알 수 있었다. 아스가르드는 언제나 미드가르드가 천한 존재라고 싫어했고 깔봤다. 하지만 지금은 그와 반대의 모습이었다. 저 미드가르드에게 그는 휘둘리고 있는 것이다.

내가 이런 생각을 계속하고 있는 중에도 미드가르드와 아스가르드와의 대화는 계속되었다. 대강 요약을 하자면, 미드가르드 녀석이 가야만 한다고 말하는 것을 아스가르드가 싫다고 반항하고 있는 것이다. 미드가르드 녀석은 원래 그럴 마음이 없을 것이 뻔한 주제에 아스가르드를 위해주는 척하면서 은근 슬쩍 물어보았다.

"아스가르드, 무척이나 고귀하신 당신이 마검이 될 이유는 없었겠지요?"

"젠장……!"

뭐가 그렇게 속이 상했는지 이를 악물었다. 미드가르드의 질문에 대해 답을 하고 싶지 않았던 건지도 모른다. 미드가르드는 무서운 얼굴로 그를 비꼬고 있었다.

"혹시 에이아에 대한 속죄인가?"

대답하지 않고 아스가르드는 검은 대지만을 내려다보았다. 한참동안 두 놈들 사이엔 말이 오가지 않다가 입을 연 것은 아스가르드였다.

"…넌 너야말로 그녀에게 어울리지 않았어. 그녀가 죽은 것은 바로 너 때문이라고!"

"그래서?"

뻔뻔하게 대꾸하는 미드가르드의 말에 아스가르드가 주먹을 불끈 쥐었다.

"뻔뻔하긴. 불행해질 것을 알면서 너는 그녀를 만난 거야!"

"시끄러워. 이그드라실의 마검인 주제에 그렇게 감정적이라니."

"감정적인 것은 너야. 넌 지금 뭘 꾸미고 있는 거지? 바르하시온과 너, 예전과는 다르다는 것을 내가 눈치 채지 못할 줄 알았나?"

아스가르드는 그동안 나에게 한 것처럼 호박씨를 까고 있던 것으로 추정되는 미드가르드를 닦달했지만 영악스러운 미드가르드는 쉽사리 대답해 주지 않았다. 둘 사이의 대화에 끼어들지 못한 것은 나뿐 아니라 로키도 마찬가지였다.

"그런 건 관계없어."

미드가르드의 대답은 씁쓸하고도 단호한 대답이었다. 지금까지와는 달리 차갑고도 건방진 말투이기도 했다. 미드가르드가 자신의 검신을 위아래로 흔들었다.

"응? 너, 설마……?"

"귀찮긴 하지만 당신이 필요한 것은 사실이니까 함께 가주었으면 좋겠습니다, 아스가르드."

아스가르드의 반문 따위는 들을 것이 못 된다고 여겼는지 미드가르드는 말허리를 뚝 자르더니 조금씩 그에게 다가갔다.

"너, 네 녀석은……!"

"당신도 알겠죠, 마검이 되어보았기 때문에 그 삶이 얼마나 무력한 것인지."

"……."

아스가르드는 대답하지 않았다. 짐승 펜리르의 낮은 으르렁 소리만 들릴 뿐 순간 사방이 고요해졌다.

"크르르……"

나는 소리가 나는 쪽으로 고개를 돌려보았다. 그곳에 있는 것은 기묘한 빛을 발하는 마수 펜리르의 안광이었다. 당황해서 웅성거리는 소리가 들려왔다.

"펜리르……?"

펜리르는 로키가 있는 곳으로 뛰었다. 그 주위에 검푸른 기운이 흐르고 있어 녀석의 힘이 얼마나 강한 것인지 알 수 있을 정도였다.

로키는 황당한 얼굴로 펜리르를 지켜보다가 중얼거렸다.

"유넬……"

오스키의 옆에서 항상 보좌하고 있던 유넬은 로키의 옆으로 다가갔다. 검은 날개를 퍼덕이며 그를 수호하는 듯했다.

앗, 유넬은 오스키의 부하가 아니었던가? 아니면 원래 로키의 부하였나? 설마 배신이라는 건가, 아니, 저 모습을 보면 배신이라기보다는 본래의 주인에게로 돌아간 것으로 보였다. 저 둘 사이에 대해서 많이 알지는 못하지만 서로서로의 뒤통수를 치는 게 특기였나 보다.

펜리르가 발을 멈춘 곳은 미드가르드의 뒤에서였다. 로키에게 다가가지 않았지만 살기를 품고 그를 바라보고 있는 것은 확실한 것이었다. 미드가르드는 웃는 낯으로 로키에게 물었다. 약간 살기 어린 모습이었다.

"왜, 당신이 원하던 복수가 아니던가요?"

"이 자식……"

로키가 주먹을 꽉 쥐었다. 항상 여유있어 보이던 푸른 눈동자가 초조함을 담고 있었다. 그러나 그런 강한 증오의 눈빛에도 미드가르드는 아랑곳하지 않은 채 손을 위아래로 휘저어 보였다. 자긴 아무런 관심 없다는 태도였다.

"전 뭐, 아시르 인이나 라그나들의 일 따위엔 어차피 관심이 없었습니다. 덧붙여 당신의 부질없는 복수 같은 데도 관심없어요."

"네 녀석이 원하는 것이 뭐지? 바르하시온에 대한 복수가 아니었던가?"

"하, 하하하!"

로키의 질문에 녀석은 힘없이 웃었다.

"글쎄, 뭘까요?"

별로 알고 싶지도 않은 듯한 대답, 어차피 제대로 된 대답을 바랄 수 없는 상태였다. 저런 상태의 녀석이라면 무슨 말을 해도 대답해 줄 것 같지 않았지만 나는 초조한 마음으로 녀석에게 외쳤다.

"이 자식, 이미르는 어디 있지?"

"크르릉!"

내가 그 녀석의 뒷모습을 향해서 그렇게 외치자 짐승 펜리르의 낮은 울림이 들려왔다. 그러나 되려 미드가르드는 난처한 표정을 지었다.

"난 네가 오해하는 것처럼 로드를 속박하거나 한 적 없어. 네가 그녀가 원하는 곳으로 가고 싶은 거겠지. 만일 그렇게 알고 싶다면 나와 함께 가면 되잖아?"

"이 자식!"

그 녀석은 내가 이를 으득거리자 피식 냉소했다. 나를 장난감을 가지고 노는 것처럼. 그리고 한마디 덧붙였다.

"그렇게 두려워하면 재미있어지잖아? 너의 소중한 것을 반드시 빼앗아줄 테니까."

저놈의 능글맞은 면상을 그냥 확 손톱으로 긁어버리고 싶다! 내가 낮게 으르렁대자 미드가르드는 나에게 제안했다.

"이미르를 만나게 해줄게. 함께 가자."

"흥, 웃기지 마. 네 녀석의 그 뻔뻔한 수작을 내가 모를 줄 아냐?!"

금방이라도 놈을 쓰러뜨리고 싶다. 하지만 그 녀석에게 섣불리 다가갈 수 없는 것은 저 펜리르 때문이다. 마치 미드가르드를 호위하고 있는 것 같았다. 내가 조금만 움직여도 그것은 나의 목을 물기 위해 달려들 것 같은 기세다. 로키도 마찬가지였다. 그 녀석도 섣불리 아스가르드를 사용할 수 없었다. 미드가르드는 그것을 잘 계산해 두고 있었던 것이다.

"어떻게 펜리르를 네가……!"

로키는 믿어지지 않는 듯이 입술을 옴짝달싹였다. 그 녀석의 말에 미드가르드는 빙그레 웃었다.

"공간을 열 수 있는 힘은 오스키만이 가진 것은 아닙니다. 특별한 힘을 가진 카나와 오스키, 사카디온처럼 저에게도 그런 힘이 있다면?"

"말도 안 돼!"

로키가 이해할 수 없다는 듯 크게 외쳤다. 그러나 미드가르드의 안색은 변하지 않았다.

"전 바르하시온의 걸작품이죠. 저는 단지 그가 원.하.는.대.로. 행동하고 있을 뿐입니다."

보통의 라그나라면 공간을 열고 라그나즈에서 나올 수 없다. 그것이 오스키가 만든 작은 세계였든 아니었든 간에 그 세계에서 나올 수는 없는 것이다. 로키는 그 말을 듣고 미친 듯이 웃었다.

"그래서 이젠 아스가르드가 필요하다 이건가?"

"그 말씀대로."

미드가르드의 대답을 듣고 미친 사람처럼 실없이 웃어대는 로키 녀석이 처음으로 안쓰럽게 느껴졌다. 웃기는군. 저런 녀석에게 동정을 느끼다니. 난 정말 인간의 감정을 가지게 되어버린 걸까.

"하하, 정말 재미있군."

그의 허탈한 웃음이 그치지 않았지만 어차피 미드가르드는 로키 따위에게는 관심없는 것 같았다. 그 녀석은 시간에 쫓기는 사람처럼 이그드라실을 뒤돌아보면서 시기를 기다리고 있었다.

로키는 아스가르드를 들고 미드가르드를 향해 뛰어올랐다. 그가 뒤쪽으로 고개를 돌렸을 때 비친 약간의 틈을 노린 것이리라. 그러나 미드 녀석은 움직이지 않았다.

"아아, 이그드라실의 검으로 나에게 상처를 입힐 수 없다는 것, 잘 알고 있으시겠죠?"

챙!

그 녀석의 주위엔 얇은 장막이 펼쳐져 있었다. 그것은 아스가르드로 통과할 수 없는 얇고 투명한 막이었기 때문에 로키는 뒤로 물러서며 입술을 깨물었다. 펜리르가 크르릉— 소리를 내며 달려들 기세였다. 미드가르드가 저지하지 않았더라면 펜리르는 로키의 목을 물어뜯기 위해 당장이라도 뛰쳐나갔을 것이다.

"미드가르드 이 녀석, 네가 바르하시온과 짜고……!"

"하하하……."

처음으로 로키 녀석과 나의 마음이 맞는 상황이었다. 지금은 나도, 로키도 미드가르드를 죽이고 싶은 증오로 가득 차 있었다.

이들과의 접전이 의외로 길었기 때문인지 시리스와 베리우스 등 익숙한 얼굴들이 내 쪽으로 달려오는 것이 언뜻 보였다. 미드가르드는 건방진 늑대를 이용해서 내가 자신에게 다가오지 못하도록 하고 있었다.

"그럼 아스가르드, 그만 가죠."

미드가르드는 자신의 칼날을 검지와 중지 두 손가락에 대고 자신의 얼굴, 아니, 정확하게 말하자면 세계수 이그드라실을 비추었다. 그리고 로키의 손 안에 있던 은빛 날의 검은 감쪽같이 사라져 버렸다.

검의 공명(共鳴), 서로가 서로를 끌어당기고 있었다.

우웅—

머리가 울렸다.

어쩐지 힘이 빠져나가는 듯한 느낌이 들었다. 내가 몸이 안 좋아졌나? 이상하다. 검이 공명하자 이상하게 머리가 아파왔다.

미드가르드는 이그드라실이라는 거대한 마검의 힘을 이용해서 아스가르드를 자신의 손안에 넣었다. 아스가르드가 크게 저항하지 않은 것은 미드가르드의 의견에 조금이라도 수긍하기 때문이겠지.

"이 자식, 대체 바르하시온은……!"

"바르하시온은 당신에게 당신이 원하는 것을 이루게 하기 위해서 이그드라실의 검을 주었지요. 물론 이그드라실의 마검들은 다른 마검들에겐 비교도 되지 않는 힘을 가지고 있어서 당신에게 큰 도움을 주었겠지요. 하지만 당신께서 아시는 바와 같이 마검이라는 존재는 그것을 지니고 있는 당신을 바르하시온이 감시할 수 있도록 도와주는 훌륭한 매개체였습니다."

미드가르드 녀석의 또박또박한 한마디 한마디에 로키 녀석은 이를 으드득 갈았다. 목뒤로 질끈 묶어두었던 은흑색 머리카락은 싸움의 여파로 풀어져 한 올 한 올 감정의 변화에 따라 움직이는 것 같았다. 또한 푸른 눈동자는 마치 타오르는 푸른 불꽃을 머금은 것처럼 보였다.

그 푸른 눈동자 안에 불꽃의 색이 비쳐졌다. 불의 새의 깃털이 어둠 속에서 빛나고 있었던 것이다. 나는 무의식 중에 그것이 떨어지는 하늘 위를 올려다보았다. 그것은 칠흑과 같은 암흑을 빛으로 화해주는 것은 커다란 불의 새의 날개가 아닌가. 그것이 땅에 내려앉았을 때에도 은은한 빛이 미세하게 남아 있었다.

그것은 영원불멸의 새였다. 마검의 창시자인 무스펠하임을 허리에 꿰차고 있는 불꽃의 색 머리카락의 남자, 황금빛 눈동자는 눈앞에 펼쳐진 전경을 담아내고 있다.

"다행히도 아직 늦지 않은 모양이로군."

바닥에 내려온 에즈가 말한 것은 어이없는 말이었다. 여유있는 녀석!

그러나 그가 존재한다는 것만으로도 시리스와 베리우스 녀석의 얼굴에도 희색이 돌았다. 수다 검 녀석의 움직임에는 별다른 변화가 없었지만 입가에 허탈한 웃음을 띤 것으로 보면 에즈도 나름대로 의식하고 있는 것 같다.

"늦지 않긴. 이미 한바탕 건너갔어, 이 얼간이 같은 놈아!"

"그런 식으로 말하면 곤란하지, 카티스."

그 녀석은 무뚝뚝하게 대답했다. 그리곤 미드가르드를 돌아보았다.

"역시 다시 만나게 되었군, 미나트."

"그렇군요, 불꽃의 새들의 수장."

미나트, 아니, 미드가르드의 입가엔 쓴웃음이 떠어졌다. 저 녀석들도 서로 만난 일이 있었던 건가. 수다 검 녀석과 에즈와의 사이에선 긴 침묵이 흘렀다. 흔들리는 불꽃도 점차로 어둠 속으로 스며들었으나 은은하고 희미한 빛만은 사라지지 않은 채 주위를 밝혀주고 있었다.

"그때 생각했던 대로로군."

에즈는 여전히 무표정한 얼굴이었다. 무엇이든 알고 있고 통찰할 수 있는 방관자. 세간에서 불리웠던 영원한 불꽃의 새의 별명이었다. 에즈는 방치해 두거나 그저 바라만 보는 것에 너무나도 익숙해져 있었던 것이다. 그것이 설령 불행을 초래하게 되더라도 그는 바라볼 뿐이다. 그에게 볼 권리는 있었지만 어떤 것을 선택할 권리는 많지 않았다.

그것이 바로 방관자의 숙명이라고 할 수 있다.

미드가르드에게서 그는 고개를 돌리며 소매 춤에서 어떤 것을 꺼냈다. 그것은 은빛으로 빛나는 광물로 이루어진 물체였다. 하지만 내가 생각한 것보다 의외로 작았다. 리프가 만들었다는 건과는 달리 손바닥에도 들어갈 수 있을 정도였다.

"자, 이게 바로 마건 밸더다."

"밸더Balder?"

정말 특이한 모양이로군. 나는 생각 외로 작은 그것을 받아 들고 요리조리 굴려보았다. 손으로 잡기는 좋게 만들어져 있었으나 어떻게 사용해야 할지 전혀 알 수 없었다.

"뭔가 이상하게 작군."

"거추장스럽게 길면 귀찮을 테니까."

그 녀석은 간단히 대꾸했다. 여하간 재미있는 녀석은 아니라니까. 원래는 그렇게 무뚝뚝한 놈이 아닌데 마치 자신의 정체—라고 할 수 있을까?—가 밝혀진 후에는 좀 더 차가워진 느낌이 들었다.

"사용법은 리프가 만든 다른 건과 진배없어. 귀찮게 탄환을 넣을 필요가 없다는 점만 제외하곤."

흐응, 그렇단 말이지? 한번 써보고 싶은 생각이 들었다.

그렇지. 저 얄미운 녀석부터 쏘아주는 것이 좋겠지. 그런데 이거 어떻게 쓰는 거야? 그러고 보니 건을 어떻게 써야 하는지 배운 적이 없잖아.

"그것이 이그드라실을 없앨 수 있는 단 한 가지의 무기 마검입니까? 마검의 진화한 형태?"

바람 소리와 함께 미드가르드가 에즈에게 건방지게 물었다.

"……"

에즈는 별달리 대답하지 않았다. 별로 미드가르드에게 대답해주고 싶지 않은 것 같았다.

"넌 알 거 없어!"

"신경질적이로군. 하지만 상관없어. 그건 어차피 내 손안에 들어오게 될 테니까."

"닥쳐! 누가 널 준데? 이 몸께서 시범으로 너부터 쏴주겠어."

나는 그것을 치켜들어 녀석을 쏠 자세를 갖추었다. 의외로 이거 힘들군.

"어이, 내 작품을 함부로 다루지 말아줘."

"시끄러워!"

나는 총구를 미드가르드에게 들이댔다. 녀석은 움직이지 않았다. 좋아, 그대로 머리통을 날려주지!

나는 녀석을 죽이려는 마음에 급급해 있었다. 초조해졌기 때문이었다. 이그드라실이라는 저 마검인지 나무인지가 어떤 결과를 낳을까, 내심 이미르가 걱정되는 것도 사실이었다. 그녀에 대한 감정은 나도 모르는 사이에 극에 달해 있었다.

"어이어이, 그렇게 마음대로 쓰지 말라고 했잖아."

그러나 에즈는 자신의 작품을 어설프게 사용하는 내가 마음에 들지 않았던지 내 손에서 마건을 빼앗아갔다. 그리고 능숙하게 손가락으로 그것을 빙글 돌렸다.

"이렇게 쓰는 거야."

에즈가 능숙한 솜씨로 총구를 미드가르드에게 겨누었다. 그럼에도 미드가르드는 가만히 있을 뿐이었다. 에즈의 손가락이 조금씩 움직였다. 철컥! 소리가 났다. 그 녀석의 검지손가락은 간편하게 되어 있는 방아쇠를 당겼다.

당김과 동시에.

탕!

미드가르드의 오른쪽 옆머리를 스치고 지나갔다. 녀석이 조금이라도 피하지 않았더라면 아마 그 여파로 머리가 날아갔을 텐데 정말 아까웠다.

건에서 하얀 연기가 약간이지만 피어 올랐다. 그것의 반동은 꽤나 컸다. 한 손으로 쏘기에는 꽤나 힘이 세지 않으면 불가능할 것 같았다. 에즈의 검 솜씨야 뛰어나다는 것을 알고 있었고, 그 정도의 힘을 가지고 있으니까 그렇지, 자칫 잘못 쏘다가는 반동 때문에 어깨뼈가 탈골되었을 것이다.

에즈는 마건의 성능에 만족한 듯이 그것을 왼손 소맷자락으로 슥 닦더니 나에게 다시 건네주었다. 그러나 그때 받은 이상한 느낌이 가슴을 휘갈기는 것 같았다. 알 수 없는 허전한 기운이 나의 가슴을 텅 비게 만들어 버린 것 같았다. 이런 현상은 마건을 본 후부터이고 지금 본 에즈의 사격으로 인해… 그것은 좀 더 심화되어 있었다.

"그것은……."

로키가 관심을 가지고 에즈를 돌아보았다. 에즈에 대해 눈치 챘는지 이마를 손바닥으로 탁 쳤다.

"그런 건가. 하하하! 역시, 가만히 보고 있을 리만은 없잖아, 불꽃의 새의 수장이!"

"로키……."

시리스는 그런 로키의 행동을 불안한 눈으로 지켜보았지만 로키 녀석은 쓰게 입술을 깨물고 있을 뿐이었다. 잘은 들리지 않지만 입술이 움직이는 것을 보면 무언가 중얼거리고 있는 것 같다. 그는 갑자기 웃음을 멈추고 크게 소리쳤다.

"젠장할, 미드가르드 녀석! 바르하시온… 그 아시르 인이 정말로 설마?!"

바르하시온에 대한 일을 생각하면 머리에 피가 몰리는 듯한 녀석의 얼굴은 입술을 깨문 채 바르하시온에 대한 증오를 내뱉고 있었다. 그 증오가 틀림없이 바르하시온의 부하 격이나 다름없는 미드가르드에게 갈 것이 뻔했지만.

뭐 좋다. 나는 손 안에 있는 금속의 감촉을 느끼며 그것의 총구를 미드가르드 녀석에게 겨누었다. 확실히 검보다는 몇백 배로 빠른 것 같다, 이 건이라는 것. 그리고 또 화살과도 다르다. 명백한 파괴력이 굉장했다!

"죽어라, 미드가르드."

식상한 말이지만 가장 속시원한 말이기도 하니 나는 그 말을 내뱉으며 녀석에게 소리쳤다.

"죽는다라고? 절대로 너의 손에 죽진 않아."

손에는 자신의 검신, 미드가르드가 들려 있었고 양 날개는 검게 말라 버린 대지를 뒤덮고 있다. 그 녀석의 발언은 역시나 재수없었다.

"그리고 내가 온 이유 중의 하나가 무엇인지 잘 알고 있을 텐데. 널 데리고 가기 위해서야."

"허어, 그렇다면 이전에 데리고 갔으면 좋았을 텐데?"

내가 물었다. 예전에라면 데려가는 것이 어렵지 않았을 것이다. 내가 적잖게 그 녀석을 신뢰하고 있었다는 건 사실이니까.

"그땐 부족했어. 나를 죽이고 싶은 마음이 없었잖아?"

"이 자식!"

"무슨 말인지 모르겠지?"

젠장, 정곡을 찔렀다. 저놈, 역시나 날 가지고 놀고 있는 건가?

하지만 미드가르드의 얼굴은 놀리고 있다고는 생각할 수 없는 진지한 얼굴이었다. 하지만 그래 봐야 미드가르드는 이중인격인지 삼중 인격인지로 날 가지고 놀고 있는 것뿐일 테지.

"너뿐만이 아니야, 나도 모르겠어. 하지만 이것도 모두 이그드라실을 만든 그자의 계획이었을지도 몰라."

"그자?"

이 자식이 지금 날 놀리고 있나?! 자기가 모른다면 내가 어떻게 안단 말이냐?

마수 펜리르의 포효 소리가 점차로 커졌다. 그러면서 미드가르드의 주위에 펼쳐져 있던 마수(魔獸)나 사념(邪念)과 같은 힘이 극성을 부리기 시작했다.

"펜리르?!"

지성체이자 마수 펜리르는 자신의 주위에서 흐르고 있는 사념을 다스리고 있었다. 그 어떠한 것이라도 갉아먹어 버리는 사념과 마수와 라그나들의 원혼들을!

그에 따라 로키가 소매 춤에서부터 길다란 가죽 끈을 꺼내어 땅을 쳤다. 마치 채찍처럼 그것은 퉁 울렸다.

"온다!"

검은 안개와 같이 희끄무레한 것들이 주위에 붙어 있는 펜리르!

그 녀석이 노리는 것은 로키가 아니라 나였다. 그 펜리르를 바라보며 복잡한 얼굴로 미드가르드는 나를 공격할 준비를 하고 있다.

그러나 나는 일단 미드가르드가 아닌 펜리르를 향해 건을 쏘았다. 어느 무기든지 한 번 보면 다룰 수 있다고 자신하는 나였기 때문에 펜리르도 맞출 수 있을 것이다.

펜리르의 입이 쩌억 벌어져 나를 집어삼키기 전에 나는 먼저 건의 방아쇠를 당겼다!

탕!

검붉은 색의 피가 터져 튀었고, 그것이 사방으로 흩어졌다. 그러나 그것은 펜리르의 피는 아니었다. 펜리르의 목을 잡은 것은 로키의 가죽 끈이었다. 내가 맞춘 것은 앞에 있는 검푸른 큰 물체였다. 그것은 미드가르드의 날개였다. 어느 틈엔가 내 앞에 있던 그 녀석의 날개가 총받이가 되었던 것이다.

"하하, 맞아버렸군."

미드가르드는 공허한 웃음을 지었다. 저 녀석이 설마 나를 감싸려고 달려온 것은 아닐 테고. 그렇다면 대체 왜?

미드가르드의 검푸른 날개에선 계속 피가 흘러나왔다. 미드가르드의 녀석을 가려준 것이 날개였기 때문에 미드가르드 대신 그 날개가 맞아버린 것 같다. 미드가르드는 아연한 나를 내버려 둔 채 펜리르에게 조용하게 말했다. 로키에 의해 저지되어 있는 그 은색 마수에게 그는 손을 내밀었다.

"너무 감정이 고조되어 버리면 곤란합니다. 당신이 원하는 것을 손에 넣기 위해서라면."

"크르르……."

검은 코트 자락이 휘날리고 눈앞이 깜깜해짐을 느꼈다. 밤의 어둠의 한 조각을 잘라서 붙인 것처럼 그것은 공허한 검은색이었다.

젠장할, 한순간이라도 놈에 대해 좋은 감정을 가졌던 것을 다 후회한다. 놈은 나를 붙잡기 위해 다가왔던 것이다. 자신의 날개를 방패 삼아서 날 잡는 것을 서슴지 않았던 것이다.

나지막한 미드가르드의 목소리가 들려오는 것 같았다. 그리고…

"카티스!"

누가 내 이름을 불렀는지는 잘 알 수 없지만, 나는 다른 사람의 부름에 대답도 못한 채 그대로 어둠 속에 파묻혀 갔다.

툭.

뭔가가 손에서 떨어져 나갔다.

밸더, 은빛의 마건이 떨어지는 소리였다.

*   *   *

아득히 먼 시간이 기억되어지고 있었다. 그것은 나의 기억인지, 아니면 저 오랜 세월을 살아온 나무의 기억인지 확신할 수 없었다. 그러나 그 기억은 나를 기억의 한구석까지 밀어넣었다. 나는 이상한 곳에 있었다. 그것은 연금술사의 연구실과 같은 괴이한 곳

이었고, 이상한 냄새가 풍기는 곳이었다. 아릿한 피비린내와 같은
향기가 났다.

대체 이곳은 어디일까.

"당신은 어떻게 그럴 수 있는 거지! 당신의 딸을 당신은 자신의
손으로 죽인 거야!"

"후후후……"

화상을 입어 얼굴형도 제대로 알아볼 수 없을 것 같아 보이는
남자가 마치 미친 사람처럼 웃고 있었다.

저토록 원통스러운 목소리로 소리치고 있는 것은 미드가르드가
아닌가. 그 녀석은 헝클어진 머리카락과 충혈된 눈, 엉망이 된 모
습으로 바르하시온에게 오열을 토하고 있다. 그런 것만을 제외하
면 지금의 녀석과 다른 데라고는 차분한 분위기뿐이다. 얼마나 오
래전의 기억일지는 알 수 없으나 미드가르드의 모습은 지금과 크
게 다르지 않았던 것이다.

"시끄럽군."

"당신은 피도 눈물도 없는 사람이야! 어떻게 자신의 딸을 그럴
수 있는 거지? 그런데도 그녀는 언제나 당신을 걱정했어!"

"결국 에이아를 죽게 만든 것은 네가 아니었나?"

"……!"

무슨 이야기를 하고 있는지는 확신할 수 없었지만 미드가르드
는 저 이상한 얼굴의 남자를 증오하고 있었다. 하염없이 눈물을
흘려온 사람처럼 더 이상 미드가르드의 눈에서는 눈물조차 나오
지 않았다. 저 남자는 설마 바르하시온일까?

이름만 들었던 매드 사이언티스트Mad Scientist?

"내가 만든 실험체치고는 꽤 괜찮군. 아직까지 성공한 일이 없

는 미드가르드를 완성할지도 모르겠어. 후후후."

수다 껌 녀석의 말 따윈 이미 관심 밖이라는 듯이 바르하시온은 혼잣말을 중얼거렸다. 그런 놈의 무관심한 행동이 미드가르드를 더욱 애타게 만들고 있었다.

"당신은, 당신은……!"

하도 벽을 쳐서 찢어진 주먹은 피로 얼룩져 있었다. 미드가르드는 그 주먹을 부르르 떨며 분함을 삼키고 있었다.

"크라겐에 의해 시험해 보았을 때 깨달았지. 너의 날개는 원래 너의 것이 아니었으니까. 넌 충분히 미드가르드로서의 자질이 있었지."

"……"

미드가르드의 눈은 바르하시온의 단정한 모습을 담고 있었다.

"나는 지금까지 네가 이그드라실의 마검이 될 수 있는 것인가에 대해 알아본 것뿐이었다."

"……"

그 녀석은 말을 하지 않았다. 자신에 대한 이야기를 들은 사람으로서는 당연한 결과인가. 미드가르드는 자신에 대해서 부정하는 말을 듣고 있었다. 에이아라고 하는 사람의 일도 그에게는 충격적이었지만 지금의 말 또한 결코 그에 못지 않았다.

"저항할 수 없어. 넌 태어날 때부터 내가 관리해 온 소중한 실험체니까."

"실험체… 라고?"

실성한 사람처럼 멍한 말투로 미드가르드는 중얼거렸다.

"후후후……"

"그렇다면 에이아와 만나게 한 것도 당신의 계획이라는 건가?!"

오히려 분노하는 미드가르드의 모습을 본 바르하시온은 당황하기보다는 즐겁다는 듯이 킬킬 웃어대고 있었다.

"이 괴물! 당신은 아버지로서 자격이 없어! 에이아는, 그녀는……!"

"그애는 자신이 원하는 바를 이루었어, 엘시드라처럼."

"엘시드라라고? 그녀의 어머니와 그녀를 같은 사람 취급하지 마! 난 당신이 증오하는 마검이 아니야!"

그러나 미치광이 바르하시온에게 말로 한다고 해서 통용될 리가 없었다. 미드가르드는 분한 듯이 외쳤지만 바르하시온은 미친 놈답게 음산하게 웃을 뿐이었다. 미드가르드가 인정할 수 없다는 듯 고개를 절레절레 흔들었다.

그러나 바르하시온의 뒤에 즐비되어 있는 실험체들에게는 반응하지 않을 수 없었다.

"이것은……"

그의 눈길은 앞에 있는 이상한 물체에 향했다.

눈앞에 있는 것은 회색에 가까운 은빛의 실 가닥과 같은 머리카락, 그것은 거대한 수조 같은 곳 안에서 춤추듯이 술렁이고 있다. 그 안에 들어 있는 것은 인간의 형상을 한 어떤 것이었다. 그러나 죽은 것처럼 새하얀 살결인 것을 보면 죽은 인간일지도 모른다.

"그렇다. 세계수 이그드라실, 그것에 필요한 힘이라고 할 수 있지."

미드가르드는 기가 막혀서 입을 못 다물 지경이었다.

"당신이라는 사람은 대체……!"

미드가르드는 바르하시온에 당장이라도 달려들 듯한 기세였다. 바르하시온은 그런 것도 아랑곳하지 않은 채 자신의 뒤에 서 있는 거대한 수조에 담겨진 한 여성을 보여주었다.

"어때?"

"에이아?"

깜짝 놀란 듯이 미드가르드의 눈이 커졌다. 그리움이 담겨 있는 아련한 눈동자였다.

"아니, 아니다. 하지만 너에게 날개가 필요할 것 같아서 줄까 하고 생각하고 있었다. 너에겐 로크 족의 날개라는 것이 돋아날 리가 없으니까."

"……."

미드가르드는 입술만을 깨물 뿐 쉽게 대답하지 않았다. 그 녀석은 본래 성격이 그래서 그런지 몰라도 쉽게 거절하거나 쉽게 승낙하지 못하는 것 같았다.

"어때, 마검이 되겠는가? 마검이 되면 인간처럼 짧은 생애를 살다 죽을 필요는 없지."

정말 터무니없는 제안이었다. 나라면 저따위 제안 받아들이지 않을 것이다. 그러나 녀석의 눈이 향해 있는 곳은 그 하늘빛 머리카락의 청초한 여성…….

"에이아……."

밝은 푸른색이 출렁이는 머리카락의 여성이었다. 어느 여자보다도 신비스럽게 보이는 그녀의 모습이었지만 놀랍게도 하반신의 아래쪽이 뱀의 형상을 띠고 있었다.

"대체……."

"요르문간드, 라그나의 핏줄로 만들었어. 하지만 내 딸과는 똑같은 모습을 하고 있지. 하지만 그녀는 오랫동안 살진 못해. 실패작이니까."

미드가르드가 뭐라고 말하려는 것에 대해서 바르하시온은 말허리를 딱 자르며 과학자답게 차가운 웃음을 머금었다. 그런 것이 미드가르드의 불붙은 마음에 부채질이라도 하는 것 같았다.

"…이 악마 같은 아시르 인! 당신은 미쳤어!"

"하하하! 미쳐 있었어. 마검이며, 아시르며, 바나 인이며, 라그나… 그런 것들은 다 미친 것들이라고!"

"당신이 가장 미친 거야……!"

미친 듯이 웃어대는 바르하시온의 앞에서 그 녀석은 입술을 부르르 떨었다. 증오하고 있었다. 하지만 어떤 면에서 절제가 그를 막고 있었다. 에이아라고 하는 하늘색 머리의 여성은 미드가르드의 아킬레스건과 마찬가지의 존재가 아니던가. 그것이 달갑게 느껴지지 않지만 아예 이해가 안 가는 것은 아니었다.

"미드가르드……"

그는 자신의 이름이었던, 아니, 이름이 아니었던 이름을 부르는 바르하시온에게 신경 쓰지 않은 채 모든 것을 망가뜨리기 시작했다. 그러나 단단한 것은 깨어지지 않았고, 수상해 보이는 붉은 액체를 바르하시온에게 난사했다. 순식간의 일이었다.

그것이 바르하시온의 반신을 뒤덮었다. 바르하시온은 저항하지 않았고, 미드가르드가 미친 듯이 쿡쿡거리며 웃었다. 나지막하지만 결코 감정이 섞이지 않은 것은 아니었다.

"이해할 수 없어."

나지막한 웃음소리와 함께 내뱉은 말, 어째서 녀석은 동의를 한 것인지 알 수 없다. 녀석이 본 것이 놈의 마음을 어떤 식으로 자극했는지 잘 느껴지지 않았다. 하지만 그 녀석은 분하게 생각하고 있었고, 증오의 불은 꺼지지 않았다. 그러나 산을 뒤집어쓰고서도 반쯤 미친 얼굴로 웃는 바르하시온은 조금 더 소름 끼치게 느껴진다. 흉악했던 그의 얼굴이 조금 더 흉악하게 타 들어갔다.

"현명하군. 좋아, 성공하면 요르문간드를 네게 주겠다."

암묵적인 동의, 그러나 강제적인 것이기도 했다. 미드가르드는 벽에 등을 기댄 채 웃는 것인지 우는 것인지 알 수 없게 어깨를 들썩였다. 하지만 그것도 잠시 동안의 일이었다. 녀석의 풀빛 눈동자가 바르하시온에게 향했다. 바르하시온은 어깨를 으쓱였다.

"하지만 난 당신을 용서하지 않아. 절대로, 절대로……."

마검이 된다.

그것은 인간이길 포기한다는 말과 같은 것이었다.

최초로 인간에 의해 만들어진 마검, 바르하시온의 손은 창조주의 것도 아닐 것임에도 불구하고 그것을 만들어내고 있었다. 요르문간드의 날개가 수다 검 녀석의 몸속으로 들어갔다. 혼자서는 살 수 없는 실패작이었지만 미드가르드의 날개가 됨으로써 또다른 생명을 얻어서 살아갈 수 있을 것이다.

*   *   *

나는 눈을 떴다.

고요했다. 밤의 정적처럼 부드러운 면을 포용한 그런 고요는 아니었고 불길함이 섞여 있는 폭풍 전야의 밤과 같았다. 자연의 섭리를 거스르려는 듯 그 공간은 바람이 멎어 있었다. 한 면이 뚫린 공간임에도 불구하고 신선한 공기는 그 흐름을 멈춘 것처럼 가만히 있었다.

세계수 이그드라실, 그곳은 이그드라실을 가장 잘 볼 수 있는 곳이었다. 길게 뻗은 그루터기와 마치 사신의 손길이 닿은 것처럼 검은 물체, 그것을 볼 때 나는 힘을 느낄 수 있었다.

"일어났어?"

쓸쓸한 목소리로 그는 나에게 말을 걸었다. 나는 녀석의 말에는 대답하지 않은 채 거대한 이그드라실을 바라보았다. 마치 항상 함께 있었던 것처럼 나를 이끄는 거대한 존재, 온 땅을 뒤덮는 존재는 나를 내려다보며 마치 비웃고 있는 것 같았다.

이질적인 존재이면서도 공명할 수밖에 없는 존재.

그것은 나에게 이유를 알 수 없을 정도의 큰 힘을 부여하고 있었다.

그것은 자석처럼 나를 끌어당기고 있었다. 마치 같은 극처럼 퉁겨 나가는 일이 적지 않았지만 그것은 항상 나를 부르고 있었던 것이다.

그렇다.

나는 그동안 자각하지 못했다.

밸더, 그가 자신이 마검이며 마검임을 자각하지 못했던 것처럼, 나도 그 녀석과 똑같았던 것이다.

그때 에즈가 그렇게 물었던 것은 그 때문이었던가. 자신에 대해서 알지 못하는 어리석은 녀석이라고… 말했었지. 그리고 그래서, 로키와 다른 녀석들이 나를 쫓고 있었던 것은 바로 이 때문인가.

나는 그것 때문에 태어났던 건가…….

나는 입술을 잘끈 깨물었다.

세계수 이그드라실은 나를 내려다보고 있으며 나는 그것을 올려다보고 있다. 그것의 끝은 보이지 않을 정도였고, 그 뿌리들은 검의 날과 같이 되어 많은 피를 흡수하고 있었다.

하늘을 가리도록 수많은 잎사귀가 드리워져 있었다. 나뭇가지 안에는 마검의 영혼들이 숨을 쉬고 있었다. 이그드라실의 힘을 완벽하게 하기 위해서 그동안 모아 흡수한 검의 영혼들이었다. 다른 사람의 눈에는 보이지 않는 것 같았지만, 그것은 나에게는 생생하게 보였다.

마검 라기온이나 니센하임의 수호 마검의 모습도 보인다.

최후의 마검, 이그드라실.

그것은 힘을 바라고 있었다. 바르하시온으로부터 만들어진 마검인 그것은…….

나는 쓸쓸하게 웃고 현실을 직시했다.

그랬다. 그것은 바로 나였던 것이다.

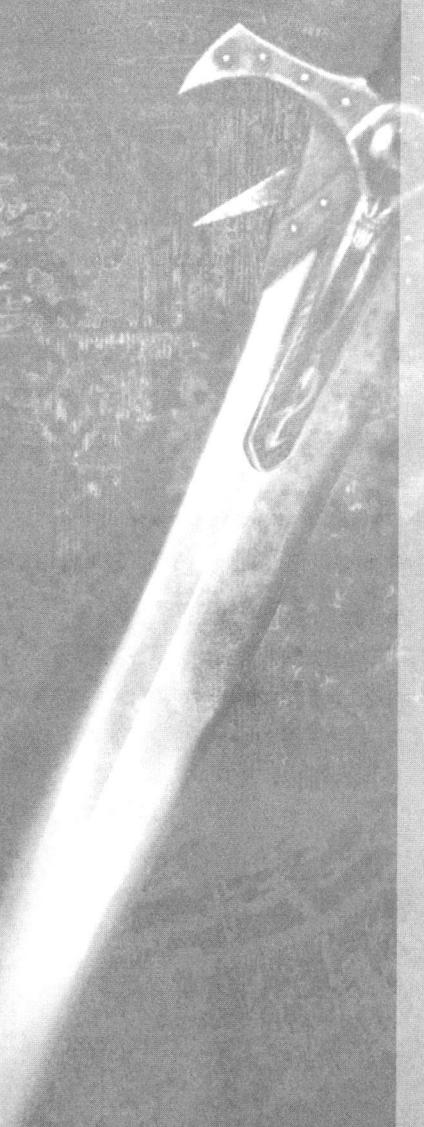

Chapter 39

라스트 키워드

똑똑…….

핏방울이 떨어지는 소리가 들렸다. 하지만 귀는 멍해져 있어서 그것이 어디에서 나는 소리인지는 잘 알 수 없을 정도였다. 감각은 무뎌져 있었고 눈은 뜰 수가 없었다. 눈꺼풀이 무거웠다. 100여 년의 잠은 몸을 굳게 만들었고 감각을 비정상화시켰다.

똑, 똑…….

붉은 핏방울……. 언제부터 그 검은 날의 검은 그때를 마시고 있었던 건가.

『나를 도와줘, 너의 힘이 필요해…….』

애달픈 목소리였다. 도움을 청하고 있는 슬픈 목소리였다. 그 목소리가 나를 깨운 것이다. 100여 년 동안이라는 깊은 잠에 빠진 나를 깨운 것은 검은 날의 검의 목소리라는 것을 믿을 수 있었겠는가! 나는 눈을 떴고, 검은 내 눈앞에 나타났다. 인간의 형상으로, 그러나 인간 같지 않은 애절한 표정을 하고 있었다. 내가 잘못 본 것인지, 아니면 분위기의 문제였는지는…그는 울고 있는 것 같았다.

"눈을 떴구나…….."

생각처럼 슬픈 목소리는 아니었다. 그리고 여자도 아니었다. 190센티는 족히 되어 보이는 늘씬한 키의 남자였다. 짧은 머리카락은 싸늘한 바람에 휘날리고 녹색의 눈은 여자기가 되어버린 나를 응시하고 있었다.

"뭐지, 넌?"

"내 이름은 미드가르드…….."

"헤에, 그런 어려운 이름 따윈 몰라. 빌어먹을, 이게 무슨 꼴이지?! 그 빌어먹을 마법사 놈! 여긴 또 어디지? 내 몸에 꽂혀 있는 역겨운 칼은 또 뭐란 말야!"

"역겨운 칼이라니, 날 자기 몸처럼 소중하게 다루어 줘."

"닥치시지. 망할 칼 같으니라고. 빌어먹을, 그 마법사 놈은 어디로 가버린 거야?"

"로드라면 이곳에 없어. 이미 먼 알타크나의 성에 계시겠지."

그 녀석의 말이 쓸쓸하게 들렸지만 나는 흘러듣고 발을 동동 굴렀다.

"젠장할, 죽어 버리겠어. 날 이렇게 만들어 버리다니. 수다 검, 넌 나를 안내하도록 해!"

"나는 수다 검이 아니라 미드가르드라고 했잖아!"

"닥치고 길 안내나 하라니까!"

미드가르드의 얼굴은 슬픔이 사라져 있었다. 하지만 그것은 외면적인 생각이었지, 그 녀석의 내면은 전혀 고려하지 않은 판단이었던 것이다.

Katis 카티스

자신의 존재에 대해 알았는지 멀뚱거리는 녀석을 보며 나는 실소를 터뜨렸다. 그렇겠지, 자신에 대해 제대로 이야기해 주는 사람은 녀석의 주위에 아무도 없었으니까. 심지어는 사카디은조차 그에겐 아무런 말도 해주지 않고 죽었던 것이다.

넘실넘실 멈추었던 바람이 밀려온다. 세계수 이그드라실은 약간씩 흔들리고 있었다. 그것이 흔들림에 따라 미진이 일어 내가 서있는 곳도 조금씩 흔들렸다. 마치 파도처럼 그것은 서서히, 그리고 강하게 땅을 진동시켰다.

"시구르드, 미안해. 당신과의 약속은 지키지 못했어."

에이아를 행복하게 해줄 수 없었어. 정말로 면목이 없어.

나는 앞에 없는 대상에게 중얼거렸다. 세계수 이그드라실, 마검의 영혼이 깃든 존재, 그곳에서 나는 시구르드를 발견했다.

회색에 가까운 은발을 가지고 있는 시구르드를 나는 절대 잊을 수 없었다. 자신의 한 몸을 태워 에이아의 행복을 바랬던 그 마검을 잊어버릴 리가 없지 않은가. 본래 바르하시온은 모든 마검을 증오하고 있었다. 자신의 아내, 엘시드라를 죽인 마검과 다른 마검을 동일시하며 모든 것이 사리지길 바라고 있었던 것이다.

그래서 이 세계수 이그드라실을 만들 때도 일부러 단 하나의 마검도 남겨두지 않았던 것이다. 그것은 그가 가진 마지막 의지라고 할 수 있었다. 실험에 미쳐 버린 광기의 마법사에게 더 이상의 이성이 남아 있을 리는 없었지만 그는 아직도 마검에 대한 증오감을 가지고 있었다.

그가 마검을 증오했기 때문인진 몰라도 바르하시온은 마지막으로 자신의 손으로 거대한 마검을 만들었던 것이다. 그 힘을 원하는 자들의 힘마저 손에 넣을 수 있었고, 또 그것을 이용할 수 있었다.

그렇다면 나는?

모든 것의 멸망을 바라고 있는가라는 질문을 내 자신에게 해본다.

인간이었던 내가 마검이 되었다. 그것은 더 이상 인간이 아니게 되어버렸다는 것과 같았다. 하지만 마검이라는 얽매이는 존재는 죽음과도 같은 것이었다. 동시에 다시는 인간으로는 돌아갈 수 없다는 것을 의미했다.

마검은 절대 다시 인간으로 돌아갈 수 없다.

마검은 죽으면 소멸한다. 오랜 세월을 살아갈 수 있지만 그것도 주인이 있을 경우에만 가능한 법이다. 죽으면 그야말로 끝이다. 아니, 조금이라도 더 낭만적으로 말할 수 있다면 공기가 되어버린다고 해도 될 것 같았다.

나는 이그드라실을 보고 있을 때 그것을 느낀다. 이그드라실은 모든 마검의 영혼을 가지고 있는 동시에 그들의 괴로움을 가지고 있는 것이다. 모든 마검들의 슬픔을 가지고 있었고, 시구르드도 예외는 아니었다.

그는 나를 볼 수 있지만 나에게 말을 걸 순 없다. 나는 그에게 말할 수 있지만 그의 대답은 들을 수 없었다. 차라리 그 입으로 나를 질책해 준다면 기뻤을 것이다. 에이아를 따를 용기가 섰을지도 모른다. 하지만 지금은 이미 이 부질없는 일에 발을 들여놓았다.

세계수 이그드라실을 깨우면 모든 것은 소멸하게 된다. 마검 시구르드도, 라기온도, 모로스 아즈라일도, 또 다른 마검들의 영혼도 그대로 재와 같이 소멸하게 되는 것이다.

피가 똑똑 떨어졌다.

검붉은 피……

하지만 그것은 나의 피가 아니었다. 요르문간드의 것이었다. 그때 요르문간드가 나를 막아주지 않았다면 어떻게 되었을까. 그땐 죽어도 상관없다고 생각했다. 오히려 바라고 있는 것은 그것이었으니까. 지금은 마건이 된 밸더보다도 훨씬 더 죽음을 갈망하고 있었으니까. 그러나 요르문간드의 날개는 나를 그것으로부터 막아주었다. 마건에 의한 상처가 나을 리 없었다. 그녀의 날개에서는 피가 멎지 않은 채로 똑똑 검붉은 피가 흘러내리고 있었다. 하지만 난 그녀를 안을 준비가 되어 있지 않았다. 에이아와 닮은 얼굴의 그녀를 보는 것으로도 나는 마음에 큰 상처를 입을 것이다.

"이제 일어났어?"

"젠장할."

카티스는 머리를 긁적였다. 자신에 대해 알게 된 것은 충격이었을 것이다. 모르던 자신을 알고 있던 나에게도 불쾌한 감정을 가지고 있을지도 모른다.

"이젠 눈치 채 버린 건가? 재미없군."

"여긴 어디지?"

그 녀석은 붉은 눈으로 나를 바라보았다. 그는 마검의 창시자인 무스펠하임이 만든 마검은 아니었다. 그는 다른 마검들과는 달랐다.

"세계수의 뿌리가 만들어진 곳. 그리고……."

마검의 영혼들이 깃들었던 곳.

세계수의 뿌리가 만들어졌던 바르하시온의 연구실이라는 것을 나는 알려주었다. 그런 것치고는 횅한 편이었지만, 그것도 일부러 이처럼 텅 비도록 만들어놓았기 때문이었다. 그리고 한쪽 구석에 바르하시온이 있는 것을 카티스는 눈치 챈 것 같았다.

"정말 기분 나쁘군. 이런 곳에 내가 누워 있었다니……."

그래도 의외로 침착한 편이었다. 하지만 내심 충격에서 헤어 나오지 못하고 있을 것이다. 자신도 모르는 자아에 대해서 눈치 채 버렸으니까. 실은 아르스리르가 카나의 제안을 받아들인 것은 경이로운 일이었다. 앙그라보다. 그 여자는 장난 삼아 이 일에 가담하면서 적당한 사람인 아르스리르에게 그 계획에 대해서 제안을 한 것이었다. 아스타르라는 자신의 아름다운 마검에 빠져 있던 그에게 그 제안이 어떻게 들렸을지는 모른다. 카나는 미래시의 능력을 가진 그 바나 인을 적격으로 보았고, 의외로 아르스리르는 그녀의 의견을 받아들였다. 심지어는 마지막에 죽을 운명이었을 텐데도 그는 담담하게 그녀를 받아들였던 것이다.

"내 피와 살이 그애에게 먹힌다면 그것으로 만족해."

그의 이런 쓸쓸한 한마디를 들었던 기억이 났다. 아르스리르의 손 안엔 생명체에게 있어 가장 소중한 어떤 것이 들려 있었다. 검은 머리카락에 아버지를 전혀 닮지 않은 얼굴과 붉은색의 눈동자, 세계수 이그드라실의 현신이자 기가 강했던 어린아이. 그 생명을 얻은 아르스리르는 행복한 듯하게 보였다.

만일 에이아에게서 자식이 태어났다면 나도 아르스리르처럼 똑같은 것을 느꼈을 것이다. 미래시의 능력을 가진 그 남자는 내 생각마저도 꿰뚫고 있었을 것이다. 또, 자신의 친구였던 사카디은의 생각도. 결국 자신을 이용한 사카디은에 대한 원망도 하지 않고 카나의 손에 갈가리 찢겨 나간 그 하얀 남자의 일이 눈에 아른거렸다. 그때 그 상황을 직접 본 것은 아니었지만, 어떤 것을 통해서 그것은 나의 감정의 감각을 무디게 만들었던 것이다.

"젠장할, 놀고 있군. 이게 다 무슨 꼴이지? 그래, 날 가지고 노니까 기분이 좋더냐?"

그 녀석은 마침 최고의 힘을 가진 세계수 이그드라실. 모든 힘의 응집체이자 나라는 검이 얽매여 있는 커다란 기둥과 같은 존재였다. 그리고 어두운 곳에서 얼굴을 가리고 음산하게 웃고 있는 저 존재는 이미 영혼이 없는 껍데기에 지나지 않았다.

"저게 그 잘난 매드 사이언티스트인가?"

카티스는 목에서 두둑 소리를 내면서 일어섰다. 자유로운 삶을 살아가는 그 아름다운 발언이었다.

"후후후……."

낮고 음산한 웃음소리가 바르하시온의 주변 공기에 퍼져 나갔다. 그의 한쪽 얼굴은 화상으로 인해 일그러져 있었고, 다른 쪽 얼굴은 자신의 작품이자 모든 실험의 결정체인 카티스를 응시하고 있었다. 결국 그는 카티스에 대해서 만족하고 있다는 거로군. 그리고 그 흉물스럽다는 마검에 대한 복수를 마쳤다는 생각 때문에 기분 좋아하고 있을 것이다.

"걱정 마. 저자가 널 공격할 재간은 없을 테니. 그는 단지 연구에 미쳐 있을 뿐이야."

"푸하하하, 미쳐 있다고? 허어, 미쳐 버린 것은 네가 아니라?"

카티스가 조소했다. 그는 실소를 터뜨리면서 손가락으로 나를 가리켰다. 마건 때문에 입은 상처로 내 날개에서는 검붉은 피가 흘러내리고 있었다.

"그럴지도 모르지. 난 계속 미쳐 있었으니까. 그녀가 사라진 다음부터 더 더욱 그렇게 됐어. 내가 부담 갈 정도로 커다란 날개를 가지고 있었는데도 날지 못했던 것도 다 내가 이상한 존재였기 때문일 거야. 아니면 이 세상이 미쳤다던가."

미쳐 있는 바르하시온, 하지만 그는 자신의 의지를 가지고 있었다. 그래, 그때까지는. 나를 마검으로 만들었을 때, 그때까지는 제정신이었다.

나는 그가 성공한 보기 드물 정도로 뛰어난 마검이었다. 그리고 그 때문인지 몰라도 광기는 점차 바르하시온을 지배해 갔다. 그리고 결국 '미드가르드'라는 마검의 의식에 지배당하기 시작했다고 해야 할 것이다.

"바르하시온은……."

"호호호……."

내가 입을 열지 않아도 알 수 있을 것이다. 바르하시온은 그저 연구만을 계속할 뿐이다. 그를 움직여 온 것은 결국 나의 의지. 그는 나 없이는 명령도 내리지 못한 채 할 수 있는 것은 저 세계수 이그드라실을 만드는 데 주력을 다하는 것뿐이었다.

"설마……!"

카티스는 나를 돌아보았다. 그 녀석은 바르하시온의 빈 껍데기 몸을 보면서 혀를 내둘렀다.

"바르하시온은 이미……."

나는 고개를 끄덕였다.

"내가 어떻게 너와 함께 있으면서 알타크나에 대해 알고 있었다고 생각해? 바로 바르하시온이 이곳에 있었기 때문이지."

바르하시온이 보는 것은 나도 볼 수 있었다. 그가 미쳐 가면서 나도 함께 미쳐 갔던 걸까? 나는 바르하시온을 이용할 수 있는 지식을 얻었다. 시간은 나에게 약과 다를 바 없었다. 그에 대한 증오가 사라져 가는 것은 아니었지만, 나는 상황에 대한 대처가 빨랐다. 그리고 결국 바르하시온을 지배하는 데 성공했다.

"어떻게 그런 일이 있을 수 있지?"

낮은 으르렁기림, 짐승 펜리르기 가디스를 보며 몸부림치고 있었다. 나는 마수 펜리르를 진정시켰다. 카티스는 나를 보며 낮게 분노하고 있었다. 그것은 바르하시온에 대한 동정은 아니었고, 단지 내 행동을 못마땅하게 생각하는 것 같았다.

"왜? 저 남자에겐 그런 결말이 어울려. 모든 것을 복수의 대상으로 삼았고……."

"결국 네가 죽였겠지?"

"죽이지 않았어. 단지 그 좋아하는 연구를 계속하게 하기 위해 머리만 살려두었을 뿐이야. 아니, 미친 대로 내버려 두었다고 해야 맞는 말일지도 모르지. 그것이 저 남자가 나에게 바라고 있는 것이기도 했지만."

약간 복잡한 말을 하면서 나는 쓴웃음을 입가에 띠었다. 지금의 바르하시온은 자신의 사고방식을 가지고 행동하지 않는다, 결코. 하지만 연구에 있어서는 그가 손을 대고 있었다. 나에게 그런 힘을 준 것은 다름 아닌 그였다. 나는 염원을 형상화시키는 힘을 가지고 있었다. 그렇기 때문에 마법 하나 쓰지 않고 카티스를 여성형으로 있게 할 수 있었던 것이다. 그것도 나도 생각하지 못할 정도로 무의식적으로 그 힘은 이루어진다. 나는 바르하시온에 대해서 강한 증오의 감정을 가지고 있었다. 그 남자를 죽이기 위해서 그와 손을 잡았다고 나 자신에게 속삭이까지 했었다.

하지만 그건 아니었다.

내가 원한 것은 그것이 아니었다. 나는 복수라는 단어로 인해 자신을 부자유스럽게 속박했던 것이다. 바르하시온은 나의 계산대로—아니, 나의 계산이 아니었을 수도 있다—그 이성을 잃었다. 그것도 내가 그의 얼굴에 큰 화상을 입혔을 때 이미 벌어진 일이었을 수도 있다고 지금도 생각하고 있다.

그러나 그가 준 족쇄, 그것은 이 커다란 한 쌍의 날개였다.

에이아와 같은 얼굴을 가진 요르문간드가 없었다면 나는 바르하시온을 죽이고 이런 자리에서 떨어졌을지도 모른다. 그러나 더욱더 강한 족쇄는 어쩌면 아르스리르의 아이였던 이 녀석이었을지도 모르지. 나는 그 녀석이 꼬마 여자 아이의 몸이 된 채 기억을 잃었을 때, 그 녀석이 이대로 기억을 살리지 않았으면 좋겠다고 생각했었다. 그것은 나를 얽매는 하나의 족쇄라는 것을 명시해 준 일이었다.

이질리스는 항상 그 팔에 쇠사슬을 달고 있어서 불편했을 테지만 나는 보이지 않는 족쇄를 등에 지고 있었던 것이다. 에이아의 마지막 말이 마음에 걸려서 이렇게 여기까지 올 수 있었던 것이다. 만일 요르문간드가 없었다면 나는 아마도 좌절해 버렸을 것이다.

"미친 녀석, 이질리스를 죽인 것만은 아니었군. 이미르는 어디 있지?"

"이미르? 아아, 네가 사모해 마지않는 로드를 말하는 거로군."

"그 시건방진 말투는 그만둬."

"걱정 마. 난 아직도 너에게 한 말은 유효하다고 생각하고 있으니까."

"너의 소중한 것을 모두 빼앗아주겠어."

그 말이 카티스의 뇌리에 스친 모양이었다. 그의 얼굴은 창백해졌다.

"로드라면 지기 발로 이곳에 왔는걸. 그녀는 말야, 이려서부터 이그드라실의 먹이가 되기 위해 성장해 왔어. 바로 전에 죽은 레스베르그와 휘르와는 다르지. 아시르 인을 구하는 것은 쉬운 일이 아니거든. 그래서 사카디온이 그녀를 키울 수 있었던 거야."

"이 자식……!"

"나한테 덤벼도 소용없는 거 잘 알잖아."

나는 손 안에 있는 은빛의 물건을 녀석에게 보였다. 그것은 다름 아닌 불꽃의 새의 최근작이었다. 그것은 내 생각대로 내 손 안에 들어와 있었다.

"밸더?"

"네가 떨어뜨린 걸 주운 거야. 너의 사고방식으로 따지자면 내가 주운 거니까 내 것이라고 할 수 있겠네?"

내가 그렇게 말하며 박장대소를 터뜨리자 카티스는 못 씹을 것을 씹은 표정이 되었다. 나는 손가락으로 밸더를 핑그르르 돌렸다.

철컥!

총알이 장전되는 소리와 함께 그것은 목표없는 공간을 향해 탕— 소리와 함께 내뱉어졌다.

"으으……."

물론 카티스를 쏜 것은 아니었다. 하지만 밸더의 존재가 그 녀석을 불안하게 만들고 있는 것이기도 했다. 그는 신음 소리를 내면서 나의 행동에 경악하고 있었다.

"이 자식……! 무슨 짓을 한 거야?"

"나는 아무 짓도 하지 않았어."

가볍게 대답하면서 나는 고개를 끄덕였다. 카티스는 아직도 초조해하고 있다. 내 손 안에 마건 밸더가 있다는 것을 알았으니, 아무래도 침착한 척하기는 힘들 것이다.

"알타크나가 어떻게 건국되었는지 알아? 본래 알타크나는 특이하게 뛰어난 인간이 다스리던 작은 영지의 이름이었다. 하지만 바나 인과 라그나들 사이에서 세력을 확장하는 것은 무리였지."

그러나 그런 알타크나를 누구보다도 크게 만든 것은 바로 사카디온 알타크였다. 그는 본래 인간의 나라를 만들고 싶어했다.

"그런 나라의 여왕이라는 작자가 남자에게 속아 이런 것을 만들어낸 것도 우스운 일이지. 물론 그녀의 딸은 그런 어머니의 속사정을 깨닫고 자신의 힘을 구축했지. 얼마 전까지도 어머니의 그늘에서 헤어나지 못한 왕자와 함께."

"그런 것 따윈 관계없어."

"그럼 뭐가 관계있지?"

나는 붉은 눈의 시선을 느끼며 비꼬면서 말했다. 카티스는 선불리 대답하지 못했다.

"네가 지금 할 수 있는 것이 뭐지? 넌 세계수 이그드라실, 모든 것을 파괴하기 위한 존재다."

"시끄러워! 내가 하고 싶은 것은 내가 정해!"

넌 항상 그렇게 말해 왔지. 사카디온의 말대로 자유로워지기 위해 발버둥쳐 왔어. 하지만 결국 같은 자리를 맴돌고 있지. 본래의 모습이라고 할 수 있는 거대한 세계수의 그늘에서 헤어나지 못했던 거야.

"자, 그럼 기억해? 사카디온이 널 키웠던 거."

그걸 카티스가 기억 못할 리가 없겠지. 그는 자신의 성을 사카디온이라고 사용할 정도로 그의 존재를 크게 생각하고 있었으니까.

카티스는 대답하지 않았지만 나는 방글 웃으며 말을 계속했다.

"그는 널 키웠어. 그리고 결국 너의 양분이 되기 위해 카나에게 죽임을 당했지!"

"뭐?"

"그는 너를 완성하기 위해 인간으로서 비상식적으로 큰 힘을 가진 자신의 몸을 너에게 주었다."

"말도 안 돼!"

듣기 괴로운 말이라는 것은 잘 알고 있었다. 하지만 그렇기 때문에 해야겠다.

카나가 아르스리르를 먹은 데는 이유가 있었다. 그녀가 먹은 것도 사실이었지만, 그 피와 살을 카티스에게 먹였던 것이다. 그것은 사카디은도 마찬가지였다. 그 남자는 자신이 원하는 것을 위해 자신의 생명을 버렸다. 그리고 그 피와 살을 카나에게 주어 카티스에게 먹이도록 한 것이다. 저 세계수 이그드라실의 완성을 위해서.

카티스의 몸이 부르르 떨리고 있었다. 그 녀석의 어깨는 흔들렸다. 금방이라도 쓰러질 것처럼 얼굴마저 새하얗게 변했던 것이다.

"사카디은의……."

그 피와 살이 자신의 몸에 흐르고 있다는 말을 들은 카티스는 적지 않은 쇼크를 받은 듯했다. 녀석은 부들부들 떨리는 양손으로 자신의 눈을 가렸다. 그 손이 떨리고 있었다.

아마도 지금까지 그 일을 기억하고 있지 못한 걸까. 그게 커다란 공포로 남아 있던 것이 아닐까. 그는 사카디은의 살과 피를 삼킨 후 한동안 피를 입에 댈 수 없었다고 들었다. 다시 피를 마시게 될 수 있었던 것은 칼리아라는 그 여자가 있었던 덕분이다.

"으으……."

이제야 비로소 기억이 난 모양이었다. 그는 머리를 움켜쥐었다. 얼굴이 새하얗게 되고 손발이 떨리고 있다. 머리가 깨질 듯 아픈 사람처럼 손가락에 힘이 들어간 채 머리를 쥐어 감싸고 있다.

"아아악!"

나는 그런 그를 지켜보며 아무런 말도 하지 않았다. 이그드라실, 그것을 완성하기 위해 사카디은은 자신의 생명과 바꾸었다. 그가 원하던 것을 위하여 그는 자신있게 생명을 내어줄 수 있는 남자였다. 그의 친구인 아르스리르처럼.

"그는 널 완성시키기 위해서 자신의 생명을 내어준 거야."

이미 그가 듣고 있는지 아닌지는 관심없었다. 잔인하다 싶을 만한 말이었기 때문에 카티스는 내 생각대로 그것을 소화할 수 없었던지 괴로워하고 있었다. 눈이 점점 커지고, 외부와 단절되듯이 손톱으로 머리를 쥐었다. 손톱은 길어지고 눈은 선명한 붉은색이 되었다. 짧게 되었다 싶을 정도의 검은 머리카락은 마구잡이로 길어지고 있었다.

이그드라실.

그것은 거대한 마검, 세계수의 이름이었다. 힘의 집결체인 녀석은 붉은 눈을 부릅뜨고 나를 바라보았다. 그는 손을 뻗었다. 길게 손톱이 뻗어 있는 손가락은 무언가 죽일 만한 것을 찾고 있었다. 금방이라도 구역질이 날 것 같은 얼굴이었지만 지금은 눈앞에 자신이 죽일 만한 것을 찾고 있었다. 죽음을 부르고 멸망을 부르는 것, 그것이 바로 이그드라실이었다.

나는 움직이지 않았다.

세계수의 손이 나에게 뻗쳐 왔지만 나는 저항하지 않았다.

알고 있었기 때문이다. 마검 이그드라실은 이그드라실의 형제인 미드가르드를 죽일 수 없다는 것을.

그 손이 나의 목을 졸라왔다. 하지만 나는 이그드라실의 마검, 그에게 종속되어 있기도 하지만 그 자신이기도 했기 때문에 이그드라실의 힘은 나에게 아무런 해도 가지 않았다.

이그드라실이 사라지기 전에는 나도 사라질 수 없는 것이다. 아스가르드도 그것을 알고 있기 때문에 나에게 협력한 것일 것이다. 그도 원하는 것이 있었을 테고, 몇백 년이라는 시간은 결코 짧은 시간이 아니었을 것임에.

"죽일 수 있으면 죽여봐."

나는 빙그레 웃었다. 그런 나를 보는 그의 기분은 어떨까.

"그만둬. 죽여야 할 것은 내가 아니었던가?"

내가 있어야 할 붉은 눈동자 안에 내가 아닌 다른 여성이 비추어졌다. 그것은 백금발을 허리 아래까지 늘어뜨린 여성, 화려한 이미지에 비해 수수한 옷을 입고 있는 그녀였다. 그녀는 단단히 각오한 얼굴로 카티스를 부르고 있었다.

"이……."

아직도 세계수는 이미르를 기억하고 있던가.

이미르가 바랬던 것은 무엇인 걸까. 그녀는 자신을 카티스가 죽여주길 원하고 있었다. 어차피 이그드라실의 힘에 의해 죽을 것이라고 생각했기 때문이라고 나는 생각했다.

하지만 나의 로드는 그런 사람이 못 되었다.

그녀는 결코 바르하시온이나 로키의 말에 따르고 싶어하지 않았다. 그녀는 인형처럼 행동했지만 마음까지 조종당했던 것은 아니었다. 카티스가 자신을 죽여주길 바란 것은 로키에 대한 반발을 나타낸 행동이었다. 그녀는 이그드라실이 카티스와 동일한 존재인지 모르고 있다고 생각했지만, 지금 그녀의 행동을 보면 그녀 역시 카티스의 존재를 알고 있었던 것 같다.

"네가 죽일 것은 나잖아?"

이미르의 눈동자가 강렬히 그를 사로잡았다. 카티스는 그녀를 오랫동안 증오해 왔었다. 그의 머리를 지배하고 있던 자신을 봉인했던 마법사, 그러나 머리 속에서 지배되어 왔던 그녀는 카티스의 소중한 존재로서 자리 잡게 되었던 것이다.

"날 죽여."

이미르, 그녀가 원했던 것을 깨달았다. 그녀는 자신이 죽을 것을 알고 있었지만 삶을 갈구했다. 그녀는 죽고 싶지 않았다. 그녀의 손에는 세계수 이그드라실마저도 피해간 죽음의 마검 주르트르가 들려 있었다. 주르트르는, 그녀와 계약을 맺은 핏빛 마검은 그녀와의 계약대로 그녀를 보호하고 있었다.

그렇다면 어째서 이미르는 카티스가 자신을 쫓도록 내버려 둔 것일까. 결국 이그드라실은 이미르 자신을 죽일 것이라는 것을 확신하고 있었을 텐데.

이미르가 죽여달라고 말한 것은 '살려줘'라고 말한 것과 같은 것은 아니었을까.

아시르 인을 얻는 것은 손쉬운 것이 아니다. 로키가 라그나즈와 같은 차원의 공간에 아시르 인을 가두었고, 그 때문에 이 땅에는 마법사가 이미르밖에 남지 않았다. 이그드라실의 제물이 되기 위해 남겨진 이미르, 그녀가 원하는 것은 죽음이 아니라 삶이었다. 그녀는 카티스에게 삶을 가르쳐 주고 있었던 것이다.

그녀가 가르쳐 준 삶을 카티스는 기억하고 있을까.

이미르 자신도 확신할 수 없었다. 카티스의 손이 서서히 이미르에게 가까이 다가간다. 그녀의 손 안에 있는 붉은 날의 검의 힘을 세계수는 갈구하고 있었다. 이미르는 살기 위한 몸부림을 칠 생각이었다. 주르트르라는 죽음의 마검을 손에 넣은 것도 죽음에 대한 반발심 때문이었으리라.

"죽일 수 있으면 죽여보란 말야!"

세계수가 서서히 이미르에게 손을 뻗친다.

이미르의 손에서 붉은 피가 흘렀다. 죽음의 마검의 계약의 대가는 아시르 인의 피였다. 주르트르는 말없이 계약을 충실히 이행할 뿐이었다.

"이미르……?"

이미르는 슬픈 얼굴로 웃었다. 카티스의 눈동자에 비친 이미르에 대해선 잘 알 수 없지만 그는 미소를 짓는 이미르에게 섣불리 손을 댈 수 없었다. 그녀의 손 안에서 핏빛의 검이 움직였다. 카티스의 손을 향해서 검이 번쩍였다.

죽음의 마검의 피의 안개가 주위를 가득 메웠다. 나는 움직이지 않았다. 움직일 필요가 없었기 때문이다.

세계수 이그드라실은 죽음의 마검의 힘에 쓰러지지 않는 존재다.

바르하시온에게 태초의 마검이었던 무스펠하임에게도 쓰러지지 않을 것이라는 말을 들어온 이그드라실이다. 아마 각성한 저것을 쓰러뜨릴 수 있는 것은 마건뿐일 것이다.

마건 뱅더.

하지만 나에겐 너무 무거운 존재다. 이그드라실의 마검이 마건을 제대로 쏠 수 있을 리 없다. 이것은 내가 써서는 안 되는 물건이다.

이미르는 살기 위해서 발버둥치고 있었다. 사카디은에게도, 로키에게도, 다른 사람에게도 반발하기 위해서 그녀는 사는 수밖에 없었다. 이미르는 주르트르를 휘두르면서 저 세계수에게 발악하고 있는 것인지도 모른다.

"이미르……."

그의 힘없는 목소리와는 달리 세계수의 손이 저절로 그녀의 심장을 향해 달려들었다. 어차피 본능은 그의 의지와는 별개의 문제였다. 사카디은이 깨운 이성보다 세계수 이그드라실의 심장부라는 위치가 더 자극적이었던 것일까.

이미르는 입술을 깨물었다.

만일 죽게 되더라도 각오는 하고 있었다. 라타토스크가 죽었을 때도 그녀는 눈물을 흘릴지언정 크게 움직이지 않았다. 그것도 다 이날을 위해서였을 것이다.

마지막으로 카티스를 떠났던 것도 이 때문이었을 것이다. 그녀는 죽기 위해서 세계수 이그드라실을 찾은 것이 아니라 마지막까지 저항하기 위해서 그것을 찾았던 것이다. 카티스를 떠나서 마음을 다잡기 위해서. 그녀는 그리고 세계수의 앞에서 홀로 저항하고 있었다.

그런 그녀의 감정은 솔직히 이해가 된다. 운명이라던가, 그런 숙명적인 이론을 따르며 안주하는 것은 어리석다고 생각한다. 하지만 나는 에이아의 감정은 이해하지 못했다. 내가 그녀였다면 나 같은 것은 버리고 다른 안락을 선택했을 텐데 그녀는 그렇게 하지 않았다. 그렇다면 마지막 순간까지 카티스와 함께 있어주었던 것, 이미르의 마음도 에이아와 같았기 때문일 것이다.

결국 이용만 당해왔던 자신이 선택한 얼마 되지 않는 감정에 의한 저울질.

그리고 그녀는 선택했다. 실패하더라도 마검 주르트르와의 계약은 성립하고, 그녀는 설령 몸은 죽지만 자유롭게 되어버린다. 그녀는 무슨 짓을 해서라도 세계수 이그드라실을 막을 생각이었다. 실제로 이미르는 이기적이더라도 자신이 살아남기를 선택하고 싶었을지도 모르지만 카티스에 대한 동정에의 발로였을까. 그녀는 세계수 이그드라실을 없애기로 마음먹은 것 같았다.

그녀가 아무리 발버둥 쳐도 세계수 이그드라실을 죽일 순 없다. 그러나 이미르 자신을 죽인다면 세계수 이그드라실의 힘은 주춤할 것이고 결국 양분없는 나무처럼 시들어 버릴지도 모르는 일이다. 그녀가 사는 것도, 눈앞에서 내가 보는 그녀가 죽는 것도 나에게 할 수 있는 최대의 복수, 그리고 사카디은에게로의 복수였던 것이다.

이미르는 일부러 주르트르를 가슴에 꼭 쥐었다. 죽더라도 주르트르에게 계약대로 영혼을 준다면 마검 이그드라실에게 흡수당하지는 않을 것이다. 삶에 대한 집착이 이미르의 눈동자에서 꺼지려고 하는 그 순간 이성을 잃은 카티스의 손에는 붉은 피가 튀었다. 그것이 이미르의 것인가 하면 그것도 아니었다.

"미카미르?!"

이미르의 아마빛 눈동자가 점점 커지며 꽃잎이 스러지듯 한 남자의 몸이 카티스의 손 안에 갈가리 찢겨 나갔다. 그녀의 오빠인 미카미르가 아직 살아 있었던 것을 난 기억하고 있다. 이것도 계산해 두었던 대로의 일이었다.

"미카미르……!"

언제나 중립을 지키던 지혜의 샘인 그는 오스키의 충고와 부탁에도 귀를 기울이지 않았다. 그는 어린 동생이 잘되기만을 바랬지만 예언의 능력을 가지고 있었고, 자신의 동생이 어떻게 될지도 뻔히 알고 있었다.

그리고 모든 미래시들이 그랬듯이 자신의 결말조차도 알고 있었을 것이다.

이제 이그드라실의 열쇠는 완성되었다. 미카미르 역시 이미르와 같은 아시르 인의 피를 가지고 있지 않은가.

이미르는 죽어가는 미카미르를 보며 솟구치는 눈물을 참지 못했다. 미카미르의 피는 카티스의 손으로 흡수되었다. 하지만 미카미르는 고통 속에 죽어가면서도 이미르를 보는 그 눈은 더할 나위 없이 다정했다.

"울지 마, 내 동생……."

자신의 동생을 위하고 있던 남자, 하지만 용기가 없었을 것이다. 동생이 괴로워하고 있는 것을 뻔히 알면서도, 그렇기 때문에 나설 수 없었던 것이다. 자신의 목숨을 불태워서 에이아를 지켰던 시구르드처럼 그는 동생을 지켰다.

그리고 곧 파악 피가 튀었다. 미카미르의 은발이 휘날렸고, 그 힘은 이그드라실의 것이 되었다.

완성(完成).

세계수의 완성이었다. 땅은 더욱더 크게 진동했다.

눈물로 범벅이 된 얼굴로 죽음의 마검을 쥐었지만 마검은 더 이상 반응하지 않았다. 죽음의 마검 주르트르마저도 이그드라실에게 흡수를 당한 것처럼 그 붉은 핏빛을 잃었다.

"미카미르……."

눈물을 삼키듯 자신의 오빠를 바라보는 이미르가 애절하게 느껴졌다. 그러나 나에겐 슬픔이라는 느낌이 존재하지 않았다. 저런 식의 죽음이라면 수도 없이 보아와서 질렸으니까. 카티스는 눈물을 흘리는 이미르에게 크게 반응하고 있었다. 그의 마음은 지금 괴로울 것이다.

사카디은의 피와 살을 먹고 자란 자신에 대해, 그리고 결국 이미르를 해하려고 한 알 수 없는 자신에게 그는 놀라고 있었다. 손으로 얼굴을 움켜쥐어 손에 묻어 있던 피 때문에 그의 얼굴은 피범벅이 되었다.

"카티스……."

애달픈 얼굴, 고조되어 가는 힘의 파동, 그것은 어떤 마검이나 다른 존재에서 느낄 수 없는 진정한 힘의 파동이었다. 그리고 곳곳에서 이그드라실의 고동 소리가 들려왔다.

두근두근.

그것은 카티스의 감정 변화에 따라 더욱더 크게 변했다.

이미르가 다가갔다. 하지만 그는 뒤로 물러섰다. 일순이나마 카티스일 때의 기억이 돌아온 걸까. 그는 길게 뻗어버린 손으로 자신의 얼굴을 가리려 하고 있었다.

"오지 마!"

그런 자신을 보여주고 싶지 않은 것 같다. 나는 휴~ 하고 한숨을 쉬었다. 그리고 나는 세계수에게로 다가갔다.

"다행이야, 로드. 그래도 죽고 싶지 않았잖아?"

나는 이미르에게 차가운 미소를 보였다. 이미르가 이대로 죽으면 오히려 곤란했다. 나는 세계수 쪽으로 조금씩 다가갔다.

그는 지금 감정이 불안정했다. 힘의 레벨은 변화와 함께 크게 올라가고 있었지만 그 불안한 감정은 사라지지 않았다. 곤란하다. 네가 날 더욱더 미워하면 좀 더 강한 힘을 내뿜을 수 있었을 텐데. 그리고 나에게만 덤볐을 테지.

"이 자식……!"

서 있는 나를 보며 카티스가 중얼거렸다. 머리카락은 지난번보다 몇 배나 길어졌고, 그것은 마치 중력을 거스르는 듯 힘에 의해 넘실거렸다. 검붉은 기운이 카티스의 몸에서 흘러나와 주변이 검붉은 색으로 느껴질 정도로 변화하고 있었다.

그와 동시에 세계로 뻗어 나간 이그드라실의 가지들이 모두 검붉은색이 되어버린다. 게다가 곧 이그드라실은 성장을 계속했다. 아마도 많은 인간들의 생명력을 빨아들이는 데 정신이 없었을 것이다.

"크흐, 젠장할……!"

그러나 예상과는 달리 사카디온의 일과 자신이 이미르의 생명을 빼앗으려 했던 것이 마음에 걸렸던 것인지 그 녀석은 목석처럼 그곳에서 움직이지 않으려 하고 있었다.

만일 나를 조금이라도 더 싫어했다면, 이미르를 죽였다면 이런 일은 없었을 테지만 그에게는 아직도 감정이라는 것이 남아 있었다. 뭐, 좋다.

나는 바르하시온의 옆으로 조금씩 다가갔다. 이미르가 움직이는 나를 응시하고 있다. 바르하시온은 여전히 미친 듯이 킬킬거리고 있었다. 사카디온, 그가 계획해 온 일들은 모두 순조롭게 진행되어지고 있었다. 아마 계획대로라면 마지막까지 잘 진행될 수 있을 것이다. 나는 이그드라실이 최초로 완성되었던 기계에 발걸음을 옮겼다.

세계수 이그드라실은 아직도 계속해서 성장하고 있었다. 나는 그 기계로 손을 가져다 댄다. 세계수 이그드라실의 힘이 원료인 그 기계에 깜빡깜빡 불빛이 들어왔다.

"마지막… 키워드가 있어. 아직은 완성되지 않은 존재… 내가 예전에 이야기해 주었던 나의 이름을 기억하고 있어?"

"…기억할 리가 없잖아!"

대답했다. 카티스는 자신의 변화 때문에 버럭 신경질을 내고 있었다. 자신의 몸의 변화와 솟구쳐 오르는 힘 때문에 제정신이 아니었을 텐데도 그는 발악하고 있었다.

"그렇겠지. 네가 기억하고 있었다면 일은 빨리 끝났을 텐데. 아마 이렇게까지 크게 일을 벌일 필요까지는 없었을 거야."

나는 카티스를 향해서 그럴 줄 알았어라는 얼굴로 쓸쓸하게 웃었다.

"하지만 곧 기억할 수밖에 없을 거야."

이것은 사카디은이 나에게 준 이름이었다. 하지만 나는 카티스의 기억에 그 이름이 남아 있길 바라지 않았다. 나에게 있어서 그 단어는 양날의 검과 같은 것이었다.

하지만 너의 도움이 없으면 할 수 없는 일이야.

그렇기 때문에 나는 멈출 수 없었다.

라스트 키워드Last Keyword.

강제적으로 세계수 이그드라실을 자각시키는 수밖에 없다.

나는 길게 뻗은 기계에 손을 댔다. 그것은 손의 체온에 반응하여 반짝 빛을 냈다.

"Midgard."

첫 번째 키워드는 나의 이름이었다. 아스가르드와 다른 마검들은 그들의 동의를 얻어 이 기계 안에 잘 넣어두었다. 사카디은, 얄궂은 남자. 자신의 친구를 이용할 수 있었고, 또 자신의 이상을 위해 자신의 생명을 버렸다. 그리고 나에게 그 이름을 주었다. 마지막 열쇠가 될 만한 단어를 그는 나에게 남겨주었던 것이다.

난 그들이 자유롭게 된다면 상관없다고 생각했다. 아마 그들이 에이아가 있는 곳에는 갈 수 없다는 것도 잘 안다. 하지만 시구르드가 나처럼 마검으로서 이용당하는 것이 싫었다.

이그드라실에 속박당하는 것도 싫었다.

그대로 소멸되어 버리는 것도 마음에 들지 않았다. 언제까지나 이용당하고 자유를 얻을 수 없는 것은 마음에 들지 않는다. 그들을 해방하기 위해서라면… 모든 것을 파괴하려던 바르하시온의 이야기를 듣는 것도 나쁘지 않았다. 나는 붉은색 혈석을 집어 들었다. 그것은 아나리드의 유적에서 우연히 얻은 것이었지만 유디엔의 혼이 깃들어 있는 한 지금 크게 도움이 될 수 있으리라는 생각이 들었다.

그것을 나의 검신 옆에 떨어뜨렸다. 혈석 펜던트는 붉은빛을 발하면서 녹아 들어갔다. 유디엔의 피로 만들어진 그 보석은 유디엔의 힘이었던 해방시키는 힘이 잠들어 있었던 것이다.

그리고 마지막 말을 잊지 않는다. 내가 반드시 해야 했던 일.

"Ragnarök(신들의 멸망)……!"

그것은 사카디은이 바라던 일이었다. 그리고 내가 원하는 것이기도 했다.

이그드라실의 심장이 있던 그 장소는 눈을 뜰 수 없을 정도로 밝은 빛을 발했다. 카티스의 심장이 철렁 움직이는 소리가 들려왔다.

동시에 대지는 엄청난 소리를 내며 갈라졌다.

이그드라실이 눈을 뜬 것이다.

Chapter 40

멸망〈Ragnarök〉

Ragnarök

마지막 키워드가 풀려 나왔을 때,

세상의 마지막을 알리는 듯한 거울이 할퀴고 간 자리에,

더 이상 여름도, 거울도 돌아오지 않았다.

그리고……

Katis

카티스

내 몸 안에서 솟구치는 기운을 나는 멈출 수 없었다. 나의 몸은 큰 변화를 겪었다. 내가 내뿜은 힘이 사방으로 뻗쳐 나갔으며 힘이 강해지면 강해질수록 세계수 역시 키졌다. 거대한 니무의 그 가지는 사방으로 곧고 길게 뻗었고, 마침내 모든 것을 덮어버렸다.

나는 확실히 나의 의지로 움직이고 있지는 않았지만 내 정신이 다른 외부의 존재에게 지배당하고 있지는 않았다. 이미 나의 의지로 움직이고 있었다. 그동안 갇혀 있었던 정신은 내 머리를 오히려 맑게 만들어주었다.

이상하게도 기분은 썩 나쁘지 않았다. 정확히 말하자면 포만감이 느껴졌다. 아무리 피를 마셔도 느껴지던 갈증이 사라졌던 것이다. 많은 종족의 피를 마셔온 내가 좀처럼 느낄 수 없는 포만감이었다.

이것이 바로 세계수 이그드라실이라고 하는 존재인가.

"깨어났군."

그는 미드가르드였다.

자신의 풀 네임Full Name을 사용하여 나를 깨운 녀석. 모든 파괴와 멸망의 힘이 담겨진 나를 깨우는 데 그는 주저하지 않았다.

"긴 시간이었어."

그러나 이미 세계수 이그드라실이 되어버린 나에게 미드가르드의 말 따위는 상관할 거리가 되지 못한다. 양손으로 입을 가린 채 덜덜 떨고 있는 이미르에게도 그다지 관심이 가지 않았다. 나는 힘에 의해 지배되어지고 있었다. 그것도 다른 사람의 의지나 힘이 아닌 나 자신이 가진 힘에 의한 지배였다.

지금까지 어떤 것들도 나를 완벽하게 만족시키지는 못했지만 지금의 나는 완벽하게 만족하고 있었다. 그 막대한 힘을 방출하는 것이 즐거워졌다. 과거에 대한 기억은 아예 잊어버리고 있을 정도였다.

죽음도 두렵지 않았다. 부질없는 감정도 더 이상 남아 있지 않았다. 그래, 나는 본능에 충실하게 행동하고 있었다. 하늘을 뒤덮은 세계수의 가지는 나의 힘의 원천이다. 세계수 이그드라실이 흡수한 힘은 나의 것이 되고 나는 그에 따라 만족한다. 본능에 충실한 삶은 나에게 포만감을 느끼도록 한다.

나는 눈앞에 일어난 상황뿐만이 아니라 세계수의 가지가 뻗어 있는 곳이라면 어디든지 볼 수 있었다. 급속도로 나의 수족처럼 자라 나간 세계수 이그드라실의 가지는 알타크나만이 아닌 대지에 있는 모든 사람들에게 공포를 안겨주고 있었다. 본래의 나는 이곳에 있지만 이그드라실의 가지가 뻗어 있는 모든 곳을 마치 가까이에서처럼 관망할 수 있었고, 그곳에서 느껴지는 공포마저도 느낄 수 있었다. 그럴 때마다 느껴지는 쾌감은 이루 말로 표현할 수 없을 정도였다.

"미드가르드, 대체……."

미카미르의 죽음으로 충격이 채 가시지 않은 상태에서 또 다른 충격을 받은 듯이 이미르는 힘없이 오도카니 서 있었다. 핏기마저 없는 입술을 꽉 깨물고 있는 이미르의 몸은 떨리고 있었다.

"그는 이그드라실입니다. 마검의 원한의 힘이자, 많은 마검의 능력이 응집된 존재라고 할 수 있으니까요."

미드가르드는 나를 바라보고 있었다. 그리고 손 안에는 마검 밸더가 은빛을 발하고 있었다.

"세계수 이그드라실을 없앨 수 있는 것은 이것뿐입니다. 마검을 능가하는 단 하나의 무기, 마검."

힘을 탐닉하고 있던 나에게 관심을 끊지 않은 채 미드가르드는 밸더를 이미르에게 던졌다. 이미르는 엉겁결에 그것을 받았다.

"전 이그드라실의 마검이기 때문에 그것을 쓸 수 없습니다, 로드. 하지만 당신이라면 반드시 그것을 쓸 수 있을 겁니다."

"뭐라고?"

미드가르드는 이미르의 선택에 맡기겠다는 듯이 간단하게 말했다. 이미르는 이해가 되지 않는다는 듯이 미드가르드에게 반문하려고 했다. 그러나 미드가르드는 그녀의 말을 막으며 말을 계속했다.

"이대로라면 이 세계는 멸망이라는 이름으로 치닫게 되는 겁니다. 이그드라실의 양분이 되고, 그가 방출하는 힘을 받아 인간이든 짐승이든 살 수 없는 폐허가 되어버릴 겁니다. 그것이 이그드라실의 창조자, 바르하시온의 목적이었습니다. 썩어 빠진 이런 세계 따위는 없애 버리고 싶었던 거겠죠."

"미드가르드, 너는……."

"하지만 제가 원한 것은 그런 것이 아니에요. 정말로 아쉽다는 생각이 들기는 하지만."

미드가르드는 쓸쓸하게 웃고 있었다. 그는 유일하게 이그드라실의 영향이 미치지 않는 곳에서 피가 배어 나오는 날개를 축 늘어뜨렸다. 힘은 뻗어갔고 곳곳에서 커다란 폭발음이 들려왔다. 그와 동시에 일종의 쾌감이 느껴져 왔다.

"아하하하!!"

웃기는 하지만 웃음으로도 표현할 수 없는 쾌감이었다. 즐거웠다. 사람의 비명과 증오, 공포를 느끼는 것이 이처럼 즐거운 것이었는지……! 그런 것은 처음으로 느껴보고 있었다. 죽이는 것을 당연하게 생각해 왔지만 희열이라고 생각한 것은 이번이 처음이었다.

파가각!!

이그드라실의 나무 기둥이 한층 더 위로 솟아올랐고 우악스럽다 싶을 정도의 투박한 가지들이 잔가지를 생성해 내며 푸른 대지와 하늘을 뒤덮었다.

피비린내, 피의 향기가 느껴진다. 즐겁다. 미칠 것처럼 즐거워져서 나도 모르는 새에 저절로 웃음이 터져 나온다. 하하!

이런 미친 세상 따위는 날려 버리는 것이 좋다는 생각이 들었다. 이질리스의 죽음이나 사카디은의 죽음 따위는 아무래도 좋다. 나에게 자신의 피와 살을 주어 이 구차한 세계를 멸망시키기 위해서였다면 그대로 해주겠다! 사카디은, 당신이 원했던 대로 이런 세상 따위는 모두 망가뜨려 줄 예정이었다.

"지금 나더러 이걸 사용하라고 하는 거야?"

"한번 죽음을 각오했던 당신이라면 사용이 가능할지도 모릅니다."

미드가르드는 이미르를 향해서 허탈하게 웃었다. 그러나 결코 생각나는 대로 내뱉은 말은 아니었다.

"당신이 카티스를 쏘아버리면 모든 것이 끝납니다."

허어, 그 딴 은색 막대기로 쏘아서 이 나를 없앨 수 있다고 주장하는 건가?! 하하, 웃기는군. 난 절대 그런 것 따위엔 죽지 않아. 나에게는 이제 영원불멸의 힘이 있었다. 마검으로부터 빼앗은 그 힘은 나에게 힘을 북돋아주고 있었다.

백지!

내 머리 속은 백지 상태와 같았다. 오로지 파멸과 죽음, 그것 이외에는 보이지 않는다. 검은 하늘이 붉게 물들어간다.

좋다, 이 기분! 모든 것을 날려 버리고 싶다, 이 파국의 땅을!

하하하하—!

웃어본 것도 얼마 만의 일이던가……! 죽음에 대해 깊게 생각하고, 나 자신에 대해 깊게 생각하는 것 자체가 어리석은 일이었다. 그냥 나는 나다. 거짓되든 진실되든 그것 모두 나인 것이다.

"카티스……"

이미르가 미친 듯이 웃는 나를 바라보면서 마른침을 삼켰다. 건을 쥔 그녀의 오른손이 덜덜 떨려왔다. 그녀의 손 안에 있는 마건은 마치 살아 있는 것처럼 부르르 떨리고 있었다. 그런 이미르를 바라보는 미드가르드는 여전히 비장한 각오가 묻어나고 있는 채였다. 이미르가 바라보고 있는 것은 미드가르드가 아닌 나였다. 그녀는 이미 변해 버린 나를 바라보고 있다.

"세계수 이그드라실……."

그렇다. 내가 바로 세계수 이그드라실이었다.

그녀의 속삭임은 나를 확인시켜 주고 있었다. 정신은 멀쩡했지만 더 이상 그녀를 감정 어린 눈으로 바라볼 수 없었다. 이미르는 이미르고 나는 세계수 이그드라실일 뿐이었다. 단 그녀의 손 안에 있는 마건은 나에게 해를 가할 수도 있는 무기라는 생각이 머리를 언뜻 스쳤다.

방해가 되면 처단한다. 강한 자만이 살아남을 수 있는 이유였다.

다른 사람이 나를 죽이기 전에 그를 죽여 버리면 나는 살 수 있다. 그것이 바로 자연의 법칙이 아니던가!

나는 수많은 가지들을 이미르에게로 뻗었다. 이미르는 멍하니 바라보고 있을 때가 아니라는 것을 깨달았기 때문인지 마건을 쥐고 그것을 피했다. 미드가르드 역시 그것을 피했다. 한동안 계속되었던 나의 몸부림이 멈추자 이미르도, 미드가르드도 안심한 듯 무너져 내린 돌무더기 사이에서 몸을 일으켰다. 그런 와중에 미드가르드는 피가 번져 나오는 자신의 날개를 어루만지며 중얼거렸다.

"자, 요르문간드, 늦지 않았어요. 이제 절 떠나세요."

그는 허공에 대고 그렇게 말했다. 아니, 허공에 대고 한 말이 아니었다. 녀석의 등에서부터 하늘색 물감을 녹여놓은 듯한 긴 머리카락의 아름다운 나신의 여성이 그의 앞에 나타난 것이다. 그녀는 미드가르드의 날개인 요르문간드였다. 날개의 상처에서 솟아진 피 때문인지 백지장처럼 창백한 인상이었다.

"저는 당신을 떠나지 않아요. 당신이 원하는 것을 보고 가겠어요."

그녀는 언제나 미드가르드의 방패막이였다. 지금까지 미드가르드를 지켜준, 그리고 또 그 녀석을 속박하고 있던 방패! 게다가 지금 그녀는 끝날 때까지 미드가르드를 따르겠다고 말한다. 하하! 웃기는군. 저런 녀석을 따르면 뭐가 좋단 말인가. 어차피 죽어버리는 것은 이곳에 있는 모든 것이 될 텐데. 이그드라실의 마검인 미드가르드는 죽지 않겠지만, 어차피 요르문간드는 나에게 생명을 빼앗길 것이다. 그렇기 때문에 미드가르드와 영원히 함께 가는 것은 무리일 것이다.

내가 큰 소리로 웃자 알타크나의 성이 크게 흔들렸다. 이그드라실의 힘에 견디지 못한 채 사라져 버린 기둥도 있었다. 나는 여전히 내가 가진 힘에 지배당하고 있었다. 어차피 이 성안에는 이미 사람이 많지 않을 것이다. 그렇지만 나는 내가 있는 이곳으로 다가오려고 하는 몇 명이 있다는 것을 알고 있었다.

이곳은 폭풍의 눈과 같이 나의 힘의 영역에서 벗어나고 있었던 것이다. 삼면이 트인 공간 구석에서 한 사람의 모습이 보였다. 그것은 다름 아닌 리프의 모습이었다.

"맙소사!"

그 뒤에 있는 것은 의외로 시리스였다. 이런 난리통 속에서 용케 살아 있다고 나는 잠깐 생각했다. 그리고 다른 사람 베리우스와 인간들의 모습도 함께 보였다. 그들이 이미 내가 있는 이곳에 다다른 것이었다.

하지만 상관없었다. 그들은 예전에는 알고 있었지만 지금은 그들이 다른 사람들과 똑같이 보일 뿐이었다. 단 그들의 뒤에 서 있는 불꽃의 빛을 발하는 날개의 남자는 나와는 정반대되는 존재라고 한다는 것만 제외하고는.

불꽃 날개를 가진 남자는 미드가르드를 바라보고 있다.

"최후를 보러 왔다. 덩달아 다른 녀석들도 함께 오긴 했지만……"

미드가르드는 대답없이 희미하게 웃을 뿐이었다. 그러나 겨우 저런 인간들이 나에게 뭘 할 수 있단 말인가. 나는 모두 죽여 버려서 양분으로 삼을 생각이었다. 아니, 그것이 실제 나의 생각이 아닐지도 모른다. 지금의 나는 진짜 '나'인지, 아니면 이그드라실의 힘에 잠식되어 가는 '나'인지 나조차도 알 수 없었기 때문이다.

"카티스!"

나의 이름을 부른 것은 시리스였다. 그녀조차도 변한 나의 모습을 보고 적잖게 당황하고 있는 것 같았다. 그러나 리프 쪽이 더 크게 놀란 듯했다. 그 녀석은 세계수 이그드라실의 성장과 나의 모습에 경악을 금치 못했다.

나는 매우 기분이 좋았기 때문에 입가에 미소를 띤 채였다. 검은 머리카락은 나의 기분을 알려주려는 듯 공기의 저항없이 넘실거리고 있었다. 한없이 깊은 나락으로 빨려 들어갈 것처럼 그것은 길게 뻗어 있는 상태였다. 마치 세계수 이그드라실이 뻗은 가지처럼.

"대체 어떻게 된 거지? 저자는 설마……?"

리프는 당황한 얼굴을 감추지 못하고 있다. 그의 손 안에는 건이 있었지만 그것은 마건이 아니었다.

"리프, 너도 알고 있잖아. 세계수 이그드라실이 눈을 뜬 거야."

시리스는 이미 나를 알고 있었다. 그녀가 나를 보고 놀란 것은 내가 세계수였다는 것 때문이 아니라 내가 세계수 이그드라실에 동화되었다는 것 때문인 것 같았다. 침착한 얼굴로 자신의 동생을 바라보는 시리스를 보며 어떤 기억이 아련하게 떠오를 듯했지만 머리 속에서 희미하게 영상만이 스쳐 지나갈 뿐이었던 데다가 얼마 지나지 않아 그 영상마저도 사라져 버리고 말았다.

"저 녀석이 세계수?"

리프가 입술을 깨물었다. 두 눈에는 나의 모습이 비쳐져 있다.

긴 손톱… 그리고 검붉은 사악한 기운을 내뿜고 있는 나의 모습이 그에게는 공포스럽게 비쳐졌을 것이다. 넘치는 힘을 폭발시킬 만한 곳이 없어서 아우성치고 있는, 또한 모든 것을 멸망으로 치닫게 하는 쾌감에 젖어 있는 나의 모습이!

"대체 무슨 소리를 하는 거야?! 카티스, 그놈은 라그나 가넬이었다고! 그런데 세계수 이그드라실이라니, 무슨 말이야?!"

이렇게 얼빠지게 소리친 것은 베리우스였다. 녀석의 손 안에는 정령 검인 자이비엘이 들려 있었고 당황한 얼굴이었다. 시리스는 식은땀을 오른손으로 닦으며 차분하게 대답했다. 리프도, 베리우스도 침을 꿀꺽 삼켰다.

"그는 정확히 라그나도, 아시르도 아니죠. 그는 인공적으로 만들어진 마검이었습니다. 그는 자신도 느끼지 못하는 이그드라실의 결정체예요. 마검의 정신체와 같아요. 마검의 힘을 조종할 수 있는 무한한 능력의 소유자인 셈이에요."

"저 자식이?!"

시리스가 고개를 끄덕였다. 로키가 나를 데리고 가고 싶어했던 것도 이 때문일 것이다. 만일 로키의 생각대로라면 그는 세계수가 되어버린 나를 사용해서 자유자재로 공포스러운 힘을 사용하려고 했을 것이다.

그러나 상황은 로키의 생각대로 되지 않았고, 미드가르드는 자신의 신념에 따라 나를 각성시켰다. 그렇기에 그들의 눈앞에 있는 것은 세계수 이그드라실에 동화되어 버린 나의 모습인 셈이다.

나를 바라보고 있던 베리우스는 입술을 깨물며 주먹을 부르르 떨었다. 두 눈에 공포라는 단어가 아로새겨지고 있었다. 붉은 기운… 검고 사악한 기운은 몸을 떨게 만드는 공포의 원산이었다. 에즈를 제외한 인간은 모두 경악하고 있었다.

"그렇다면 밸더는……!"

시리스는 밸더의 행방을 찾았지만 곧 에즈의 눈짓에 밸더가 이미르의 손 안에 존재한다는 것을 눈치 챌 수 있었던 것 같다.

"이미르?!"

이미르는 아직도 은빛의 건을 바라보고 있을 뿐이었다. 산화하는 것처럼 사라진 자신의 오빠를 생각하며 그녀는 갈피를 잡지 못하고 있었다. 그녀는 아직도 마건을 거부하고 있는 걸까. 하지만 좋다. 나에게 위협되는 물건이라면 우선 손을 써두는 것도 좋겠지. 나는 오른손을 들었다. 나뭇가지들이 다시 한 번 그녀를 향했다.

이미르의 뒤편에서 은흑발의 머리카락을 가진 청년의 모습이 나타났다. 뚜렷한 목표를 가진 눈동자는 세계수 이그드라실, 즉 나를 바라보고 있었다. 이미르에게로 향했던 세계수의 가지는 더 이상 뻗지 못한 채 그의 힘에 사그라들었다.

"웃기는군. 결국 바르하시온을 이용한 것도 바로 너였다는 건가?!"

흥분을 감추지 못했기 때문인지 로키의 목소리가 떨리고 있었다. 미드가르드를 향한 푸른 눈은 증오와 분노를 지니고 있다. 미드가르드는 대답하지 않았지만 그런 정적이 로키의 이성을 더 깎아버리고 있었다.

"좋아. 죽여 버리는 수밖에! 저런 바르하시온의 산물 따위… 이젠 나에게 더 이상 쓸모가 없겠군!"

누구더러 필요없다고 지껄이는 거야?!

내가 왜 저따위 하찮은 남자에게 지리라고 생각하는 거지?

나는 이미 모든 힘을 손에 넣었다. 저 남자가 나를 죽인다는 것은 허세일 뿐이다. 나는 큰 소리로 웃었다.

"당신은 그를 죽일 수 없습니다."

푸드덕!

날갯짓 소리와 함께 미드가르드의 몸이 로키를 막고 있었다. 라그나의 강한 힘을 나에게 쏟아버리려던 찰나였다.

"미드가르드!"

로키는 주먹을 부르르 떨었다. 사사건건 자신의 일을 망가뜨려 놓는 미드가르드의 존재를 인정하고 싶지 않았던 것이다.

"어째서 막는 거냐?!"

"어차피 세계수 이그드라실을 죽인다는 것 자체가 당신의 힘으로는 곤란한 일이죠."

"닥쳐라!"

미드가르드는 빙그레 웃고 있었다. 미드가르드는 저 은흑발의 남자를 어떻게 생각하고 있을까. 적대시할 적? 아니면 동료로 보고 있는가. 아니다. 미드가르드는 로키에 대한 어떤 감정도 없었다. 단지 도구로써 이용했을 뿐이었다. 그는 자신을 이용하기 위해 만들어낸 남자도 역으로 이용할 수 있을 정도로 치밀한 녀석이다. 그렇기 때문에 로키를 역으로 이용해 올 수 있었던 것이다.

"어차피 이그드라실의 힘을 사용해서 아시르 인과 오스키가 다스려 온 이 세계를 파괴하는 것이 당신의 목적이 아니었던가요?"

"닥쳐! 그건 오스키가 그것을 보고 있을 때야 비로소 완성될 수 있는 복수였다. 그렇게 허무하게 오스키를 죽인 것은 너잖아! 너는 나를 배신했어!"

"고리타분하군요, 당신도."

계속 뻗어 나가는 이그드라실의 힘, 마치 세계를 집어삼켜 버릴 것 같은 힘이 대지와 생명을 휘갈기고 있었다. 그래, 생명을 빼앗고 있었다.

그것이 사카디은이 원하던 것이었단 말인가. 이 세계의 멸망이? 하하… 정말로 웃기는군. 당신이 바라던 일이라면 해주겠어. 어차피 나는 이런 일밖에는 할 수 없으니까.

"너야말로 무엇을 위해 이런 짓을 하려는 것인지 모르겠군. 펜리르를 풀어줘."

"저는 펜리르를 속박한 일이 없습니다."

미드가르드는 시치미 떼는 것 같았다. 주위에 짙은 어둠이 깔리고 있었다. 음산한 분위기는 세계수 이그드라실로부터 뿜어져 나온 것만은 아니었다. 미드가르드의 주위에서도 그 기운은 강렬해지고 있었다.

"그렇다면 본인과 이야기해 보시죠?"

짐승의 소리가 났다. 낮은 으르렁거림.

"펜리르?"

"크르르… 죽어라……!"

그리고 분노였다. 자신을 버린 로키에 대한 분노가 나에게까지 느껴진다. 그 녀석은 자신을 버리고 간 로키에게 큰 증오의 마음을 품고 있었다.

"펜리르, 무슨 말을 하는 거냐? 미드가르드, 네 녀석이 펜리르에게 뭐라고 말한 거냐?!"

로키는 자신의 말을 들으려고도 하지 않는 펜리르를 보면서 다급하게 로키에게 물었다.

"아무것도."

당연하게 내뱉는 말은 밉살스럽게 들릴 정도였다. 그러나 더 이상 대답을 추궁할 시간은 없었다. 펜리르가 로키를 공격했던 것이다.

"이 배신자, 죽여주겠어! 갈가리 찢어주겠다!"

"빌어먹을, 미나트 녀석!"

로키는 허리에 감아두었던 가죽 채찍을 휘둘렀다. 로키의 힘이 채찍을 통해 방출되었다. 암흑을 머금은 은빛의 기운이 가죽 채찍에 맺혔고, 그것이 펜리르를 노리고 있었다.

그러나 로키는 펜리르를 죽일 마음은 없었다. 동족에 대한 집착이 누구보다도 강한 로키였기 때문에 그는 나름대로 펜리르를 소중하게 생각하고 있었다.

세계수 이그드라실이 되어버린 나는 로키의 마음을 이미 알고 있었다. 세계수는 오래도록 사람들의 기억과 힘을 먹으면서 자라왔다. 저 미드가르드의 일도, 이미르의 일도 나에겐 기억으로 남아 있었다. 로키는 오스키의 힘으로 인해 갇혀 버린 펜리르를 깨우기 위해서 팔방으로 노력했었다. 그러나 로키가 집착하고 있던 라그나라는 존재는 그토록 어이없이 무너져 버린 것이다. 펜리르를 깨운 것은 다름 아닌 미드가르드, 이그드라실의 마검이라는 명분을 가진 그 녀석이었다.

그리고 미드가르드는 펜리르의 마음에 로키에 대한 증오의 마음을 심어주었겠지. 그런 것쯤은 오랜 시간 동안 계획해 온 녀석에겐 어려운 일도 아니었을 테니까. 그는 둘 사이를 이간질하는

데 성공했던 것이다.

카칭!

금속끼리 마주하는 금속음이 뼈 속까지 저려올 정도로 강렬하게 울렸다. 그러나 펜리르의 이빨과 로키의 가죽 끈이 부딪친 소리였다.

펜리르는 로키를 이기지는 못했다. 로키의 힘이 그 녀석을 상회하고 있었던 탓도 있었겠지만 상황도 좋지 않았고, 또 그에겐 달려들 수 없다는 제약 같은 것도 존재하고 있었던 것 같다. 그러나 미드가르드의 암시대로 펜리르는 증오를 버리지 않았다. 미드가르드의 달콤한 말이 녀석의 귀를 완전히 닫아버렸다. 펜리르는 오로지 강함과 복수, 그 두 가지만을 추구하고 있었다. 힘의 결정체가 자신의 근처에 있는 것을 깨달으면서!

"크르르……"

그 녀석이 목표로 한 것은 어리석게도 나였다. 나를 집어삼키려 하고 있었던 것이다. 분수도 모르는 얼빠진 개새끼 같으니라고!

"어리석은."

미드가르드가 낮게 읊조렸다. 일순 나도 동감했다.

나는 그런 건방진 녀석을 포용하고 싶은 생각 따윈 없었다. 예전에도, 지금도 마찬가지였다. 그 녀석이 내게 이빨을 드러냈고, 가소로운 생각이 들어 나는 그 녀석을 향해서 이그드라실의 힘을 시험해 보았다.

검은 기운이 펜리르를 올가미처럼 가두어 버린 것이다. 그리고 곧 이어 펜리르의 몸은 산산조각이 되어 대리석으로 만들어진 평평한 바닥에 가루가 되어 흩뿌려졌다. 모두 가루가 되어버린 것은 아니다. 펜리르의 머리는 아직 남아 있었다. 나는 고통없이 죽이는 것도 싫다. 고통스러운 모습이 기분 좋기 때문이었다. 아무렴, 저런 나에게 덤빈 개새끼는 고통스럽게 죽어야 마땅하다.

"이그… 드라실?!"

로키의 눈동자가 나를 향해 있었다. 로키의 눈동자에 검은 잔영으로 흔들리는 나의 모습이 비쳐졌다. 아아, 내가 저런 흉측한 모습이었던가. 인간의 형상도 아니고, 그렇다고 라그나의 그것도 아니다. 단지 힘을 가지고 있는 어떤 물체 같았다. 그것이 마검이라고 불리는 것이었나.

"어리석기는… 여전하군. 죽을 때까지 얼간이였어."

미드가르드가 펜리르에게서 고개를 돌리며 한숨을 쉬었다. 하지만 이미 이렇게 되리라고는 짐작하고 있었던 것 같다. 결국엔 미드 녀석에게 속은 펜리르가 바보 같은 거다.

"나를… 속인 거냐……?"

펜리르는 이빨을 드러내며 원통하다는 듯이 크르르 울어댔다. 그러나 그 후로는 더 이상 아무것도 할 수 없었다. 머리만 남은 놈이 말을 한다는 것 자체가 엽기적이기는 했지만, 그래도 한껏 고통을 느끼다가 죽었을 것이다.

"난 그가 세계수 이그드라실 자신이라고는 대답하지 않았었지요. 어차피 그를 손에 넣는 것 자체가 당신에게는 처음부터 불가능했어요, 펜리르."

미드가르드의 마지막 말을 듣는 둥 마는 둥 펜리르는 미처 할 말도 다 하지 못한 채 재로 화해 버렸다. 그 힘은 물론 내 것이었다. 넘칠 정도로의 힘을 나는 거대한 나무의 형태로 방출하고 있는 상태가 아니던가.

"미드가르드, 이 녀석!"

그 가죽 끈이 노린 것은 이번엔 미드가르드였다. 미드가르드를 향해서 로키는 몸을 낮추며 허공을 갈랐다.

"하하, 침착해 보여도 꽤나 다혈질이시군요, 로키님?"

가볍게 피한 것도 자신이 있어서겠지, 저 녀석.

"닥쳐! 펜리르를 꼬드긴 것은 네놈이잖아! 감히 누구 면전에서?!"

매우 분한 얼굴이다. 조금만 더 분노했다면 눈가에 눈물도 머금었으리라. 그러나 그런 면전에서도 수다 검 놈은 태연자약하기만 하다.

"당신이 그를 끄집어낼 수 없었던 것은 라그나였기 때문이죠. 전 인간에 가까우니까 가능했습니다만, 뭐 이것도 다 운명이라고 생각하세요."

미드가르드의 능글맞은 웃음이 로키의 부아를 한층 치밀어 오르게 한다.

"닥쳐라! 펜리르에게 거짓말을 한 것을 운명의 탓으로 돌리라니, 우습구나."

"자기 자신을 구해줄 것이라고 믿고 기다려 왔던 동물에게 증오를 심어서 내 수하에 두는 것은 어렵지 않은 일이었지요."

"빌어먹을. 넌 내가 너의 손에 놀아나는 것을 보며 즐거워했겠군."

"그다지."

미드가르드의 말에 로키는 녀석에게 힘을 사용하고 있었다. 그러나 이그드라실이 있는 곳에서 수다 검에게 힘이 통할 리가 없었다. 강한 마검의 힘이 모인 것이 이그드라실, 제아무리 뛰어나다 하더라도 로키가 그런 이그드라실을 이길 리는 만무하다. 그렇기 때문에 이그드라실의 마검이 로키에게 당할 리가 없다. 로키도 그것을 알고 있을 것이다.

"저를 죽인다고 복수는 되지 않습니다. 하지만… 저에게는 당신을 죽일 이유가 충분히 있죠."

"설마 네가 저 이그드라실을 조종하겠다는 거냐?!"

로키의 냉소에 자신없는 얼굴의 미드가르드가 피식 실소를 터뜨렸다.

"그럴 리가 없지 않습니까? 하지만 당신은 저에게 더 이상 쓸모없어요. 라그나도, 아시르 인도 이제는 사라져 주시죠."

으드득!

분노로 인해서 로키의 이빨이 갈리는 소리였다. 딱히 미드가르드의 말 때문만은 아니다. 녀석이 만일 부추기지 않았더라도 나는 그들을 다 먹어치우려고 했을 것이다. 미드가르드의 지시대로 따르는 것이 아니라 강한 힘이 가지는 본성에 나는 나의 모든 것을 맡기고 있었다.

"틀렸어. 저놈은 모든 것을 말아먹으려 하고 있다고!"

베리우스가 입술을 깨물고 있었다. 아무래도 뻗어 나오는 가지를 상대하는 것만으로도 버거웠을 것이다. 베리우스의 눈 안에 있는 나는 싸늘하고 감정이라고는 눈곱만큼도 찾아볼 수 없는 그런 모습이었다. 그래, 나는 저런 모습이었지. 어차피 파괴될 것이라면 신나게 날려주마.

"어떻게 하지? 저건 인간의 힘으론 무리야!"

리프가 그렇게 생각할 만했다. 내가 기분이 좋아질 때마다 세계수 이그드라실의 뿌리가 닿는 곳에 있는 모든 생명체들이 마치 나약한 짐승이 맹수의 발톱에 찢겨 나가듯이 갈가리 찢겨 나가는 것을 느낄 수 있었다. 쾌감이었다. 분노와 공포가 느껴질 때마다 나는 웃음을 참을 수 없었다. 너무나 즐거웠다. 대지가 핏빛이 되어가는 것도 마음에 들었다.

뭐 어떤가. 이것이 그가 원한 일인데.

"강해. 다가갈 수 없을 정도야."

베리우스가 공기의 압력으로 인해 밀쳐 나는 몸의 균형을 잡으며 가늘게 눈을 떴다. 힘의 압도적인 차이를 녀석은 느끼고 있었다. 비등비등하거나 약간의 우월 정도라면 노릴 만한 가치가 있는 표적이 된다. 하지만 월등하게 차이가 나버린다면 어떤 동물이라도 몸을 움츠리지 않을 수 없다.

그들이 그런 상태였다. 베리우스도 시리스도, 리프도, 붉은 날개를 지니고 있는 남자만 제외하고 그들도 마찬가지이다. 섣불리 강한 힘을 가진 나에게 덤벼들 수 없었던 것이다.

"맙소사……."

"이그드라실의 힘은… 결국 파괴의 힘인가……."

시리스의 중얼거림 소리가 들려왔다. 이미르 역시 그런 나를 바라보고 있었다. 이미르는 손 안에 있는 마건을 바라보았다. 갈등이 느껴져 왔다.

"정말 마지막 마검에 어울리는군."

무뚝뚝하게 에즈가 말했다. 그 녀석은 나를 바라보며 그 모든 것을 자신의 뇌리에 심어두고 있다. 그는 자신만은 전혀 피해를 입지 않을 만한 공간 안에서 날개를 퍼덕이고 있었다.

"이제 어떻게 해야지?"

"글쎄… 저걸 해결해야 할 것 같은데요?"

베리우스의 물음에 리프가 답했다.

허어, 힘의 차이를 느끼면서 인간 주제에 나에게 덤비겠다고 말하는 것 같은데 우습군.

"하지만… 에잇 모르겠다. 날 원망하지 말아라, 카티스!"

떨리는 손으로 쥐고 있는 정령 검 따위로 나를 상대하겠다고? 웃기는군. 베리우스뿐만 아니라 로키도 나에게 덤벼들 기세다. 하지만 나야말로 모든 것을 없애 버릴 거야. 모두 사라지도록 하겠어.

"카티스……."

시리스의 눈동자가 나를 향했다. 입술을 잘끈 깨물었다. 그녀는 무언가를 바라보고 있었다. 그것이 무엇인지는 알 수 없었다. 한동안 나는 그녀의 눈 안을 바라보다가 다시 움직이기 시작했다.

두근.

심장이 계속 크게 고동치고 있었다.

그래, 어떻게 되든 상관없었다. 나는 마치 마지막 몸부림처럼 최초로 전력을 다해 그들을 죽일 생각이었다.

"아앗, 마왕의 강림인가?!"

부서진 돌 틈 사이로 들려오는 목소리는 익숙하고도 탁한 것이었다. 돌 틈 사이에서 비집고 나타난 자는 남자라고 하기엔 아직 어린 나이였지만 울끈불끈 솟아 있는 근육을 볼 때에는 그 말도 무리가 없을 것 같았다.

"아앗, 헝그리?!"

꺾여진 생명체가 없는 마수 검은 손 안에서 빛나고 그 등에는 어떤 소녀가 등에 업혀져 있었다. 헝그리의 얼굴은 흙투성이였지만 어둠 속에서도 그 야수 같은 눈만은 빛을 발하고 있었다.

"헝그리 군, 대체 어떻게 이곳에……."

시리스의 말엔 관계없이 녀석은 '악이 있는 곳은 언제든 제가 갑니다'라는 한심한 대답을 했다. 로키에게 속아서 이곳에 왔을 것이 뻔한데, 빌어먹을 꼬맹이.

베리우스 역시 한심한 표정을 지으며 나에게 달려들었다. 달려 드는 힘없고 나약한 인간 따위를 죽이는 것은 쉬운 일이다. 죽음 을 각오한 녀석에겐 죽음을 주는 것이 가장 간편한 일인 것이다. 나는 히죽 웃으며 녀석의 검을 노려보고 있었다.

우당탕!

세계수 이그드라실의 심장 부분에 있는 인간들을 죽이는 것은 그다지 어려운 것은 아니었지만 그만큼 힘이 절감되어 있는 상태 였다. 뭐, 절감된다고는 하지만 인간들에 비해서 터무니없이 강한 힘이긴 하다. 땅이 갈라지고 땅에 있는 사악한 기운이 솟아 나오 는 정도는 식은 죽 먹기였다.

마검이 가진 힘 가운데 하나였다. 마검이 가진 힘을 모두 가진 이그드라실에게 날씨를 바꾸거나, 천둥 번개를 내리는 것 따위는 쉬운 일이었다. 아시르 인의 마법사보다 강한 힘을 발휘할 수 있 고, 라그나의 사술사보다 더 강한 사념을 주위에 둘 수 있는 것이 다.

그리고 그런 가벼운 힘이 베리우스의 몸을 퉁겨냈다.

"크흑……!"

파각!

벽에 부딪히며 벽을 무너뜨릴 정도로 강한 충격을 받았다. 입에 선 금세 왈칵 피가 흘렀고 베리우스는 힘들게 왼쪽 눈을 떴다.

"젠장할, 쩝도 안 되잖아……."

터져 나온 피를 왼손으로 닦아냈지만 베리우스는 몸을 일으키기조차 힘들어했다. 아마 내장이 뒤집어졌을 것이다. 이그드라실은 어떤 힘이든 사용할 수 있으니까.

"맙소사……."

리프가 입술을 깨물며 건을 겨누었다.

탕!

소리와 함께 탄환이 발사되었지만 소용없는 일, 그것은 내 긴 머리카락에 닿기도 전에 소멸되었다. 하하, 인간들이란 아주 나약한 존재로군. 저런 장난감으로 나를 상대하려고 하다니 우습군. 아니, 우습지도 않아!

"옷, 역시 정의의 용사가 없으면 안 되는군요."

근육돌이가 그렇게 말하며 자신의 등에 업혀 있던 소녀를 바닥에 내려놓았다. 리프와 시리스를 닮은 구석은 없었지만 예쁘장하고 고급 옷을 차려입은 소녀였다.

"베므?"

시리스가 소녀의 이름을 불렀다. 소녀는 이미 기절했는지 대답하지 않았지만 헝그리가 대신 고개를 끄덕이며 긍정을 표했다.

"이 성안에 여자가 있었어요."

시리스가 다행이라는 듯이 베므에게 다가갔다. 숨이 고른 것을 보면 단순히 기절한 것뿐이었기 때문에 그녀는 안심했다.

"다른 사람은?"

"다른 사람이 있기는 했지만 손목이 그어져 있었고, 그녀는 이미 죽은 것 같았어요. 그 옆에서 울고 있던 이 소녀를 구한 것은 저예요. 틀림없이 이 아가씨는 공주님일 거예요."

근육돌이는 자신의 행위가 자기가 생각해도 대견스러웠던지 어깨를 으쓱했다. 시리스는 상황이 상황이니만큼 헝그리의 자신만만한 태도에도 신경 쓰지 않았다.

"시긴은, 어머니는 정말로 이그드라실의 탄생과 함께 목숨을 버리셨군."

"어머니의 선택이었던 것 같군. 로키를 선택한 것처럼."

쓸쓸하게 베므를 바라보는 리프의 말에 시리스는 깊은 한숨을 내쉬면서 대답했다. 이미 여왕은 죽었고, 그녀의 딸만은 헝그리의 손에 의해 살아남았던 걸까.

"베므라도 살아 있어서 다행이로군."

그리고 고개를 돌려 자신의 남동생을 바라보았다.

"하지만… 리프, 너는 이제 그만 돌아가라."

"누님, 무슨 말씀이십니까?!"

"이곳은 나만으로도 충분해."

"네?"

시리스에게서 느껴지는 강한 자신감에 리프는 눈이 번쩍 뜨였다. 이렇게 극단적인 상황에서 그렇게 말하는 시리스의 상태가 이상하기도 했지만, 그런 그녀의 행동에 전율을 느끼고 있었다.

"사카디은, 너의 숙부가 그만큼 일을 끝내놓았어. 분명히 일은 잘될 거야."

"누님, 하지만!"

자신을 버리고 앞으로 나아가는 시리스를 보며 리프는 손을 뻗어보았다. 하지만 시리스는 그 손을 잡지 않았다. 오히려 리프를 질책했다.

"징징거리지 마라. 넌 알타크나를 이끌 몸이야."

"하지만……"

시리스를 따를 수 없는 리프의 안타까운 마음이 깊게 느껴졌다.

호오, 이그드라실의 심장부에 있으니 느껴지는 것도 다양하군. 뭐, 좋아. 지금도 이 세계인지 대륙인지는 모두 파괴되어 가고 있으니까.

시리스의 말에 리프는 위압감을 느꼈다.

흔들려 가는 성, 그녀의 생각대로 얼마 지나지 않아 이곳은 무너져 내릴 것이다. 리프는 고개를 끄덕이며 건을 한쪽 어깨에 메고 베므라는 소녀를 안아 올렸다.

"리프, 나중에 보자."

"…알겠습니다, 누님……."

리프는 애달픈 얼굴로 시리스를 바라본다. 하지만 리프는 군주로서의 위엄을 시리스에게서 느끼고 있었다. 그녀의 말을 따르는 그는 마치 주군의 예를 지키는 신하의 마지막 모습 같았다. 리프는 왔던 길을 통해서 밖으로 향했다. 아수라장이 되어 있는 성 밖의 공간으로 살아 나갈 수 있다면 그것만으로도 시리스는 감사할 것이다.

"이곳은 저에게 맡겨두세요!"

헝그리의 말에 리프는 대답하지 않고 발걸음을 옮겼다. 로키가 헝그리의 허세에 코웃음을 쳤다. 흑색 진주와도 같은 색의 기운을 싸늘하게 담고 있는 가죽 끈이 나에게 내려쳐졌다. 감히 나에게 덤비는 녀석은 죽일 준비가 되어 있었다.

나와는 아무 상관 없는 쓰레기들, 다 죽어 널브러지는 것을 생각하자 나는 쾌감만을 느낄 뿐이다.

"다 틀어져 버렸군. 세계수 이그드라실의 힘이 있었다면 아시르인들이 세운 이 세상 따윈 모두 날려 버렸을 텐데!"

"어차피 파멸이 당신이 원하던 일 아니었습니까?"

그러나 로키에게는 모두 오스키가 살아 있을 때 이루어지길 바랐던 원망이 아니던가. 펜리르가 오스키를 먹어버린 후로 그는 허무하게 삶의 목표를 잃은 셈이었다. 그리고 라그나즈를 해방하는 일도 불가능해졌다. 세계수 이그드라실은 어처구니없는 녀석의 손에 의해서 깨어났으며 누구도 세계수 이그드라실을 다스리지 못하니까.

"닥쳐라. 너부터 죽여주마!"

"안타깝지만 전 세계수 이그드라실이 죽을 경우에만 죽을 수 있어요."

"젠장!"

허무맹랑한 손길이 나에게 오갔다. 하지만 난 시험해 보고 싶었다. 허용할 수 없는 범위가 어떤 것인지, 아니면 무한인지. 자신이 최강이라고 생각해 오던 라그나 따위는 손쉽게 죽일 수 있는 것인지.

검은 사념은 모여서 짐승의 형상이 되었다. 로키는 은흑발을 휘날리며 고개를 돌렸다. 암흑의 기운은 녀석을 먹이로 삼고 있었다. 좋다!

그것은 사슬과 같이 녀석의 몸을 휘감고 있다.

"젠장할, 이그드라실! 바르하시온 녀석!"

바르하시온은 여전히 정신이 없었다. 그 녀석은 킬킬 웃으며 자신의 연구 결과에 만족하고 있을 뿐 다른 말은 하지 않았다. 그러니 로키의 절규 따위가 들릴 리 없었다.

뼈가 으깨지는 소리가 났다. 로키의 눈은 원망스럽게 바르하시온을 바라보았지만 상대는 응답이 없다.

"어디서부터 잘못된 건지……."

로키는 입술을 깨물며 그렇게 말했다. 손에 힘이 빠지고 있었다.

"아마 처음부터 잘못된 겁니다."

무정한 미드가르드의 말과 함께 로키는 더 이상 말하지 않았다. 그의 생명이 결국 나에게 흡수되어 버린 것이다. 아시르 인의 피를 받아 아시르 인으로서 생활을 해온 로키의 피는 썩 맛이 괜찮았다. 하지만 그뿐이다. 결국 죽어버린 것이다. 그의 삶의 자취는 이미 세상에서 소멸해 버린 것이다.

미드가르드는 더 이상 아무 말 하지 않았다. 주위는 어둠과 검은 정적으로 물들어갔다. 녀석의 마음대로 모든 것이 진행되어 가는 건가. 그는 결국 원하고 있던 것인가, 이런 식의 멸망을.

내가 흡수한 로키의 힘을 탐닉하고 있을 때 미드가르드를 향해 달려오는 가무잡잡한 피부의 소녀가 있었다. 소녀는 급하게 미드가르드에게로 다가가고 있었다. 아직도 이 성에 저런 생명체가 남아 있었단 말인가.

"일은 끝났어, 미드가르드?"

미드가르드가 손대었던 기계 안에서 검은 오일이 잔뜩 묻은 후냐가 나오고 있었다. 그녀는 그 기계의 어떤 곳이라도 손봐주고 있었던 것일까. 후냐는 자신의 더러워진 몸에는 신경 쓰지 않고 지금껏 눈치 채지 못했던 밖에서 일어난 상황을 인식하고는 눈을 휘둥그레 떴다.

"맙소사, 저게 다 뭐야?!"

"후냐, 아직도 가지 않았습니까? 제가 당신께 돌아가라고 했을 텐데요."

후냐의 말에 미드가르드가 쓴웃음을 지었지만 후냐는 '미드가르드의 진실을 보고 싶었어'라고 대답했다.

끈질긴 여자애로군, 저 계집애. 응, 뭐가 끈질기다는 거지?

나에게 아직도 예전의 기억에 신경 쓸 여력이 남아 있었던가. 나는 인간도, 라그나도, 아시르도, 아니, 보통의 마검도 아닌 세계수 이그드라실이다.

후냐는 피가 떨어지는 미드가르드의 날개에 검은 오일이 묻은 손을 가져다 대었다.

"조금이라도 널 지켜보고 싶어. 위험하다 싶으면 난 갈게."

"하하……."

미드가르드는 허탈하게 웃었다. 자신이 봐도 자기 자신이 바보 같았겠지. 자신을 속박하는 존재에게 얽매여 있다는 것이. 후냐는 가무잡잡한 살결에 묻은 오일을 박박 문지르며 여유있게 이를 드러내며 웃었다.

"됐어, 할 수 없지. 그게 미드가르드의 소원이었다면."

후냐의 말에 미드가르드는 고개를 끄덕였다. 후냐는 시큰한 코를 훌쩍거리며 검지손가락으로 인중을 비비적거렸다. 그런 후냐를 본 미드가르드는 조금 감정적인 얼굴로 고개를 숙였다. 아마도 이것은 후냐와 미드가르드만의 마지막 이야기가 될 것이다.

"나는 나를 두고 간 에이아가 미웠습니다. 하지만 그 정도로 아직도 사랑하고 있으니까."

"그래서 이런 결론을 내렸던 건가?"

미드가르드 녀석이 지금까지와는 다른 얼굴을 보였다. 이전에 부드럽게 미소 짓던 그때의 그 얼굴이었다. 지금까지 증오로 낮게 타오르던 눈길이 가라앉았다고나 할까, 뭐 그런 분위기였다. 그 옛날 나를 처음 만나고 카티나가 되어버린 나를 돌보아주던 그 모습이었다. 어느 것이 그의 진짜 얼굴인지는 알 수 없다.

"맞아요. 에이아의 말대로 앞을 보고 날아갔다면… 하지만 이젠 그녀의 말대로 할 수 있습니다. 세계수 이그드라실이 사라지면 나는 내가 이루려고 했던 것을 이룰 수 있게 되는 셈이니까."

하지만 어떤 일이 있었는지는 알고 싶지 않다. 세계수 이그드라실에 종속된 검 미드가르드는 나를 깨우는 데 큰 힘을 발휘했다. 내가 죽일 수도 없지만 나를 죽일 수도 없는 존재, 그러나 그는 나를 움직이고 있는 원동력 가운데 하나였다. 나는 죽고 싶지 않았다. 미드가르드의 말을 들으니 그것을 확실히 알 수 있었다.

이상하게도 맑았던 머리가 깨질 듯이 아파왔다. 어떤 반응을 보아도 흔들림이라는 것은 없었는데 지금은 달랐다. 기분이 나빠졌다. 아까까지만 해도 그렇게 기분이 좋았는데, 모든 것을 죽이는 것이 즐거웠는데 정말 이상했다.

내가 몸을 움츠리자 내 눈앞에는 기다렸다는 듯이 카나가 나타났다. 검은 머리카락을 틀어 묶은 붉은 입술의 여성, 가죽으로 만들어진 슈트를 입고 짙고 긴 스커트에 하이힐을 신은 늘씬한 다리를 자랑하듯이 내뻗은 그 여자는 이그드라실의 검은 기운 속에서도 유유히 들어왔다. 그녀는 이상한 존재였다.

"역시 미드가르드로군. 로키를 대신 제거해 준 것에 대해서 인사하러 왔어."

그녀는 팔짱을 낀 채 후냐와 함께 있는 미드가르드에게 다가갔다. 입가에 미소를 띠고서 그녀는 속삭였다.

"이젠 내 차례인가? 자신의 목표를 위해서라면 물불을 가리지 않았던 남자. 그리고 이제 세계수를 쓰러뜨리는 것만 남았지. 저것을 쓰러뜨려야 비로소 사람들은 자유라는 것을 만끽할 수 있게 될 테니까."

"그렇군요. 저도 당신에 대해선 잘 알고 있습니다. 당신은 끝까지 아르스리르와의 약속을 지켜주었지요. 그가 카티스를 지켜달라고 말하지 않았던가요?"

정말로 카나가 나를 지켜주고 있었단 말인가. 거짓말. 나는 별로 그렇게 생각하지 않았다. 그러나 그녀는 대답 대신 미드가르드의 귓가에서 조용히 어떤 것을 속삭였다.

"마건 밸더가 원하고 있던 것은 실은 네가 강렬하게 원하는 것이었잖아?"

미드가르드는 대답이 없었다.

그렇다. 카나가 이곳에 나타나자 내 머리는 진동하고 있었다. 내 심장도 크게 뛰기 시작했다. 나는 저 여자를 증오했다. 하지만 그녀는 내가 대단한, 그리고 아무도 범접할 수 없을 힘을 가지고 있음에도 두려움을 느끼게 하는 존재였다. 하지만 이내 이성이 작용했다. 나는 검은 사념을 그 여자에게 내뿜었다.

"나에게 덤비는 것은 용서 못해, 이그드라실."

붉은 매니큐어를 칠한 손톱이 허공을 갈랐고, 동시에 사념이 무너졌다. 붉은 눈은 내 눈보다도 더 섬뜩해서 아찔해졌다. 이상하다. 이런 것이 아니었는데!

저 여자는 사카디은을 죽였고 그것에 대해 나는 깊이 증오하고 있었는데, 대체 왜 나는 저 여자를 죽일 수 없는 걸까. 카나는 더 이상 날 공격해 오지는 않았다. 오히려 조소하듯 비웃고는 미드가르드에게 시선을 두었을 뿐이다.

"어차피 나는 약속을 지켰어. 네가 바라던 것이 내가 바라던 것이지. 나도 너도 약속을 지키고 싶어했잖아?"

"아르스리르의?"

미드가르드의 눈빛이 쓸쓸했다.

"됐어. 쓰레기통을 보면 널려 있고, 그 정도로 쓰레기통에 버릴 수 있을 정도의 그런 감정이야."

카나는 붉은 입술로 중얼거렸다. 그리고 빙그레 웃으며 다시 검은 차원 속으로 사라져 버렸다. 미드가르드가 가지고 있다는 어떤 차원이든지 가르는 힘. 그 여자는 그것을 손쉽게 사용하고 있었다. 머리 속에 혼란이 느껴졌다.

사카디은이 마지막으로 했던 말이 뇌리를 스치고 지나갔다.

이미르가 뚜벅뚜벅 본능과 이성의 균형이 무너진 나에게 다가왔다. 손에 들고 있는 마건에는 힘이 들어가 있지도, 장전이 되어 있지도 않았다.

백금발이 바람에 휘날렸다. 마법의 기운이 났지만 특별히 뭐라고 중얼거린 것은 아니었다.

"바보."

나에게 한 한마니, 이미르가 내게 건넨 것은 바로 그런 단어였다. 그녀의 왼쪽 검지손가락은 나를 향해 있었다. 그리고 울분을 토하듯이 소리쳐 버렸다.

"이 멍청이! 그렇게 자신만만하더니 이게 무슨 꼴이야?! 사카디은이 원한 것은 네가 이렇게 되지 않는 거였어! 아니, 지금이라도 마음을 고쳐먹으라고!"

이미르는 나에게 큰 소리로 외쳤다.

파치칙!

전광이 내 몸의 주위를 감쌌다.

그렇다. 저 여자는 마법사 이미르인 것이다. 그녀가 마법을 사용한 것이다.

"멍청아, 이 바보! 날 죽이라고 했지 다른 것을 죽이라고 했어?!"

이미르의 눈동자는 강하게 나를 쏘아보고 있었다. 하도 어이가 없어서 나는 손을 쓸 수 없을 정도였다.

"네가 생각하는 자유란 그런 거였어? 겨우 힘 따위에 지배당하는!"

자유.

진정한 자유, 나는 자유를 누리고 있다고 생각했었다.

아니, 그건 착각이었다. 나는 나 자신의 굴레에서 항상 벗어나지 못했던 것이다.

빌어먹을 계집애, 자기가 뭘 안다고 소리치는 거지?

이 모든 것이 사카디은의 생각이었을까. 이미르는 그에게서 자라나지 않았던가.

으으, 머리가 아파왔다. 사카디은에 대한 생각을 하니 더 머리가 아팠다.

"그런 너를 위해 죽은 이질리스가 아깝다. 그앤 자라서 너보다는 몇백 배의 미남이 되었을 거라고! 그리고 너보단 더 사람 말을 잘 들었을 거야, 이 멍게 같은 자식아!"

이 계집애가 정말 보자보자 하니까. 왠지 화가 치밀어 올랐다. 저 계집애, 감히 얼굴 운운하다니. 이질리스는… 그 녀석이 그렇게 제멋대로 죽어버린 것에 대해선 나도 기분 나쁘단 말이다!

"자신의 죽음을 선택한 이질리스조차도 너보단 훨씬 자유로워졌을 거야! 너 따위와 다르다고!"

그걸 지금 말이라고 하는 거냐?!

나는 그 계집애를 노려보았다.

덜커덩.

마치 흔들리는 마차에 타고 앉아 있는 기분이었다. 뭔가가 어긋나고 있었다. 저 계집애의 몇 마디 때문에 어긋나고 있다는 것은 말도 안 될 것 같다.

"의외로 일이 잘 돼가는 것 같네."

후냐가 미드가르드에게 말했다. 미드가르드는 얼빠진 표정으로 고개를 끄덕였다. 얼빠진 것은 엎어진 베리우스도 마찬가지였다. 평정하고 있는 것은 에즈와 시리스, 그리고 바보 같은 헝그리뿐이었다.

"좋아, 난 이제 그만 가볼게. 무너지기 전에 나가야 살 수 있겠지."

후냐의 말대로 이곳은 흔들리고 있었다. 기분뿐만 아니라 이곳의 전반을 뒤덮고 있는 미진(微震)은 사람을 불안하도록 만들었다. 시리스가 리프를 먼저 피신시킨 것도 그 때문이었던 것이다. 후냐는 솔직하게 삶을 원하고 있었고, 미드가르드는 그것을 막을 생각이 전혀 없었다.

"안녕, 너라면 잘할 거야."

후냐는 미드가르드의 어깨를 팍 쳤다. 미드가르드는 씁쓸하게 미소 지었다.

"안녕, 후냐."

후냐는 팔팔하게 뛰어나갔다. 그 계집애와 미드가르드의 관계는 알기 어려웠지만 후냐 쪽에서 깨끗하게 미드가르드를 포기하고 사라지는 것 같았다. 그리고 미드가르드의 날개는 조금 더 축 처졌다. 점차 힘이 빠져나가고 있는 것 같았다.

"정말로 미안합니다."

누구에게 하는 말인지 모를 말을 미드가르드는 낮게 중얼거렸다. 아마도 자신을 감싸고 있는 요르문간드에게 하는 말이겠지. 하지만 그 날개는 점점 스러지고 있었다. 마건의 영향인가? 마건이란 그렇게 강한 힘을 가진 존재였던가.

허탈한 웃음이 입가를 떠나지 않았다.

"에잇, 다들 못한다면 이 정의의 용사가 다시 한 번!"

헝그리가 꺾인 검을 손에 쥐고 달려들었다.

"으라챠챠!"

고리타분한 소리와 도약질하며 달려오던 헝그리가 자기 딴에는 멋진 폼으로 마수 검을 던졌다.

파카!

찢어지는 소리와 함께 그것은 나를 감싸고 있던 검은 기운에 부딪쳤다!

"죽어라, 이 마왕!"

어디서 나온 센스냐, 저 시대에 뒤처진 말은!

나는 이를 으득거렸다. 저 녀석을 보니 좋던 기분도 망가지고 아주 괴롭다. 죽이고 싶을 정도로…….

헝그리의 마수 검은 벽에 부딪친 것처럼 뚝 떨어져 버렸다. 그리고 머리가 깨질 듯이 아파왔다. 베리우스가 자리에서 일어섰다.

"잘했어요, 이미르. 이제 쏘세요."

시리스가 일어섰다. 젠장, 내가 왜 저런 것 따위에 죽어야 한단 말이냐.

"사카디은의 말을 제대로 이해하지 못하는 사람 따위는 필요없어요. 안 되면 제가 쏴드리죠."

저 계집애가…….

"너는 자신의 인생에서 자유로워져라……"

자신의 피와 살을 나에게 먹이기 위해 그런 말을 남기고 그 남자는 사라져 버렸다. 그렇다면 왜 그것을 나에게 준 거지… 세계수 이그드라실은 인간도, 라그나도, 아시르도 아니다.

하지만… 그는 내가 인간에 가깝기를 바라고 있었던가?

그래서 나에게 피와 살을 먹였던 건가.

두근!

심장이 뛰었다. 흥분을 감출 수 없었다. 힘에 의한 지배는 진정한 자유가 아닌 것을 알지만 그것, 힘을 감출 수 없다. 이 기분에서 벗어날 수가 없다.

젠장, 차라리 아무것도 모르는 채였다면 좋았을지도.

"여긴, 여기는……"

기억이 돌아왔다. 내가 누구인지, 내가 왜 이곳에 있었는지…….

그렇다. 난 세계수 이그드라실이 아닌 카티스 사카디은이었다. 이미르의 모습이 눈앞에 보였다. 분명 그동안의 나도 진짜 나였다. 하지만 지금의 나는 예전의 나였다. 이미르를 알고 있는, 마음대로 방랑하며 파괴하길 좋아하던 그런 나였다.

"이미르……?"

이미르의 모습, 기억하고 있었으면서도 기억 못해왔던 것처럼 그 계집애의 눈가에 눈물이 아롱지는 것을 보며 그렇게 말했다. 내가 생각해도 바보 같았다.

"그래, 이제야 기억하는구나. 역시 사카디은의 말이 옳았어. 넌 라그나도, 아시르 인도 아니야. 그리고 이그드라실도 아니지."

사카디은이 원했던 자유란 그런 것이었던가. 그렇다면 나는 매일 꿈을 꾸고 있었던 것 같다. 어둠 속에서 헤매며 무언가에 쫓기고 있었다. 누구의 것인지 알 수 없는 하얀 손이 나를 잡아주지 않았다면 몸이 갈가리 찢겨 버리는 꿈을 몇 번이나 꾸었을 것이다. 미드가르드가 이성과 기억은 돌아왔지만 아직 힘을 억제할 수 없는 나에게 조금씩 다가오며 말한다.

"그걸 원하고 있었다, 그자는. 물론 그자의 생각도 맞아떨어졌지."

"아아… 그래, 그런가……?"

사카디은이 원한 것, 이 모든 것이 사카디은이 원하던 것이었던가. 모든 것은 그가 꾸민 일, 그렇다면 인간을 위한 일이었고, 나는 철저히 이용당하고 있었던 것이로군. 하지만 끝까지… 나에게 자유를 잃지 말라고 한 것은 그런 나에게서 벗어나라는 말이었을지도 모른다는 생각이 들었다.

"이 자식……"

그러나 아직까지도 나와 미드가르드 녀석에겐 깊은 골이 있었다. 미드가르드는 끝까지 나를 이용했고, 결국 진정한 '나'라고 할 수 있는 것을 각성시켰다. 만일 이미르와 시리스가 아니었다면 나는 어떻게 되었을까. 이그드라실로서의 쾌감 속에서 살며 멸망을 바라고 있었을지도.

"내가 뭘 원하고 있는 줄 알아?"

"이 자식, 멸망 따위를 원하고 있는 것 아니었어?"

나는 가빠오는 숨을 진정시키며 말했다. 극도의 체력 소모였다. 틀림없이 들어오는 피는 많은데 방출되는 양은 더 많았던 것이다. 성은 흔들리고 있었다. 마치 위태로운 절벽 위에 있는 느낌이었다.

"내가 원하는 것은 죽음이었어."

저음의 목소리. 그것은 검은 안개가 자욱한 주위의 분위기와는 어울렸다. 이미르는 소리를 질렀다. 미드가르드의 몸으로부터 하반신이 뱀의 형상을 하고 있는 요르문간드가 겹쳐졌다. 요르문간드의 얼굴은 여전히 창백했다.

"나의 죽음을 위해선 네가 죽을 수밖에 없어. 그렇지 않으면 해방될 수 없으니까. 이그드라실에 깃든 마검의 영혼들이 해방되도록 하기 위해선 그렇게밖에 할 수 없어."

이미르의 손 안에 있는 마검은 철컥 소리와 함께 장전되었다. 제길, 이번엔 다른 사람의 몸을 이용한단 말이냐, 그것도 살아 있는 정신이 있는 인간을!

이질리스보다 더한 힘을 가진 녀석이었다. 역시 많은 수의 마검의 힘을 받은 미드가르드라면 가능한 일이었던 건가! 정말로 기가 막혀서 말도 안 나오는군. 이그드라실의 마검도 세계수 이그드라실의 힘을 사용할 수 있을 줄이야!

"그래서 너는 지금 이미르까지 이용하는 거냐?"

그는 고개를 끄덕였다. 이미르는 당황하고 있다. 그녀의 손이 마음대로 움직이고 있었다.

"로드에겐 미안하지만, 그들을 위해서 희생자가 되어줘."

미드가르드는 눈 하나 깜짝하지 않고 말했다.

은빛의 마검, 그리고 시리스. 시리스는 마검을 호수와 같이 잔잔한 눈으로 바라보고 있었다. 마검의 힘은 안정되어 있었다. 얼마 전에 만들어진 것이라고는 생각할 수 없을 정도의 밸런스가 완벽한 무기는 덜덜 떨리는 흰 손 안에서 빛나고 있었다.

"난, 난 하고 싶지 않아!"

"하지만 할 수밖에 없을 겁니다."

조종하고 있는 것은 미드가르드였다. 이미르의 손을 마음대로 움직일 수 있었던 것이다. 이미르는 저항하기 위해 필사적으로 노력했으나 역부족이었다. 지금은 마법도, 무엇도 필요없었다.

"이그드라실이 사라지면 라그나도, 아시르도 다 사라지게 됩니다. 이제 남은 것은 인간밖에 없고 그들은 무리를 이루어 하나의 나라를 완성해 나갈 겁니다. 그것이 시대의 법칙이죠."

무감각한 목소리로 미드가르드는 하나하나 읊어 나갔다.

"당신과 나, 그리고 이그드라실은 사라져야 하는 존재입니다. 그들의 시대에선 필요없어요."

그 녀석은 쓴웃음을 입가에 띠었다. 뒤에 있는 여성은 미드가르드의 목을 끌어안았다. 젠장, 미드가르드는 여자와 놀아나고 난 놈의 조종을 받는 여자에게 총을 맞아야 하는 신세라니… 사카디은 이 자식, 죽일 놈 같으니!

그 여자, 요르문간드의 얼굴은 백지장처럼 하얬으며 금방이라도 죽을 것 같아 보였지만, 그녀는 죽을 정도의 힘을 동원해서 미드가르드에게 필사적으로 매달려 그 녀석의 입에 키스했다. 그것을 받아들인 것은 미드가르드 녀석, 나 보란 듯이 그것을 받아들이며 요르문간드의 허리를 끌어안았다.

자신을 위해 만들어진 미드가르드의 뱀을 보며 미드가르드는 수없이 어떤 생각을 해왔을까. 내가 미드가르드 자신이 아닌 이상 확실하게 알 수는 없었다. 미드가르드는 그녀를 자신이 사랑했던 여자의 대용품으로 보고 있는 것이 아닐까.

"요르문간드, 저는 에이아가 밉습니다. 절 남겨두고 간 것이… 정말 증오스러웠습니다."

축 늘어져 가는 여성의 몸을 안는 미드가르드를 보면서 애환이 느껴졌다. 마음속으로부터 느껴왔던 깊은 증오, 하지만 결코 미워할 수 없는 그 마음이 요르문간드를 보고 있었다. 그 손은 그녀의 허리를 타고 올라가 목을 잡았다. 요르문간드의 금색 눈이 크게 떠졌다.

비명을 지를 새도 없었다.

우둑 소리와 함께 그것은 망가졌다.

"당신은 에이아가 아니니까……"

요르문간드의 눈동자는 끝까지 미드가르드를 향해 있었다. 그녀의 몸은 점점 작아졌다.

"당신을 괴롭히는 일은 더 이상 하지 않겠습니다."

요르문간드에게 하는 말인지, 아니면 다른 여성에게 하는 말인지는 알 수 없었다. 아마도 자신의 마음에 대고 하는 말 같았다. 요르문간드의 몸은 순식간에 재로 화해 버렸고 바닥에 흩뿌려졌다. 베리우스는 미드가르드의 과격한 행동에 놀란 채 입을 다물지 못했다. 그때.

"에잇! 정의의 용사 헝그리가 너를 처단해 주마!"

헝그리가 나에게 부러져서 꺾어진 마검을 들고 나에게 달려들었다. 그러나 머리가 아프고 정신이 없는 내 손톱 단 한 방에 나가떨어졌다. 무슨 빌어먹을 용사 타령이냐! 게다가 이미르마저 나를 겨누고 있다고!

정말 신경질이 났다. 그와 동시에 힘의 폭주가 내 안에서 느껴졌다. 이대로 있다간 이그드라실은 폭발할 것이다. 일종의 자멸. 그렇게 되면 내 안에 있던 모든 마검들의 영혼은 사라질 테고, 그야말로 멸망의 길로 치닫게 될 것이다.

"자유로워져라."

사카디은의 한마디······.

나는 그의 살을 씹고 피를 마시면서 그의 미소를 생각했다. 그래도 그 말의 의미를 느낄 수 없었다. 방탕하고 이기적인 생활만으로도 충분하다고 생각해 왔다. 하지만 현실은 그렇지 않았다.

나는 나의 힘으로부터 도망치고 있었고, 그것에 휘둘리고 있었다. 만일 이미르가 없었다면 영원히 '그것'에서 헤어 나올 수 없었을 것이다.

실제로 다른 세계에 대해 큰 생각을 가지고 있는 것은 아니었다. 그러나 내가 어떤 것에 휘둘리고 있다는 것만 생각해도 치가 떨려왔다. 난 어떤 것에도 집착하고 싶지 않았다. 그것이 설령 강한 힘이라 할지라도, 그것이 나의 본래의 모습이라 할지라도 자유로워지고 싶다. 그렇게 마음을 다지자 약간의 피곤함이 밀려오고 있었다.

"자, 이미르, 쏘세요. 당신을 죽음으로 몰고 간 이그드라실을. 그가 죽으면 나도, 나도 함께 소멸할 겁니다."

"싫어. 그런 건 싫다고!"

이미르의 눈에선 눈물이 흐르고 있었다. 설마 그것이 나를 향한 눈물은 아니었을 것이다. 나를 향한 그 마건의 모습도 상관없었다. 죽음이란 내가 생각했던 것처럼 허무한 것도 아닐 것 같았고, 편안한 것도 아닐 것 같았다. 그러나 단지 그 죽음은 나의 존재를 지워 버릴 것만 같았다.

"저 역시 그를 미워하는 것은 아닙니다. 하지만 시대는 그렇게 정해져 있었습니다."

이미르의 손가락은 미드가르드의 의지에 따라 움직였다.

"싫어. 그를 죽이는 것은 싫어! 멸망 따위 해버리라고 해! 어차피 우리를 위한 시대는 아니니까!"

사카디은, 그가 원한 시대는 아시르도, 라그나드도 아닌 인간들이 자력으로 지배하는 땅. 이미르의 말이 맞았다. 인간들의 시대를 열기 위해서 그는 자신을 희생하고 이런 계획을 꾸민 걸까.

"그럴 수는 없죠. 그래 봐야 원상태로 돌아갈 뿐입니다. 마검들은 그대로 이그드라실 안에서 힘의 형태로 폭주하여 소멸할 것이고 그렇다면 원점이 되는 거죠."

"싫어! 그렇다면 네가 하면 되잖아?!"

이미르가 발악하듯이 소리쳤다. 젠장, 난 죽고 싶지 않은데. 힘의 지배에서 겨우 풀려 나간다고 생각했는데 이미르의 손에, 아니, 미드가르드의 손에 마건에 맞아 죽어야 하다니. 억울하다, 정말.

"제가 밉다면 쏘세요."

이미르는 세차게 고개를 저었다. 이미르의 의지와는 달리 밸더의 모습이 건에서부터 나타났다. 밸더의 눈동자는 나를 향하고 있었다. 그리고 자신을 바라보는 시리스의 시선도 잊지 않고 있었다. 밸더는 이미르의 의지와는 상관없이 이미르를 도왔다. 그것이 밸더의 의지였다.

마검의 시대에서 마건의 시대로 지나는 한 걸음으로의 의지인 셈이었다.

그리고 방아쇠는 당겨졌다.

탕!

물결과 같이 크나큰 소리가 밀려왔다. 모든 것은 산산조각이 났다. 마치 거울처럼 깨어져 버렸고 심장이 덜컥 막혀옴을 느꼈다. 그리고 동시에 격렬하게 박동하는 심장을 느낄 수 있었다.

"카티스!"

베리우스의 목소리가 멀어졌다. 검고 긴 머리카락이 스러져 내려갔다. 그것은 완벽한 검은색을 띠고 있었다.

두근······.

피가 솟아 나왔다. 이그드라실, 아니, 이그드라실은 나, 나는 이그드라실··· 내가 입은 타격은 저 거대한 나무도 받는 것이었다. 끈적한 액체가 왈칵 쏟아지는 것이 느껴졌다. 마건은 파괴적이진 않았지만 내부까지 꿰뚫는 위력이 있었다.

그것은 구시대의 마검을 없애는 데는 충분한 힘을 가진 새로운 무기였다.

젠장, 이제야 겨우 힘에 지배당하지 않고 살 수 있을 것 같았는데···

이미르, 그 입에 다시 입을 맞춰주고 싶었는데···

후회하지 않는 삶을 살고 싶었는데···

죽고 싶지 않았는데······!

그와 동시에 어떤 목소리가 환각 속에서 들려오는 것 같았다.

—잘했어. 잘해줬어. 넌 자유로워진 거야, 카티스.

누가 하는 말일까. 아주 부드러운 목소리였다. 은빛, 은빛의 휘광이 이런 나의 몸을 감싸 안았다. 한 번도 본 적이 없는 생소한 아름다움과 겹쳐져 사카디은의 미소가 보이는 것 같았다.

—왜 웃는 거야?

—네가 처음으로 글을 읽게 된 게 기뻐서.

그때의 웃음, 사카디은에게서 잡다한 것을 배울 때, 그것을 하나 하나 성공해 나갈 때의 미소. 그 미소가 싫지 않았다. 마음대로 행동했지만 그 미소를 볼 때 마음이 눈 녹듯이 풀어지는 것을 느낀 적도 있었다.

바로 지금 그러한 느낌을 받고 있었다.

그리고 이그드라실은 마건의 힘에 산산조각이 나고 있었다. 굉음과 함께 이그드라실은 산산조각이 났다. 동시에 그것은 사라지고 있었다. 야광충과 같은 빛이 이그드라실에서부터 산재되어 바람에 민들레 꽃씨가 날리듯 날아올랐다. 잔잔한 바람의 파동과 함께 그것은 위로 떠올랐다.

"다행이야, 시구르드. 속박에서 벗어나게 되어서……."

미드가르드는 올라가는 작은 빛을 바라보며 웃었다. 입술을 깨물었다. 모든 것을 각오한 그의 안색은 그다지 좋지 않았다.

"그리고 나도 더 이상 날 수 없겠지."

그 녀석은 조용히 중얼거렸다. 그리고 당당하게 가슴을 폈다.

내가 행했던 일은 모두 니 자신을 위한 일이었다. 그리고 후회는 하지 않는다.

그는 자신에게 그렇게 말하고 있었다. 그리고 힘이 빠진 멍한 얼굴의 이미르를 보며 방긋 웃으며 양손을 벌렸다.

"로드, 자, 쏘세요. 이제 마지막입니다. 정말 마지막일 거예요, 로드. 이젠 정말 에이아가 있는 곳으로 가까이 갈 수 있을 테니까."

이미르는 더 이상 다리에 힘이 없었다. 그러나 방아쇠는 의도와는 다르게 당겨지고 있었다.

이미르의 눈물이 땅바닥에 떨어졌을 때, 동시에 큰 소리가 공기를 때렸다.

탕—!

두 번째 마건의 음성이 들려왔다.

툭툭.

붉은색의 피가 떨어져 땅을 적셨고, 은빛의 마검은 순간적으로 빛 속에 스며들었다. 은색의 빛은 인간의 형상이 되었고, 그것은 이미르의 손 안에서 멀어져 갔다. 그는 벌꿀색 머리카락의 아름다운 여성에게 손을 뻗었다. 자신이 가야 할 길을 선택했던 것이다.

그리고 순식간에 성은 마치 모래로 만들어진 것처럼 와르르 무너져 내렸다. 그 건실한 성도 바람과 파도에 스러지는 모래성처럼 부식되어 사라졌다. 어디서부터 시작되었는지 알기 힘들었지만 푸른 불꽃이 성 전체에 피어 올랐다. 그것은 죽음의 마검 주르트르의 불꽃이었다.

죽음의 불꽃은 결국 자신의 길을 찾고 있었다.

불길로 인해 빛의 구체를 잃은 이그드라실의 검은 잎사귀는 순식간에 타버렸고, 형태를 알 수 없는 산재한 잿가루가 되었다가 다시 물과 같은 액체로 화했다. 그리고 그것은 하늘에 비와 같이 뿌려져 내렸다. 마지막까지 지켜보기만 했던 방관자인 불꽃의 새는 하늘로 날아올랐다. 자신이 원하던 것을 이루었듯이 유유자적하게.

그리고 태양을 부르는 세계수 이그드라실의 마지막 단비가 대지를 적셨다.

그리고 땅엔 축복을, 그리고 빛을.

이그드라실이 뿌리를 내린 후 오지 않을 것 같았던 아침은 찾아왔다.

하늘로부터 빛이 내려온 것이다. 무너져 버린 성에도 빛이 들어

왔고, 아직 살아남은 사람들의 아우성 소리도 들려왔다. 빛, 어둠 속에서 빛의 존재는 크게 느껴져 왔다. 그들이 열광하는 것도 그러한 빛이 있었기 때문이겠지.

"빛이다!"

눈부심에 눈을 감았겠지만 그래도 기쁠 것이다. 결국 인간이 인간의 힘으로 빛을 찾을 수 있었다는 것. 물론 자세한 내막은 알지 못했겠지만 그들은 자신이 성취한 빛의 달콤함을 깨달을 수 있었다. 그리고 그들은 무의식적으로 무너져 버린 성에서 잔재를 찾고 있었다.

덜커덩……

바윗덩어리가 굴러 떨어지면서 태양이 솟은 한가운데 한 소년의 모습이 보였다.

"소년이, 소년이 서 있어! 저기 갈색의 빛이……!"

빛이 대지에 비추어졌을 때 그들은 한 소년을 발견했다. 그 소년은 온갖 멋진 포즈를 잡으며 한쪽으로 꺾이진 검을 들고 자유의 쾌재를 부르고 있었다.

"그렇다면 암흑은 사라진 건가?"

그의 존재는 단비처럼 그들의 망막에 각인되었다.

"아아……"

암흑을 물리친 빛, 그들 사이엔 생기가 돌아왔다.

하지만 빌어먹을, 젠장할이다.

결국 나에겐 암흑만이 돌아왔다. 내 몫은 이런 것이었군.

Epilogue

또 다른 시작의 끝

태양과 같은 포즈로 서 있던 소년.
태양이 뜸과 함께 빛난 얼굴은 많은 사람들에게 희망을 주었다고 한다.
그가 물리친 것은 어둠의 세력이었다.
알타크나와 이외의 많은 대륙을 어둠 속에 빠뜨릴 뻔한 것을 구한 소년,
그는 마수 검 지크프리드를 이용해 결국은 그것을 찾아냈다.
그는 마수에 물들어 있던 알타크나의 성을 되찾고,
그 안에 있던 아름다운 공주를 구출했다.
안락과 평화, 그리고 빛을. 인간들은 손에 손을 잡고 힘을 합쳐
신의 힘을 얻은 종족들 사이에서 새로운 나라를 세웠다.
그리고 지배되어진 마검의 시대는 가고,
지배하는 건Gun의 시대로 세계는 접어들었다.
-Hungry Saga 中-

Katis 카티스

마치 파문처럼 그것은 휩쓸고 지나갔다.

자신의 눈으로 직접 본 것을 믿고 귀로 들은 것을 믿는다. 하지만 숨겨신 신실을 알고 있는 것은 결국 당시지뿐인 법이었다.

인간은 회복력이 신기할 정도로 끝내준다고 생각한다.

헝그리 하이브의 존재는 인간들에게 생명력을 불어넣어 주는 영웅으로 인식되고 있었다. 이럴 때일수록 영웅의 존재가 더욱 필요하다고 리프가 행한 조치일 것이 틀림없다. 뭔가 기대는 것이 있으면 인간은 더 활발해지고 생기를 가진다. 그래서 더욱 인간들은 시끄럽게 떠들어대면서 새로운 시대의 도래를 기뻐하는 것이다.

하지만 나는 그런 시끄러운 것이 좋다. 그런 인간들의 세상이 마음에 드는 것이다.

"…라고 해서 이렇게 되었다. 결국 마검의 시대가 가고 새로운 건의 시대가 온 것이다. 그리고 어둠의 세력으로 몰아가려던 마왕을 쓰러뜨린 지크프리드를 든 소년 용사는 영웅이 되었다… 라고 쓰여 있군요."

그렇게 자신의 손에 든 유인물을 읽는 동안의 젊은 청년은 휴~ 한숨을 쉬었다. 땅이 꺼질 것 같은 한숨이었다.

"'세계를 지배하려는 검은 마왕의 세력을 물리친 것은 어린 나이의 용사였다' 라고 전 앞으로 그런 것을 가르쳐야 하는 겁니까? 휴우……."

약간 찡그리고 있는 젊은 남자는 아사 인의 신관의 증표를 머리에 이고 있었다. 이젠 아사 인의 신관으로서의 힘도 없을 것이다. 그로 인해 마련한 것이 학교를 세우는 것이었다. 역사를 가르친다나 뭐라나?

신전은 이제 필요가 없으니까 결국 학교를 세워 인재를 양성하겠다는데, 시스 녀석은 그곳의 역사 담당이 되려는 모양이다. 하긴, 할 수 있는 것이라곤 엄청난 속도로 엄청난 양을 먹어대는 것밖엔 없을 테니 그런 것이라도 하는 수밖에.

"뭐 어때? 그렇지 않다는 거 우리만 알고 있으면 되는 거 아냐?"

"그런가? 하지만 세계수 이그드라실이 마왕이었고, 헝그리라는 꼬마가 용사였다는 것은 참… 제가 생각해도……."

"시끄러워. 우리만 알면 되는 것이 당연하잖아. 남들이 뭐라고 하든 말든 무슨 상관이야? 마왕만 안 죽었으면 됐지. 그나저나 오늘 먹은 것은 다 지불해 주면 고맙겠어, 시스."

후냐는 검지손가락을 까닥거리며 샐쭉한 표정을 지었다. 여전하군, 저 계집애는. 역시 돈에 대해선 밝다.

"너무하잖아, 후냐."

"뭘 너무해? 많이 먹는 것은 너잖아."

"어, 가는 거야?"

시끄러운 커플들과 함께 있고 싶은 생각은 없다. 그러나 서운한 듯 시스와 후냐가 동시에 일어섰다.

"그럼 갈 거야, 정말? 서운하잖아. 뭐, 하는 수 없지. 지금은 미드가르드도 없으니까."

"후냐……"

"모르겠어. 하지만 죽진 않았을 것 같아. 네가 살아 있듯이……"

약간 서글픈 모습으로 후냐가 나에게 말했다.

그는 죽음을 원하고 있었다. 그런 녀석은 죽음이 어울리는 대가였을 테고, 녀석 자신도 그것을 바라고 있을 것이다.

그러나 후냐의 말처럼 나는 살아 있었다. 그렇다면…….

나는 일어섰다. 부질없는 생각이다. 그 딴 녀석이 살아 돌아온다고 해서 하나도 기쁘지 않다.

"미안, 기다리는 사람이 있을 텐데. 그럼 가봐. 다시 못 볼지 모르지만… 마중 안 나가도 되지?"

그 길로 신전이었던 곳에서 나왔다. 유난히 밝은 태양이 나를 반겨주었다. 더 이상 볼 수 없을 것 같은 존재를 본 기분이 들어 나는 피식 웃어버리고 말았다.

경쾌한 음악 소리. 과연 인간들의 회복력은 라그나와 아시르 인이라고 하는 존재는 범접할 수 없는 그런 면을 가지고 있었다. 나는 나도 모르는 사이에 콧노래를 흥얼거렸다. 아직 도로가 정비되어 있지 않아서 어지러운 편이었지만 그래도 앞으로 발전할 것이다. 일전에 니센하임의 도시였던 이 작은 도시는.

업적을 기리기 위한 동상을 세우고 있는 사람들의 모습도 보였다. 인간들은 계속 무언가 세우고 만들어내는 분위기였다. 그 동상은 기름을 칠한 것처럼 유들유들하고 매끈한 근육을 자랑하는 소년의 모습을 하고 있었다.

충분히 시끄럽고 복잡한 거리에는 장이 선 모양이다. 무언가 사고 파는 모습, 그 모습이 흥겹고 정답게 느껴지는 것을 보면 나도 인간인 모양이다. 나는 그 동상을 지나 약속된 장소로 걸어나갔다. 여러 종류의 사람도 보인다. 웃는 사람, 수다 떠는 여자들, 헝그리의 동상 앞에서 울면서 한탄하고 있는 두 거지 같은 녀석도 보였다.

"엉엉, 이렇게 될 줄이야······."

그러나 그런 그들의 모습도 경쾌하게 지나가는 행인들 사이에 파묻혀졌다. 새로운 시작을 위해 흥에 겨운 사람들의 모습만이 이제 시야를 감싸고 있을 뿐이었다. 간간이 들려오는 소문을 듣는 것도 이젠 익숙한 일이었다. 말 많은 아줌마들의 옆에 지나갈 때마다 들을 수 있는 일이니까.

"시리스 왕녀님께서 사라지셨다면서요?"

"아아, 리프님께서 왕위에 오르게 되니까 다행이긴 하지만, 그분도 뛰어난 분이셨지······."

이런 식으로 간간이 소문을 듣는 것도 재미있는 일이었다. 그들의 말에 따르면 시리스의 행방은 아무도 알 수가 없다고 한다. 게다가 불새가 만들었던 마건(魔Gun) 밸더의 모습도 함께 보이지 않았다. 항간엔 함께 사라졌다는 말도 있고, 또 다른 말로는 모두 죽었다는 말도 오가고 있지만 리프가 멀쩡한데 시리스가 죽었다는 것은 말도 되지 않는다고 생각한다.

리프는 시리스 대신 왕좌에서 일할 것이다. 결국 시리스는 사라져 버림으로써 영원히 리프가 쫓아갈 수 없는 벽을 만들어둔 셈이다. 시리스도 그렇기 때문에 안심할 수 있었을 테고, 리프는 살아 있는 한 영원히 그녀를 쫓을 것이다. 그녀를 이길 수 없다는 것을 알기 때문에 더 열심히 노력하겠지.

"여하간 이제 곧 이웃 나라의 세레스틸 왕녀님과의 성대한 결혼식과 함께 대관식이 이어질 모양이에요. 이제 알타크나뿐 아니라 니센하임의 주민들도 걱정할 필요가 없겠죠?"

그렇기 때문에 축제 분위기였다. 단지 그런 것 때문에 울고 웃고 할 수 있는 인간. 사카디은이 바라던 것은 바로 이런 모습이었을까.

그는 결국 죽어서까지 그것을 이룰 수 있었던 건가.

세계수 이그드라실을 자신의 손으로 키워가면서.

그리고 자신의 살과 피를 줄 수 있었던 건가.

아르스리르와 사카디은. 불가사의한 녀석들 같으니.

얼마 전까지만 해도 우중충한 분위기의 마을이었음에도 불구하고 이렇게 단시간 내에 바뀔 수 있다는 것만 해도 인간의 생존력과 적응력을 알 법했다. 그들은 이런 인간의 생존력을 믿고 있었던 것일 테지.

"여~ 아직 죽지 않고 살아 있었군."

언제 봐도 질리는 모습인 녀석. 긴 은발 머리카락이지만 녀석답지 않게 광기 어린 표정을 짓고 있지 않았다. 그 녀석은 나의 생명력에 기가 질렸다는 표정을 하고 있었다.

"어쩐지 죽지 않았다는 것만은 믿을 수 없다고 생각했지만, 네 녀석에게 마왕이라는 이름은 어울리는 것 같다."

베리우스는 간편한 런닝 차림이었다. 급히 달려온 것처럼 얼굴에 땀이 송골송골 맺혀 있었다.

"뭐, 황당하게 일이 되어버리긴 했지만, 결국 떠난다면서? 그 멍청한 신관 꼬마가 그렇게 말하더군. 난 뭐 이곳에서 그녀와 함께 있을 거야. 그녀를 행복하게 해주겠어. 칼리아 대신이라고 말하기엔 웃기지만."

흥, 식상한 놈. 난 황당하게 놈을 바라보았지만 그 녀석은 행복한 얼굴이었다. 물론 곧 이어 내가 한 대 쳐준 것은 확실했지만. 이 녀석을 만난 것은 이 녀석이 시스에게 나에 대한 말을 들었기 때문이었다. 세계수 이그드라실의 소멸 이후 놈을 만나는 것은 처음이었지만 그리 반갑지 않았다. 여느 때처럼 스쳐 지나가던 것처럼 그 녀석과는 이제 자연스러운 분위기였다.

베리우스는 나의 눈을 응시했다. 세계수 이그드라실의 증거였던 붉은 눈, 나에게 붉은 눈만은 사라지지 않았다. 이그드라실은 모든 것을 무력화시키고 소멸했다.

그러나 남아 있는 것이 있었다.

갑자기 생각나는 것이 있어 고개를 돌렸다. 수많은 인파가 눈에 띄었다.

"왜 그래? 뭐라도 느낀 거야?"

저 인간들 사이에서 비웃는 얼굴을 본 것 같았다. 검은 선글라스로 눈을 가리고 있었지만 나와 같은 붉은 눈을 가졌을 것 같은 그 늘씬한 뒷모습은 나비처럼 사라져 있었다.

"어딜 가는 거야?! 에잇, 그래. 이젠 네놈과는 어울리는 이별이군. 잘 가라!"

베리우스는 그렇게 말하고 자신을 기다리고 있을 여성이 있는 곳으로 발걸음을 옮겼다. 놈과 나에겐 어울리는 이별이었다.

사람들 틈 사이에 그 여자는 온데간데없이 사라졌던 것이다. 없

다. 없었다. 인간들이 혼잡하지 않은 곳까지 인파를 헤치고 달려나왔지만 그곳은 오히려 황혼이 물들어 있는 언덕, 카나의 모습은 보이지 않았다. 나는 언덕 위에서 하늘을 올려다 보았다.

투명한 깃털이 한 가닥 하늘로부터 떨어지고 있었다. 그것은 펼쳐진 손 위에 살며시 내려앉았고, 나는 그것에 따라 시선을 달리했다.

하늘, 황혼의 색이 펼쳐진 수평선, 녹색의 벌판, 부드러운 백금발. 아마빛의 화사한 눈동자…….

그녀가 손을 내밀었다. 나는 진정된 눈으로 그녀에게 다가갔다. 손 안엔 무기도 무엇도 없었다. 단지 두 필의 말의 고삐만이 그녀의 손 안에 있을 뿐이었다.

"자."

그녀는 손을 내밀었다. 그녀의 부드러운 눈은 나를 응시하고 있었다.

"마음은 정했어? 어차피 이제 넌 이 대륙에선 죽은 목숨인 셈이잖아?"

그녀가 생긋이 웃었다.

나는 혼자가 아니었다. 사카디온, 그리고 아르스리르의 말처럼.

"언제나 함께 있어줄게."

그 말은 더 이상 거짓이 아니었다. 나는 피식 웃음을 터뜨렸다.

이곳에서는 더 이상 나의 존재를 아는 사람은 없어야 했다. 세계수 이그드라실은 사라져 버려야 했고, 더 이상 그 자리에 있어선 안 될 존재였다. 그것은 이미르의 생각이기도 하고 나의 결정이기도 했다.

"인간들은 용사의 전설이라는 쓸데없는 전설을 만들길 좋아하니까."

흥, 헝그리 녀석. 결국 자기 꿈을 이루긴 이룬 것 같다. 헝그리 녀석의 반바지를 입은 모습과 그 꺾일 대로 꺾여 있는 지크프리드의 형상을 가지고 만든 동상이 서 있는 것을 보면 그 녀석은 아마 혼을 빼놓고 헤벌레하고 있을 것이다. 그나마 그 녀석 헤벌쭉거리고 있는 모습을 보지 않는 것만 해도 다행이라는 생각이 들었다.

"후회하지 않아?"

"후회는 무슨."

나는 모처럼 입을 열었다. 이미르는 방긋이 웃고 있었다. 그녀의 손 안에서 고삐를 건네받았다. 그리고 그 말에 몸을 실었다. 이미르도 말을 몰며 나를 인도했다. 황혼 속에서 빛나는 이미르의 모습은 태양처럼 밝게 빛나고 있었다.

"살아 있을까? 미드가르드 말야."

"몰라."

말에게 채찍을 가했다. 서서히 움직이기 시작했다.

"그래, 이그드라실은 사라져 버렸지만······."

"떠나자. 이런 거짓된 전설이 있는 땅에서."

"아아."

나는 수긍했다. 바람 소리에 묻혀서 이미르는 내 대답을 들을 수 없었겠지만 나는 그것만으로도 족했다.

귓가에 리드미컬한 말발굽 소리가 들려왔다.

태양은 붉은 흔적을 남기며 땅 아래로 가라앉아 갔다.

붉은 대지가 펼쳐지고 흙먼지가 일어났다.

하지만 뭐 좋아. 내일이 되면 또다시 머리 위에 있을 테니까.

Secret
Episode

마
건
의
시
대

미검의 시대, 결국 그것은 사라져 버렸다.

시대란 것은 톱니바퀴처럼 돌며 거듭되기 마련이다.

한 시대가 가면 한 시대가 오고, 또 그것은 번성하다가 순환하게 된다.

미검도 마찬가지였다.

그리고 한때에는 번성기를 맞이했었던 미검도

이제는 쇠퇴의 기간을 거치고 사라져 버렸다.

남은 것은 새로운 무기의 도래, 새로운 바람이 불어온다.

그리고 그것은 미검의 길을 답습할지도 모르고

또 다른 방향으로 나갈지도 모른다.

Katis 카티스

이건 엄마한텐 비밀인데……

나 이상한 사람을 만났어요. 그는 유리와 같이 투명한 날개에 유리같이 희미한 이미지의 남자였어요. 날개는 굉장히 컸지만 이미 힘을 잃어버린 것처럼 늘어뜨리고 있었어요. 투명하고 아름다운 날갯짓이 공중에 떠올랐죠. 그렇게 며칠이나 그곳에 그것이 있더라고요. 전 그 투명하고 큰 깃털이 너무나 가지고 싶었어요. 하지만 왠지 다가가면 사라져 버리는 환상 같은 사람이라서 그런 엄두를 내지 못했죠. 너무 신기하고 유리 같은 남자여서 놀랐죠.

아빠보다 약간 어려 보이는 남자였어요. 저는 매일 그를 보러 갔어요. 그때마다 항상 그 남자는 무표정한 얼굴로 그 자리에 앉아 있었죠. 저는 용기를 내어 그 사람이 모르게 다가갔어요.

그 남자의 날개 깃털이 하나 가지고 싶어서 서서히 손을 뻗었죠. 그에게 들키고 싶지 않았는데도 그는 날 금방 알아봤어요. 투명한 긴 머리카락이 찰랑이며 흔들렸죠. 유리와 같이 손가락 하나로 건드리면 사라질 것 같은 그런 사람이었죠. 무표정한 그 얼굴이 어쩐지 서글퍼 보여서 눈물이 나는 것을 느낄 수 있었어요.

나는 그에게 말했죠. 울지 말라고.

그는 내 얼굴을 보더니 무언가 그동안 찾고 있었던 보물을 찾은 것처럼 미소를 지었어요.

그리고 내 몸에 손을 뻗었죠.

그는 나의 작은 몸을 끌어안았어요. 유리와 같은 그가 그런 힘이 있는 줄 몰라서 깜짝 놀랐어요. 왠지 모르게 내 눈에서 눈물이 흘렀어요. 아마 앞에 있던 그 남자가 가여워서 그랬을 거예요. 그리고 난 그 남자가 하는 대로 가만히 안겨 있었어요.

힘이 없는 듯했지만 그래도 최선을 다해 저의 몸을 껴안았죠.

저는 그러면 안 된다는 것을 알면서도 그에게 안겨 있었어요.

왠지 슬픈 느낌이 들어서 말이에요.

그리고 그는 유리같이 희고 투명한 얼굴로 날 보고는 이제껏 보지 못한 환한 미소를 지었어요. 정말 환한 미소였어요.

"고마워……"

나는 그가 왜 나에게 고맙다고 말하는지 알 수 없었죠. 그는 그 힘없이 늘어뜨리던 날개를 다시 꼿꼿하게 세웠죠. 투명하고 흰 백색의 날개가 창공으로 뻗어 나갔어요.

난 입을 벌리고 감탄했어요. 그리고 물었죠.

"저, 깃털 하나 가져도 돼요?"

나는 자격지심에서 깃털 하나를 주워서 그에게 보여줬어요. 힘은 없지만 투명하고 아름다운 깃털이었죠. 그는 고개를 끄덕했어요.

"가지고 싶다면 이 날개를 줄 수도 있단다……"

그는 알 수 없는 말을 하고 하늘을 향해 날아갔죠. 마침 해가 지고 있어서 석양빛이 비치는 투명한 날개는 너무 아름다웠어요. 전 탄성을 질렀죠. 그리고 그는 절 한 번 돌아봤어요.

아름다웠어요. 엷은 머리카락이 석양에 반짝이는 그 모습이.

그리고 꿈에서 깨듯이 그가 사라지고 나니 제 손에 남은 것은 이 깃털뿐이었어요.

정말 아름다운 새였어요. 큰 날개를 가지고 자유롭게 날갯짓하는 아름다운 한 마리의 커다란 새 말이에요.

난 커서 그 새를 쫓고 싶어요. 자유라는 이름으로 창공을 나는 그 새를 다시 한 번 보고 싶거든요.

〈 카티스 끝 〉

신인작가 모집

시작이 반이라고 했습니다.
작가의 길에 대한 보이지 않는 벽을 과감히 깨뜨리십시오!
청어람은 작가 지망생 여러분들의
멋진 방향타가 되어 드리겠습니다.

저희 도서출판 청어람에서는

판타지 소설 신인 작가분들을 모집합니다.

판타지 소설을 사랑하시는 분들의 많은 참여를 바랍니다.

소정의 원고(A4용지 150매)를 메일이나 우편으로 보내주시면

검토 후 출판 여부를 알려 드리겠습니다.

주소:경기도 부천시 원미구 심곡1동 350-1 남성B/D 3F · 우편번호420-011
TEL:032-656-4452 · FAX:032-656-4453
e-mail:eoram99@chollian.net